Tudo o que nunca fomos

Alice Kellen

Tudo o que nunca fomos

Duologia Deixe Acontecer • Livro 1

Tradução
Eliane Leal Damasceno

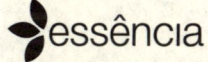

Copyright © Alice Kellen, 2019
Autora representada pela Editabundo Agencia Literaria, S. L.
© Editorial Planeta, S. A., 2021
Copyright © Editora Planeta do Brasil, 2023
Copyright da tradução © Eliane Leal Damasceno, 2023
Todos os direitos reservados.
Título original: *Todo lo que nunca fuimos*

Não é permitida a reprodução total ou parcial deste livro, nem sua incorporação para um sistema de computador, nem sua transmissão de qualquer forma ou por qualquer meio, seja eletrônico, mecânico, fotocópia, gravação ou outro, sem a permissão prévia por escrito do editor. A violação dos direitos acima mencionados pode constituir crime contra a propriedade intelectual.

Preparação: Mariana Rimoli
Revisão: Renato Ritto e Ricardo Liberal
Projeto gráfico e diagramação: Márcia Matos
Ilustração de capa: Camis Gray
Composição de capa: Beatriz Borges

Dados Internacionais de Catalogação na Publicação (CIP)
Angélica Ilacqua CRB-8/7057

Kellen, Alice
  Tudo o que nunca fomos / Alice Kellen; tradução de Eliane Leal Damasceno. - São Paulo: Planeta do Brasil, 2023.
  288 p.

  ISBN 978-85-422-2203-6
  Título original: Todo lo que nunca fuimos

  1. Ficção espanhola I. Título II. Leal Damasceno, Eliane

23-2406   CDD 860

Índice para catálogo sistemático:
1. Ficção espanhola

Ao escolher este livro, você está apoiando o manejo responsável das florestas do mundo

2023
Todos os direitos desta edição reservados à
EDITORA PLANETA DO BRASIL LTDA.
Rua Bela Cintra, 986 – 4º andar
01415-002 – Consolação – São Paulo-SP
www.planetadelivros.com.br
faleconosco@editoraplaneta.com.br

Para Neïra, Abril e Saray, obrigada por estarem... e por tudo mais

Toda revolução começa e termina com os seus lábios.
Rupi Kaur, *Outros jeitos de usar a boca*

Nota da autora

Em todos os meus romances há canções que acompanham as cenas que coloco no papel. A música é uma inspiração. Nesta história, é mais que isso. Em alguns momentos, a música é um invólucro, um fio que de certa maneira conduz os personagens. Vocês podem encontrar no Spotify a lista completa das músicas que ouvi enquanto escrevia esta história, mas, se quiserem, convido vocês a ouvir algumas das mais importantes no momento exato em que aparecem. No capítulo 24, "Yellow submarine". No 48, "Let it be". No 76, "The night we met".

ESCUTE A PLAYLIST ABAIXO E MERGULHE NO UNIVERSO DA NOVA HISTÓRIA DE ALICE KELLEN.

Prólogo

"Tudo pode mudar em um instante." Tinha escutado essa frase muitas vezes ao longo da vida, mas nunca tinha parado para pensar realmente nela e saborear o significado que essas palavras podem deixar na boca quando as esmiuçamos e nos apropriamos delas. Esse sentimento amargo que acompanha todos os "e se" que surgem quando algo ruim acontece e nos perguntamos se poderíamos tê-lo evitado, porque a diferença entre ter tudo e não ter nada é, às vezes, de apenas um segundo. Apenas um. Como naquele dia, quando aquele carro invadiu a pista contrária. Ou como agora, quando ele decidiu que não tinha mais nada pelo que lutar e os traços negros e cinzentos acabaram por engolir as cores que alguns meses atrás faziam parte da minha vida...

Porque, naquele segundo, ele virou à direita.

Eu quis segui-lo, mas tropecei em um obstáculo.

E soube que só poderia avançar virando à esquerda.

Janeiro

[VERÃO]

1
Axel

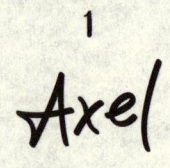

Eu estava deitado na prancha de surfe enquanto o mar se movia lentamente à minha volta. Naquele dia, a água cristalina parecia represada em uma piscina infinita; não havia ondas, nem vento, nem ruídos. Eu podia ouvir minha própria respiração tranquila e o barulho das ondas cada vez que afundava os braços na água, até que parei e apenas fiquei ali, sem me mexer, com o olhar cravado no horizonte.

Poderia dizer que estava esperando o tempo mudar para pegar uma onda boa, mas sabia muito bem que não haveria nenhuma naquele dia. Ou que estava só esperando o tempo passar, algo que eu fazia com frequência. Mas me lembro que o que eu estava fazendo mesmo era pensar. Sim, pensar na minha vida, pensar que eu tinha a sensação de ter alcançado todas as metas e de ter realizado um sonho atrás do outro. "Estou feliz", disse a mim mesmo. E acho que foi o tom que ecoou na minha cabeça, aquele ponto de interrogação, que de repente me fez franzir a testa, sem tirar os olhos da superfície ondulante. "Estou feliz?", questionei. Não gostei daquela dúvida que pareceu se agitar na minha cabeça, vívida e exigindo minha atenção.

Fechei os olhos antes de me afundar no mar.

Depois, com a prancha debaixo do braço, voltei para casa caminhando descalço pela areia da praia e depois por uma ruazinha cheia de mato. Abri o portão com um empurrão, porque ele vivia emperrado por causa da maresia, deixei a prancha na varanda dos fundos e entrei. Coloquei uma toalha dobrada na cadeira e não me vesti para sentar na minha mesa de trabalho, que ocupava um lado inteiro da sala e estava um verdadeiro caos. Para qualquer pessoa normal, pelo menos. Para mim, era o cúmulo da organização. Papéis cheios de anotações, outros com testes descartados, e o restante com traços sem sentido. À direita havia um espaço mais limpo, com canetas, lápis, tintas. Em cima, um calendário rabiscado onde eu anotava os prazos de entrega e, do outro lado, o meu computador.

Dei uma olhada no trabalho acumulado e respondi alguns e-mails antes de decidir continuar com o projeto que tinha em mãos, um folheto turístico da

Gold Coast. Era básico, com uma ilustração de uma praia e ondas de linhas curvas sob as quais surfavam algumas sombras com poucos detalhes. Meu tipo de trabalho preferido: simples, rápido de fazer, bem pago e bem explicado. Nada de "pode improvisar" ou "queremos ouvir suas sugestões", mas um simples "desenha uma merda de uma praia".

Depois, fiz um sanduíche com os poucos ingredientes que restavam na geladeira e tomei o segundo café do dia, frio e sem açúcar. Estava prestes a colocar o copo na boca quando bateram na porta. Eu não gostava muito de visitas inesperadas, por isso deixei o café no balcão da cozinha com a cara fechada.

Se naquele momento eu soubesse o que viria com aquelas batidas, talvez tivesse me recusado a abrir a porta. Mas a quem eu quero enganar? Nunca teria dado as costas para ele. E teria acontecido, de qualquer forma. Antes. Depois. Que diferença faz? Eu tinha a sensação de que, desde o início, era como jogar roleta-russa com todas as balas carregadas; com certeza alguma delas me atravessaria o coração.

Ainda estava com a mão no batente da porta quando vi que aquilo não era uma visita de cortesia. Me afastei para deixar Oliver, taciturno e sério, entrar. Acompanhei-o até a cozinha, perguntando o que tinha acontecido. Ele ignorou o café, abriu o armário alto onde eu guardava as bebidas e pegou uma garrafa de *brandy*.

— Nada mal para uma terça-feira de manhã — observei.

— Eu tô com um puta de um problema.

Esperei sem falar nada, ainda usando só o calção de banho que tinha colocado quando acordei. Oliver estava de calça comprida e uma camisa branca por dentro; o tipo de roupa que jurou que nunca usaria.

— Não sei o que fazer, não consigo parar de pensar em alternativas, mas já esgotei todas e acho que... acho que vou precisar de você.

Isso me pegou; principalmente porque Oliver nunca pedia favores, nem mesmo a mim, que era o melhor amigo dele desde antes de eu aprender a andar de bicicleta. Não pediu quando viveu o pior momento da vida e recusou quase toda a ajuda que ofereci, fosse por orgulho, porque achava que era um incômodo ou porque queria provar a si mesmo que podia cuidar da situação, por mais difícil que fosse.

Talvez, por isso, não hesitei:

— Você sabe que faço qualquer coisa de que precisar.

Oliver terminou a bebida em um gole só, colocou o copo na pia e ficou ali, com as mãos apoiadas dos dois lados.

— Vão me mandar pra Sidney. É temporário.

— Que porra é essa? — Arregalei os olhos.

— Três semanas por mês, durante um ano. Querem que eu supervisione a nova filial que vão abrir e que volte pra cá quando tudo estiver estabilizado. Eu queria poder recusar a oferta, mas, porra, vão dobrar o meu salário, Axel. E agora preciso disso. Por ela. Por tudo.

Ele passou a mão pelo cabelo, nervoso.

— Um ano não é tanto tempo... — eu disse.

— Não posso levar ela comigo. Não tem como.

— Como assim?

Sejamos sinceros, eu já sabia o que significava aquele "não posso levar ela comigo", e fiquei com a boca seca. Porque eu também sabia que não poderia dizer não, porque eles eram duas das pessoas que eu mais amava no mundo. Minha família. Não a família em que nasci, com essa estava tudo bem, mas a família que eu havia escolhido.

— Sei que o que estou te pedindo é um sacrifício. — Sim, era mesmo. — Mas é a única solução. Não posso levar ela comigo para Sidney agora que ela voltou para o colégio depois de ter perdido o último ano. Não posso nesse momento afastá-la de tudo que ela conhece. Vocês são tudo o que nos resta, e seria uma mudança grande demais. Deixá-la sozinha também não é uma opção; ela tem crises de ansiedade, pesadelos e não está... ela não está bem. Leah precisa voltar a "ser ela mesma" antes de ir para a faculdade no ano que vem.

Esfreguei a nuca enquanto imitava o que Oliver tinha feito minutos atrás e abri o armário para pegar a garrafa de *brandy*. A bebida aqueceu minha garganta.

— Quando você vai? — perguntei.

— Em algumas semanas.

— Caralho, Oliver.

2
Axel

Eu tinha acabado de fazer sete anos quando meu pai foi demitido do emprego dele e nos mudamos para uma cidade boêmia chamada Byron Bay. Até então, sempre tínhamos morado em Melbourne, no terceiro andar de um conjunto de apartamentos. Quando chegamos na nossa nova casa, tive a sensação de que seria como estar eternamente de férias. Em Byron Bay não era estranho ver gente andando descalça na rua ou no supermercado; a cidade tinha uma atmosfera relaxada, quase sem horários, e acho que me apaixonei por cada canto daquele lugar antes mesmo de abrir a porta do carro e bater com ela, sem querer, no garoto com cara de poucos amigos que, a partir de então, seria meu vizinho.

Oliver tinha o cabelo despenteado, usava roupas folgadas e parecia um selvagem. Georgia, minha mãe, relembrava aquele episódio com frequência, em reuniões de família, quando tomava uma taça a mais de vinho, dizendo que por pouco não pegou o menino e o levou para a nossa nova casa para dar um banho nele. Por sorte, os Jones apareceram bem quando ela segurava o pequeno pela manga da camiseta. Ela o soltou assim que percebeu que o motivo do "problema" estava bem à sua frente. O senhor Jones, sorridente e usando um poncho manchado de tinta colorida, estendeu a mão. E a senhora Jones a abraçou, deixando-a petrificada. Meu pai, meu irmão e eu rimos da indignação estampada no rosto da minha mãe.

— Vocês são os novos vizinhos, imagino — disse a mãe de Oliver.

— Sim, acabamos de chegar — meu pai se apresentou.

A conversa seguiu um pouquinho mais, e Oliver não parecia muito interessado em nos dar as boas-vindas. Então, vi quando ele, com cara de entediado, tirou do bolso um estilingue e uma pedra e apontou para o meu irmão, Justin. Acertou de primeira. Sorri, porque naquele momento soube que nos daríamos muito bem.

3

Leah

"Here comes the sun, here comes the sun". A melodia daquela música se repetia na minha cabeça, mas não existia o menor sinal daquele sol nos traços negros que eu colocava no papel. Apenas escuridão e linhas duras e retas. Senti que meu coração começava a bater mais rápido, mais sufocado, mais caótico. Taquicardia. Amassei o papel, joguei fora e me deitei na cama, levando uma mão ao peito e tentando respirar... respirar...

4

Axel

Desci do carro e subi os degraus da entrada da casa dos meus pais. Pontualidade não era o meu forte, e fui o último a chegar, como em todos almoços de domingo em família. Minha mãe me recebeu penteando meu cabelo com os dedos e perguntando se aquela pinta no meu ombro estava lá na semana passada. Meu pai revirou os olhos quando ouviu a pergunta, me deu um abraço e me fez entrar. Lá dentro, meus sobrinhos se penduraram nas minhas pernas até Justin os tirar, prometendo a eles um chocolate.

— Continua com os subornos? — perguntei.

— É a única coisa que funciona — respondeu ele, resignado.

Os gêmeos riram baixinho, e tive que fazer um esforço para não me juntar a eles. Eram uns diabinhos. Dois diabinhos encantadores que passavam o dia gritando "Tio Axel, me levanta"; "Tio Axel, me põe no chão"; "Tio Axel, compra isso"; "Tio Axel, se mata", esse tipo de coisa. Eram a razão pela qual meu irmão mais velho estava ficando careca (e ele nunca admitiria que usava produtos para evitar a queda de cabelo) e pela qual Emily, a garota com quem ele começara a namorar no colégio e que acabara se tornando sua esposa, tinha se rendido ao conforto das roupas de malha e a sorrir quando uma de suas crias vomitava nela ou decidia rabiscar suas roupas com canetinha.

Cumprimentei Oliver com um gesto vago e caminhei até Leah, que estava em frente à mesa posta, com o olhar fixo no desenho da folhagem que estampava as bordas do aparelho de jantar. Ela me olhou quando me sentei ao seu lado e dei nela um empurrãozinho amigável. Não respondeu. Não como teria respondido algum tempo antes, com aquele sorriso que cobria todo o rosto e que era capaz de iluminar uma sala inteira. Antes que eu lhe dissesse qualquer coisa, meu pai apareceu segurando uma bandeja com um frango recheado, que deixou no centro da mesa. Eu já estava olhando em volta, meio desconsolado, quando minha mãe me passou uma tigela de legumes refogados. Sorri agradecido.

Comemos e conversamos acerca de tudo um pouco: a cafeteria da família, a temporada de surfe, a última doença contagiosa que minha mãe tinha descoberto que existia. O único assunto do qual não falamos foi aquele que pairava no ar, por mais que o estivéssemos evitando. Quando chegou a hora da sobremesa, meu pai pigarreou e então ficou claro que tinha cansado de fingir que não estava acontecendo nada.

— Oliver, meu caro, você pensou bem?

Todos olhamos para ele. Todos, menos sua irmã.

Leah não tirou os olhos do cheesecake.

— A decisão está tomada. Vai passar rápido.

Com um gesto teatral, minha mãe se levantou e colocou o guardanapo na boca, mas não conseguiu esconder um soluço e foi para a cozinha. Fiz que não com a cabeça quando meu pai quis segui-la e me ofereci para acalmar a situação. Respirei fundo e me apoiei na bancada ao lado dela.

— Mãe, não faz assim, isso é o que eles menos precisam neste momento...

— Não consigo, filho. Que situação insuportável! O que mais pode acontecer? Está sendo um ano horrível, horrível...

Eu poderia ter falado qualquer merda do tipo "não é para tanto" ou "vai ficar tudo bem", mas não tive coragem, porque sabia que não era verdade. Nada seria como antes. Nossas vidas não tinham apenas mudado no dia em que o senhor e a senhora Jones morreram naquele acidente, mas passaram a ser outras vidas, diferentes, com duas ausências que estavam sempre presentes e fortes, como uma ferida que supura e nunca se fecha.

Desde o dia em que pisamos em Byron Bay, viramos uma família. Nós. Eles. Todos juntos. Apesar de todas as diferenças: de que os Jones acordavam todos os dias pensando só "no agora" e que minha mãe passava cada minuto do dia preocupada com o futuro; de que uns eram artistas boêmios acostumados a viver na natureza e outros só conheciam a vida em Melbourne; apesar dos sins e dos nãos que apareciam ao mesmo tempo diante de uma mesma pergunta; das opiniões contrárias e dos debates que duravam até altas horas toda vez que jantávamos juntos no jardim...

Éramos inseparáveis.

E agora nada disso existia mais.

Minha mãe enxugou as lágrimas.

— Como é que ele pode te deixar responsável por Leah? Poderíamos ter procurado alternativas, feito uma reforma rápida na sala e improvisado um quarto para ela, ou comprado um sofá-cama. Sei que não é o mais confortável e que ela precisa ter o espaço dela, mas, pelo amor de Deus, você não sabe cuidar nem de um bichinho de estimação.

Levantei uma sobrancelha, meio indignado.

— Na verdade, eu tenho um animal de estimação.

Minha mãe me olhou surpresa.

— Ah é? E como ele se chama?

— Não tem nome. Ainda.

Na verdade não era "meu animal de estimação", eu não gostava muito da ideia de "ser proprietário" de um ser vivo, mas, de vez em quando, uma gata tricolor, magricela e com cara de quem odiava todo mundo aparecia na minha varanda pedindo comida e eu dava a ela os restos do dia. Às vezes, ela vinha três ou quatro vezes por semana, noutras ficava dias sem dar as caras.

— Isso vai ser um desastre.

— Mãe, eu tenho quase trinta anos, cacete, posso cuidar dela. É o mais razoável a se fazer agora. Vocês ficam no café o dia inteiro e, quando não estão lá, têm que cuidar dos gêmeos. E ela não pode ficar dormindo na sala durante um ano.

— E o que vocês vão comer? — insistiu.

— Comida, caralho!

— Olha essa boca!

Dei a volta e saí da cozinha. Fui até o carro, peguei o maço de cigarros amassado que deixava no porta-luvas e me afastei algumas ruas. Sentei na guia de uma calçada baixa e acendi um cigarro, com os olhos fixos nos galhos das árvores que balançavam com o vento. Aquele não era o bairro onde tínhamos crescido, onde nossas famílias tinham se unido e virado uma só. As duas casas haviam sido colocadas à venda; meus pais tinham se mudado para uma casa pequena, de um quarto só, no centro de Byron Bay. Ficava bem perto do café que tinham aberto mais de vinte anos antes, quando tínhamos chegado aqui para ficar. Não havia motivos para eles continuarem morando longe do centro, já que Justin e eu tínhamos saído de casa, eles tinham perdido seus vizinhos e Oliver e Leah haviam se mudado para a casa que ele tinha alugado quando saiu da casa dos pais, logo assim que terminamos a faculdade.

— Achei que tivesse parado.

Fechei um pouco os olhos por causa do sol quando levantei a cabeça em direção a Oliver. Expulsei a fumaça do cigarro enquanto ele se sentava a meu lado.

— E parei. Um ou dois cigarros por dia não é fumar.

Ao menos, não como as pessoas que realmente fumam.

Ele sorriu, pegou um do maço e acendeu.

— Te meti numa roubada, né?

Acho que, de uma hora para a outra, me tornar o responsável por uma garota de dezenove anos que já não era nada parecida com a menina que um dia tinha sido, poderia, sim, ser considerado "uma roubada". Mas aí lembrei de tudo que Oliver já tinha feito por mim. Desde me ensinar a andar de bicicleta até deixar que quebrassem seu nariz numa briga em que ele se meteu por minha causa, quando estudávamos em Brisbane. Suspirei e apaguei o cigarro no chão.

— A gente vai se virar bem — eu disse.

— Leah pode ir de bicicleta para o colégio, e o resto do tempo ela normalmente fica enfiada dentro do quarto. Até agora não consegui tirá-la de lá e, enfim... fazer com que tudo volte a ser como antes. E tem algumas regras, mas depois te explico. E eu vou vir todos os meses e...

— Relaxa, acho que não vai ser tão complicado.

Não para mim, não como havia sido para ele. Eu só teria que me acostumar a morar com alguém, algo que não acontecia havia anos, e assumir o controle. O meu controle. O resto a gente resolveria no dia a dia. Depois do acidente, Oliver se viu obrigado a abandonar o estilo de vida despreocupado no qual tínhamos crescido para assumir a tutela da irmã e começar a trabalhar num emprego do qual não gostava, mas que lhe dava um bom salário e certa estabilidade.

Meu amigo respirou fundo e me olhou.

— Você vai cuidar dela, não vai?

— Caralho, claro que sim — assegurei.

— Tá certo, porque Leah... ela é a única coisa que me resta.

Fiz que sim com a cabeça e, com um olhar, a gente se entendeu: ele ficou mais tranquilo sabendo que eu faria tudo que pudesse para que Leah ficasse bem, e tomei consciência de que eu era, provavelmente, a pessoa em quem Oliver mais confiava no mundo.

5

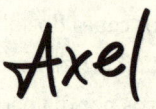

Sorrindo, Oliver levantou o copo.

— Aos bons amigos! — gritou.

Brindei com ele e tomei um gole da bebida que tinham acabado de nos servir. Era o último sábado antes de Oliver ir para Sidney e, depois de muito insistir, consegui convencê-lo a sair um pouco. Terminamos no lugar de sempre, no Cavvanbah, um bar ao ar livre quase na saída da cidade, perto da praia. O nome do lugar era o nome do povo aborígene da região e significava "lugar de encontro", que basicamente resumia o espírito e a identidade de Byron Bay. O quiosque em que serviam as bebidas e as poucas mesas existentes estavam pintadas de azul-turquesa e combinavam bem com o telhado de palha, as palmeiras e os balanços pendurados no teto, que serviam de assento em volta do balcão.

— Ainda não acredito que estou indo embora.

Dei uma cotovelada e ele riu, divertido.

— Vai ser só um ano, e você vai vir todos os meses.

— E Leah... caralho, Leah...

— Eu vou cuidar dela — repeti, porque vinha dizendo essa frase quase todos os dias desde aquela manhã em que abri a porta e traçamos o plano. — É o que a gente tem feito desde sempre, não? A gente levanta e segue em frente, esse é o segredo.

Ele esfregou a cara e suspirou.

— Quem dera ainda fosse assim tão simples.

— Continua sendo. Ei, vamos curtir. — Levantei depois de dar o último gole. — Vou buscar mais uma bebida, vai querer a mesma coisa?

Oliver concordou com a cabeça e me afastei, parando de vez em quando para cumprimentar alguns conhecidos. Quase todo mundo se conhecia numa cidade tão pequena, mesmo que só de vista. Apoiei o cotovelo no balcão e sorri quando Madison fez uma careta depois de servir duas bebidas aos clientes que estavam ao lado.

— Mais uma? Tá tentando ficar bêbado?

— Não sei. Depende. Você vai se aproveitar de mim se eu ficar?

Madison disfarçou um sorriso enquanto pegava a garrafa.

— Você quer que eu me aproveite?

— Você sabe que, com você, sempre.

Ela me entregou os dois copos, me olhando nos olhos.

— Te espero ou você tem planos para depois?

— Vou estar por aqui quando você terminar.

Oliver e eu passamos o resto da noite bebendo e relembrando coisas. Como aquela vez na qual ligamos para o pai dele porque ficamos bêbados na praia, e em vez de nos buscar e nos levar para casa, ele resolveu fazer um desenho de nós dois largados na areia em um estado deplorável para depois fazer cópias do desenho e colar nas paredes da minha casa e da casa deles, como um lembrete de como tínhamos sido idiotas. Douglas Jones tinha um humor muito peculiar. Ou aquela outra vez, quando nos metemos numa confusão em Brisbane, um dia em que conseguimos maconha e fumamos até eu ficar muito doido e, morrendo de rir, jogar no mar as chaves do apartamento que a gente tinha alugado. Oliver foi buscá-las e entrou na água com roupa e tudo, chapado, enquanto eu, na areia, me acabava de tanto rir.

Naquela época, prometemos a nós mesmos que viveríamos sempre daquele jeito, como o lugar que nos viu crescer: tão simples, relaxado, ancorado na essência do surfe e da contracultura.

Olhei para Oliver e segurei um suspiro antes de terminar a bebida.

— Vou nessa, não quero deixar Leah sozinha por mais tempo — disse ele.

— Tá bom. — Ri quando ele se levantou, cambaleou, me mostrou o dedo do meio e deixou um punhado de dinheiro em cima mesa. — A gente se fala amanhã.

— Beleza — ele respondeu.

Fiquei por ali mais um pouco, com um grupo de amigos. Gavin contou sobre a namorada nova, uma turista que tinha chegado havia dois meses e que, no fim, resolveu ficar por tempo indefinido. Jake descreveu três ou quatro vezes o desenho da sua prancha nova. Tom se limitou a beber e a escutar os outros. Parei de pensar conforme o bar ia esvaziando, madrugada adentro. Quando o último cliente saiu, dei a volta no quiosque, abri a porta de trás e entrei de fininho.

— Me diz: por que é que eu tenho tanta paciência?

Madison sorriu, fechou a persiana e veio para cima de mim com um sorriso sensual nos lábios. Seus dedos escorregaram pela cintura da minha calça jeans e me puxaram até que nossos lábios se encontraram, entreabertos.

— Porque eu te recompenso bem... — sussurrou.

— Refresca um pouco a minha memória...

Tirei o pequeno top que ela usava. Estava sem sutiã. Madison se esfregou em mim antes de desabotoar minha calça e de se ajoelhar devagar. Quando sua boca me tocou, fechei os olhos, minhas mãos apoiadas na parede em frente. Afundei os dedos no cabelo dela, insinuando para ela se mover mais rápido, mais profundo. Estava quase gozando quando dei um passo atrás. Coloquei uma camisinha. E então me afundei nela contra a parede, entrando com força, me agitando cada vez que a ouvia gemer meu nome, sentindo aquele momento; o prazer, o sexo, a necessidade. Só isso. Perfeito.

Fevereiro

(VERÃO)

6

Leah

Mantive os olhos em minhas mãos entrelaçadas enquanto o carro seguia pela estrada sem asfalto e o sol de fim de tarde pintava o céu de laranja. Não queria vê-lo, não queria cores, nada que me trouxesse lembranças e sonhos que tinham ficado para trás.

— Não dificulta as coisas para o Axel, ele está nos fazendo um grande favor, você sabe, né, Leah? E come. E tenta ficar bem, tá bom? Diz que vai tentar fazer isso.

— Estou tentando — respondi.

Ele continuou falando até parar na frente de uma casa rodeada de palmeiras e arbustos selvagens que cresciam à vontade. Eu tinha estado na casa de Axel algumas poucas vezes e tudo me pareceu diferente. Eu era diferente. Durante o último ano, era ele quem passava por nosso apartamento de vez em quando e ficava lá um pouco com a gente. Fechei os olhos quando de repente me veio à mente um pensamento que me gritava: que, se isso tivesse acontecido antes, o simples fato de dividir um teto com ele teria me dado um frio na barriga e um nó na garganta. Naquele momento, porém, eu não sentia nada. Era isso que tinha acontecido depois do acidente, a marca que havia ficado em mim: um vazio imenso e desolador sobre o qual era impossível construir qualquer coisa, porque não existia nenhum chão para isso. Eu simplesmente "não sentia" mais nada. E não queria voltar a sentir. Era melhor viver assim, anestesiada, do que com dor. Às vezes eu reagia, tinha alguma melhora inesperada, como se algo estivesse tentando acordar dentro de mim, mas eu conseguia controlar, e acabava realmente controlando. Era como ter uma massa de pizza na minha frente cheia de imperfeições e de protuberâncias, pouco antes de eu decidir passar o rolo com força e deixá-la plana.

— Preparada? — Meu irmão me olhou.

— Acho que sim. — Encolhi os ombros.

7

Axel

Queria poder voltar no tempo só para dizer ao meu eu do passado que fui um idiota por pensar que "não seria tão complicado". Foi complicado pra cacete desde o primeiro minuto, quando Leah pôs os pés na minha casa e olhou em volta sem muito interesse. É verdade que não tinha muito o que ver: as paredes estavam lisas e sem quadros à vista, o piso era de madeira, assim como a maioria dos móveis de diferentes cores e estilos, a sala e a cozinha eram separadas por um balcão e, segundo minha mãe, a decoração era típica de um bar de praia.

Assim que Oliver saiu, com o tempo exato para chegar ao aeroporto, comecei a me sentir incomodado. Ela pareceu não notar meu desconforto enquanto me seguia, em silêncio, até o quarto de hóspedes.

— É aqui. Pode redecorá-lo ou... — Fechei a boca antes de acrescentar. — Ou seja lá o que for que as meninas da sua idade fazem. — Porque ela não era mais uma daquelas garotas sorridentes que andavam por Byron Bay com pranchas de surfe nas costas e vestidinhos de verão. Leah tinha se distanciado de tudo aquilo, como se de alguma forma a lembrança a levasse de volta ao passado.

— Precisa de alguma coisa?

Ela me olhou com aqueles enormes olhos azuis e negou com a cabeça, depois colocou a mala em cima da cama e a abriu, para começar a tirar tudo de dentro e organizar seus pertences.

— Qualquer coisa, estou na varanda.

Deixei-a sozinha e respirei fundo.

Não ia ser fácil, não. Dentro do meu caos, eu tinha uma rotina bem definida. Levantava antes de o sol nascer, tomava uma xícara de café e saía para surfar ou tomar um banho de mar, se não tivesse onda; depois, preparava o almoço e me sentava para organizar o trabalho pendente. Costumava adiantar uma coisa aqui, outra ali, nunca de uma forma muito ordenada, a não ser que tivesse algum prazo de entrega muito apertado. Mais tarde tomava a segunda e última xícara de café do dia, geralmente olhando a paisagem pela janela. Apesar de não ser tão ruim na cozinha, era raro eu ligar o fogão para cozinhar, mais por preguiça do que por qualquer outra coisa. À tarde continuava quase tudo igual: mais trabalho, mais surfe, mais horas de silêncio sentado na varanda comigo mesmo, mais paz. Depois a hora do chá, o cigarro da noite e um pouco de leitura ou de música antes de ir para a cama.

Por isso, no dia em que Leah chegou, decidi seguir a minha rotina. Passei a tarde trabalhando em uma das últimas encomendas, concentrado em criar uma imagem a partir das linhas, depois arredondar, delinear e detalhar, até chegar ao resultado perfeito.

Quando larguei a caneta e me levantei, percebi que ela ainda não tinha saído do quarto. A porta ainda estava como eu havia deixado, encostada. Fui até lá, bati com os dedos e abri devagar.

Leah estava deitada na cama ouvindo música, o cabelo loiro despenteado no travesseiro. Desviou o olhar do teto e tirou o fone de ouvido enquanto se sentava.

— Desculpa, não te escutei.
— O que estava ouvindo?
Ela hesitou, incomodada.
— Beatles.
Um silêncio tenso.

Ouso dizer que todo mundo que conhecia os Jones sabia que os Beatles eram a banda favorita deles. Eu me lembro de noites inteiras na casa deles dançando as músicas do grupo e cantando a plenos pulmões. Quando, anos mais tarde, comecei a fazer companhia a Douglas Jones enquanto ele pintava em seu estúdio na varanda de casa, perguntei por que ele sempre trabalhava com música, e ele me respondeu que era dela que vinha sua inspiração; que nada nascia da gente mesmo, nem mesmo a ideia básica, mas o modo como plasmar a ideia, sim. Me explicou que as notas lhe mostravam o caminho e que as vozes lhe gritavam cada traço. Naquela época, eu costumava imitar tudo que Douglas fazia, admirado por seus quadros e por sua capacidade de sorrir o tempo todo, então decidi seguir seus passos e tentei encontrar minha própria inspiração, algo que me transpassasse a pele. Mas nunca a encontrei, e, talvez por isso, no meio do caminho, acabei pegando um desvio inesperado que me levou a ser ilustrador.

— Quer pegar uma onda? — perguntei.
— Surfar? — Leah me olhou tensa. — Não.
— Tá bom. Não vou demorar.

Caminhei inquieto os poucos metros que separavam a minha casa do mar, olhando para a bicicleta laranja encostada na guarda-corpo de madeira da varanda. Oliver a havia deixado ali depois de tirá-la do carro; era só um objeto, mas um objeto que sinalizava mudanças que eu ainda não tinha assimilado.

Esperei, esperei e esperei até que apareceu a onda perfeita. Então curvei as costas, firmei bem os pés e me levantei; desci pela parede da onda e, depois que peguei impulso, virei para me afastar da parte que ia quebrando antes de cair na água.

Quando voltei, a porta do quarto de hóspedes estava fechada. Não bati. Tomei um banho e fui para a cozinha preparar algo para o jantar. Eu tinha ido ao supermercado no dia anterior, algo que não fazia muito, pelo menos não assim, para fazer uma compra grande, mas tentei colocar um pouco de variedade na geladeira. Eu só sabia que Leah gostava de pirulito de morango porque quando criança ela sempre estava com um na boca e, depois que terminava, ficava horas mordendo o palito de plástico. E gostava também do cheesecake da minha mãe, mas isso não era nenhuma surpresa, porque todo mundo sabia que era o melhor do mundo.

Enquanto cortava alguns legumes, percebi que eu não conhecia Leah tão bem quanto imaginava. Talvez nunca tenha conhecido realmente. Não tão a fundo. Ela nasceu quando Oliver e eu tínhamos dez anos e ninguém esperava outro integrante na família. Ainda me lembro bem do primeiro dia em que a vi: ela tinha bochechas redondas e rosadas, dedos minúsculos que se agarravam a qualquer coisa próxima e cabelos tão loiros que parecia careca. Rose ficou um tempão nos explicando que, a partir daquele momento, teríamos que cuidar dela e nos comportar bem com a pequena. Mas Leah passava os dias chorando ou dormindo, e estávamos mais interessados em passar as tardes na praia caçando insetos ou brincando.

Quando fomos para a faculdade em Brisbane, ela tinha acabado de fazer oito anos. Quando voltamos, depois de passar vários anos lá, fazendo estágio e trabalhando, Leah tinha quase quinze e, embora viéssemos aqui com frequência, tive a sensação de que ela tinha crescido de uma vez só, como se tivesse se deitado uma noite sendo uma menina e acordado na manhã seguindo sendo uma mulher. Era alta e magra, quase sem curvas, como uma espiga. Enquanto estive fora, ela tinha começado a pintar, seguindo os passos do pai. Um dia qualquer, quando eu passava pelo jardim, parei em frente a um quadro que estava no cavalete e fiquei paralisado ao ver as linhas delicadas e os traços que pareciam vibrar cheios de cor. Fiquei arrepiado. Tinha certeza de que aquele quadro não era de Douglas, porque havia algo diferente ali, algo... que eu não conseguia explicar.

Ela apareceu pela porta de trás da casa.

— Você que fez? — Apontei para o quadro.

— Sim. — Ela me olhou com cautela. — É ruim.

— É perfeito. É... diferente.

Inclinei a cabeça para olhá-lo por outro ângulo, absorvendo os detalhes, a vida que quase podia ser tocada, a confusão. Ela tinha pintado a paisagem à sua frente: os galhos curvos das árvores, as folhas ovaladas e os troncos grossos, mas não era uma imagem real; era uma distorção, como se ela tivesse colocado todos os elementos em um liquidificador dentro de sua cabeça, batido tudo e depois os tivesse soltado novamente, interpretando-os de outra maneira.

Leah ficou vermelha e entrou na frente do quadro com os braços cruzados. Seu rosto meigo e angelical se fechou quando me dirigiu um olhar duro de repreensão.

— Você está me zoando.

— Não, cacete, por que acha isso?

— Porque meu pai me pediu para eu pintar isso — apontou para as árvores —, e eu fiz isso, que não tem nada a ver. Comecei bem, mas depois... depois...

— Depois você fez a sua própria versão.

— Você acha mesmo?

Fiz que sim com a cabeça e sorri.

— Continua assim.

Nos meses seguintes, sempre que ia à casa dos meus pais ou dos Jones, ficava um tempo com ela dando uma olhada em seus trabalhos mais recentes. Leah era... era ela mesma, não tinha nada parecido, ela não tinha influências, seus traços eram tão particulares que eu podia reconhecê-los em qualquer lugar. Era luz e tinha algo que me fazia querer estar por perto, como se seus quadros me amarrassem para continuar olhando para eles, descobrindo-os...

8

Leah

LEVANTEI DA CAMA COM UM SUSPIRO QUANDO AXEL ME CHAMOU E DISSE QUE O JANTAR estava pronto. Ele tinha feito uns tacos de legumes fumegantes que estavam em cima da mesa improvisada, uma prancha de surfe com quatro pés de madeira em frente ao sofá. Além de sua mesa de trabalho cheia de tralha, era a única mesa da casa, sem contar o baú antigo onde ele colocava o toca-discos. Aquele lugar era muito a cara dele, com aqueles móveis que combinavam apesar de serem tão diferentes, a ordem dentro da desordem, o reflexo de sua paz interior nas pequenas coisas.

Eu tinha inveja dele. Essa maneira que ele tinha de viver, tão despreocupado e tranquilo, sempre olhando em frente, sem olhar para o que estava ficando para trás, sempre focado "no agora".

Sentei do outro lado do sofá e comi em silêncio.

— Então amanhã você vai para o colégio de bicicleta...

Fiz que sim.

— Quer que eu te leve de carro?

Fiz que não.

— Tudo bem, como preferir. — Axel suspirou. — Quer um chá?

Levantei a cabeça devagar e olhei para ele.

— Chá? A esta hora?

— Sempre tomo chá à noite.

— Tem cafeína — sussurrei.

— Pra mim, não faz efeito.

Axel levou os pratos para a cozinha. Olhei para ele por cima do ombro enquanto ele se afastava. Tinha o cabelo loiro escuro como trigo maduro, ou como a areia da praia ao entardecer. Parei de olhar, confusa, afastando as cores para o lado, enterrando-as.

Axel me chamou uns minutos depois, com um copo de chá numa mão e um maço de cigarros na outra.

— Vamos lá na varanda? — propôs.

— Não, eu vou para a cama. Boa noite.

— Boa noite, Leah. Descansa.

Me meti debaixo dos lençóis, apesar de não estar fazendo frio, e escondi a cabeça debaixo do travesseiro. Escuridão. Apenas escuridão. Na casa de Axel não tinha nenhum barulho de carro passando na rua de vez em quando, nenhuma voz distante, apenas silêncio e meus próprios pensamentos, que pareciam estar gritando e se agitando, reprimidos. Quando percebi que a ansiedade começava a apertar meu peito e a respiração ficava irregular, fechei os olhos com força e me agarrei aos lençóis, desejando que tudo desaparecesse. Tudo.

**

Na manhã seguinte, encontrei Axel na cozinha.

Ele usava só um calção de banho vermelho, ainda molhado, e estava fazendo uma torrada. Sorriu para mim. E eu o odiei um pouco por isso, por sorrir assim para mim, com aquela curva perfeita, com aquele brilho nos olhos. Evitei olhar para ele e abri a geladeira para pegar o leite.

— Dormiu bem? — perguntou.

— Dormi — menti. Tinha tido pesadelos de novo.

— Não quer mesmo que eu te leve?

— Não precisa. Mas obrigada.

Logo depois me afastei dali, para longe dele, pedalando sem parar até chegar ao colégio e deixar a bicicleta presa em uma cerca pintada de azul. O prédio de madeira era pequeno, com uma varanda em volta. Olhei para baixo quando passei pela entrada e não falei com ninguém. Antes, este era um dos meus momentos favoritos do dia: chegar ao colégio, encontrar minhas amigas, saber as últimas fofocas e caminhar com elas até a sala. Mas eu não conseguia mais fazer isso. Tinha tentado, de verdade, mas havia uma barreira entre nós, algo que antes não existia.

Desejei que Blair não tivesse começado a trabalhar lá quando passei por ela com a cabeça baixa, deixando o cabelo cobrir um pouco o meu rosto. Acho que por isso eu o deixava tão comprido, para tentar passar despercebida, para esconder a expressão que eu sabia que todos podiam ler em meus olhos. Se tivessem me oferecido um superpoder, eu teria escolhido a invisibilidade. Assim eu poderia ter escapado dos olhares de piedade, no começo, e dos que vieram depois, que pareciam gritar que eu era estranha, que eles não me entendiam, que eu não estava me esforçando o suficiente para sair de novo à superfície e respirar...

Fiquei a manhã inteira sentada na minha mesa rabiscando espirais em um canto do livro de matemática, concentrada na forma como as linhas se curvavam e no movimento suave da caneta preta. Quando a aula terminou, percebi que mal tinha ouvido o que a professora tinha falado. Guardava os livros na mochila quando Blair entrou timidamente na sala e veio em minha direção. Quase todos os colegas já tinham saído. Olhei para ela constrangida, querendo escapar.

— Oi! Podemos conversar?

— Eu... preciso ir...

— É rapidinho.

— Tá bom.

Blair respirou fundo.

— Soube que seu irmão vai ter que passar um tempo em Sidney e queria que soubesse que se precisar de alguma coisa, qualquer coisa, pode contar comigo. Eu ainda estou aqui. Na verdade, nunca saí.

Senti o coração bater mais depressa.

Eu desejava aquilo, que tudo voltasse a ser como antes, mas não conseguia. Cada vez que fechava os olhos, via o carro dando voltas e mais voltas, uma vala verde embaçada mostrando que tínhamos saído da estrada, uma música que parou de repente, um grito congelado. E depois... depois eles estavam mortos. Meus pais. Eu não conseguia esquecer, não conseguia tirar aquela cena da cabeça por mais do que algumas horas, como se ela tivesse acontecido no dia anterior e não quase um ano antes. Não conseguia andar ao lado de Blair e sorrir cada vez que passávamos por um grupo de turistas surfistas, ou falar sobre o que faríamos no futuro, porque a única coisa que eu queria fazer era... nada. E tudo em que eu conseguia pensar era... neles. E ninguém me entendia. Pelo menos, foi a essa conclusão que cheguei depois de várias sessões com o psicólogo a que Oliver me levou.

— Não tem por que ser igual, Leah.

— Não teria como ser — consegui dizer.

— Mas pode ser diferente, novo. Não era isso que você fazia antes, quando pintava? Pegar algo que já existe e interpretar de outra forma. — Engoliu em seco, nervosa. — Você não consegue fazer isso com a nossa amizade? A gente não precisa falar sobre nada que não queira.

Concordei com a cabeça antes de ela terminar, deixando aberta uma pequena brecha entre nós. Blair sorriu e depois saímos juntas do colégio. Ela me deu um tchauzinho quando eu subi na minha bicicleta laranja e comecei a pedalar na direção contrária.

9

Axel

A PORTA DO QUARTO DELA CONTINUAVA FECHADA.

Já fazia quase três semanas que ela estava na minha casa e, todos os dias, quando voltava do colégio, comia em silêncio o que eu tivesse preparado, sem reclamações ou objeções, e depois se trancava entre aquelas quatro paredes. Nas poucas vezes que entrei, ela estava ouvindo música com o fone de ouvido ou desenhando com uma caneta de ponta fina; nada interessante, apenas figuras geométricas, repetições, rabiscos sem sentido.

Provavelmente a frase mais longa que me falou foi na primeira noite, quando me disse que o chá tinha cafeína. Depois, mais nada. Não fosse o fato de ter uma escova de dentes a mais no meu banheiro e de eu estar começando a gostar de fazer compras de vez em quando, eu mal teria notado a presença dela. Leah só saía para almoçar, jantar e ir para a escola.

Como era de se esperar, minha mãe veio algumas vezes trazer umas marmitas, apesar de eu ter passado vários dias no café para dizer que estava tudo bem, comer bolo sem pagar e papear um pouco com Justin, que, se algum dia meus pais deixassem de ser viciados em trabalho, assumiria o negócio.

— Como vão as coisas? — ele me perguntou.

— Acho que indo. Ou não, sei lá.

— É uma situação complicada. Tem que ter paciência. E não apronte uma das suas.

— Das minhas?

— É, sei lá, alguma merda que te passe pela cabeça e que não tenha muito sentido.

Dei uma risada e tomei meu café em um gole só. Justin e eu nunca fomos muito amigos, não éramos daqueles irmãos que saem juntos e terminam a noite bêbados ou curtindo por aí. Não tínhamos nada em comum, e, provavelmente, se o sangue não tivesse nos unido para a vida inteira, teríamos sido dois desconhecidos que nunca trocariam mais do que duas ou três palavras. Justin era sério e um pouco certinho, responsável e sensato, acho. Quando eu era menor, me parecia que ele tinha ficado preso à vida que tínhamos em Melbourne, como se tivesse sido arrancado de lá pela raiz e o tivessem colocado em um lugar que ele não entendia bem. Comigo tinha acontecido o contrário. Aquele pedaço de litoral era o meu lugar, como se tivesse sido feito para mim milímetro por milímetro. A liberdade, poder andar descalço a qualquer hora, o surfe e o mar, a vida tranquila e o clima boêmio. Tudo.

Caminhei pelas ruas de Byron Bay depois de me despedir do meu irmão e comprei umas frutas orgânicas. Depois, enquanto voltava para casa, liguei para Oliver. Tínhamos conversado no dia anterior, mas ele precisou desligar porque alguém apareceu para avisar que ele estava atrasado para uma reunião, então só trocamos algumas poucas frases.

— E aí, como estão indo? — ele me perguntou.

— Tenho umas dúvidas novas.

— Sou todo ouvidos — respondeu.

— Leah passa o dia trancada no quarto.

— Isso eu já tinha te falado. Ela precisa do espaço dela.

— Posso tirar esse espaço?

Houve um silêncio do outro lado.

— O que você quer dizer, Axel?

— Você nunca pediu para ela sair do quarto e ponto?

— Não, o psicólogo falou que não funciona assim...

— Tenho que seguir essas normas? — insisti.

— Sim — ele pediu. — É uma questão de tempo. Tem sido difícil para ela.

Controlei o impulso de contrariá-lo e segurei a língua. Ele então contou do trabalho que estava fazendo, da organização que tinha efetuado naquelas três semanas. Talvez, com um pouco de sorte, ele poderia encurtar em alguns meses o período em Sidney. Não quis me agarrar antes do tempo ao alívio que senti.

**

ERA UM SÁBADO. ELA HAVIA PASSADO A MANHÃ INTEIRA TRANCADA NO QUARTO e eu estava começando a perder a paciência, mesmo sabendo que Oliver chegaria na segunda-feira e eu recuperaria a normalidade durante sete dias. Não é que eu não a entendesse, claro que entendia sua dor, mas isso não mudava as coisas, o presente. Segundo o psicólogo a que Oliver a levara para algumas sessões, ela não estava progredindo conforme o esperado nas fases do luto. Em teoria, ainda estava presa na primeira, a negação, mas eu não estava muito convencido. Talvez tenha sido isso que me fez bater na porta do quarto.

Leah levantou a cabeça e tirou o fone.

— Tem umas ondas boas, pega a sua prancha.

Ela pestanejou, confusa. Foi quando percebi que as propostas que faziam a ela eram sempre formuladas como uma pergunta. Propostas que Leah sempre dava um jeito de recusar. No meu caso, não era uma pergunta.

— Não tô afim, mas obrigada.

— Não me agradeça. Tira a bunda daí e vamos.

Ela me olhou alarmada. Vi seu peito subir e descer ao ritmo da respiração rápida, de quem não esperava um ataque assim, repentino, depois de tantos dias de calma. Eu também não tinha planejado aquilo, e havia prometido ao meu melhor amigo que não faria algo assim, mas confiava no meu instinto. E tinha sido instintiva a necessidade de tirá-la daquele quarto, a vontade de arrastá-la para longe daquele lugar. Leah se sentou reta, tensa.

— Eu não quero ir, Axel.

— Te espero lá fora.

Deitei na rede que ficava pendurada nas vigas da varanda, onde às vezes eu lia à noite ou ficava de os olhos fechados ouvindo música. Esperei. Dez minutos. Quinze. Vinte. Vinte e cinco. Ela apareceu depois de meia hora, com a cara fechada por ter sido contrariada, o cabelo preso em um rabo de cavalo e uma expressão de quem não estava entendendo nada.

— Por que quer que eu vá?

— Por que quer ficar?

— Não sei — respondeu em voz baixa.

— Eu também não. Bora.

Leah me seguiu em silêncio e percorremos a curta distância até a praia. A areia branca nos recebeu, quente sob o sol do meio-dia, e ela tirou o vestido, ficando de biquíni. Sem saber por quê, desviei o olhar de forma brusca e grudei os olhos na prancha antes passá-la para ela.

— É muito curta — ela reclamou.

— Como tem que ser. Mais agilidade.

— Menos velocidade — replicou.

Sorri para ela, não pela resposta, mas porque pela primeira vez naquelas três intermináveis semanas estávamos tendo algum tipo de conversa. Fui para a água e ela me acompanhou sem resmungar.

Apesar de a cidade ser uma meca para muitos surfistas, as ondas geralmente não eram grandes. Naquele dia, porém, haveria um fenômeno conhecido como "a famosa onda de Byron Bay". Isso acontecia quando se juntavam três points na maré cheia, criando uma longa onda que avançava para a direita, começando na ponta do cabo e entrando na baía com tubos regulares e sincronizados.

Eu não perdia aquele espetáculo por nada.

Fomos um pouco mais para o fundo. Ficamos em silêncio, sentados em nossas pranchas, esperando o momento perfeito, esperando... Leah reagiu e me seguiu quando acenei para ela e me movi, sentindo nascer uma onda boa, a energia surgir nas águas calmas.

— Lá vem ela — sussurrei.

Então nadei mar adentro, calculando o tempo, e fiquei em pé na prancha antes de deslizar sobre a onda e contorná-la, pegando velocidade para fazer uma manobra. Eu sabia que Leah estava atrás de mim. Podia senti-la nas minhas costas, abrindo o caminho pela parede da onda.

Feliz, olhei para ela por cima do ombro.

E, um segundo depois, ela tinha desaparecido.

10

Leah

A ÁGUA ME ATINGIU E EU FECHEI OS OLHOS.

Depois a cor desapareceu e eu voltei a me sentir a salvo daquelas lembranças que às vezes tentavam entrar, da vida que eu já não tinha, das coisas que tinha desejado e que não me importavam mais. Porque não era justo que tudo continuasse como era, seguindo em frente, como se nada tivesse mudado, sendo que tudo tinha mudado. Eu me sentia tão distante da minha vida de antes, de mim mesma, que às vezes tinha a sensação de ter morrido naquele dia também.

Abri os olhos de repente.

A água estava girando à minha volta. Eu estava afundando. Mas não havia dor. Não havia nada. Apenas o sabor salgado do mar na minha boca. Apenas calma.

E então eu o senti. As mãos dele me segurando contra seu corpo, sua força, seu impulso nos puxando para cima. Depois, o sol nos tocou quando passamos pela superfície da água. Senti ânsia. Tossi. Axel tocou minha bochecha com os dedos, e seus olhos, de um azul tão escuro que pareciam negros, pairavam sobre meu rosto.

— Caralho, Leah, querida, porra, você está bem?

Olhei para ele agitada. Sentindo... sentindo algo...

Não, eu não estava bem. Não se tinha voltado a sentir aquilo.

11

Axel

Pânico. Perdê-la de vista daquele jeito me deixou em pânico. Ainda estava com o coração saindo pela boca quando chegamos em casa, e eu não conseguia parar de pensar em Leah afundando, no mar bravo em volta dela, em como ela parecia frágil. Queria perguntar por que ela não tinha tentado sair da onda, mas estava com medo de quebrar o silêncio. Ou, talvez, o que me dava medo mesmo era a resposta.

Fiquei na cozinha enquanto ela tomava uma ducha, olhando pela janela, pensando em pegar o telefone e ligar para Oliver. Quando Leah saiu do banho e me olhou envergonhada e inquieta, tive que me segurar para não amolecer.

— Como você está?

— Bem, eu só fiquei tonta.

— Quando caiu na água?

Ela desviou o olhar e fez que sim com a cabeça.

— Vou ficar lá no meu quarto — disse.

— Tá bom. Mas à noite quero falar com você.

Leah abriu a boca para reclamar, mas foi para o quarto e fechou a porta. Respirei fundo, tentando recuperar a calma. Descalço, fui até a varanda dos fundos, sentei nos degraus de madeira rachados e acendi um cigarro.

Que merda, é claro que precisávamos conversar.

Dei uma última tragada antes de entrar. Fui até minha mesa, revirei os papéis soltos e encontrei um em branco. Peguei uma caneta e escrevi todas as perguntas que eu vinha me fazendo durante aquelas três longas semanas. Deixei o papel por perto e fui anotando outras enquanto preparava o jantar. Fiz uma salada e bati na porta. Leah não se opôs quando eu propus jantarmos na varanda.

O céu estava estrelado e o cheiro do mar enchia o ar.

Comemos em silêncio, quase sem nos olhar. Quando terminamos, perguntei se ela queria chá, mas ela negou com a cabeça, então fui até a cozinha para levar os pratos. Quando voltei, Leah estava de costas, debruçada no guarda-corpo, olhando para a escuridão.

— Senta — pedi.

Ela suspirou alto antes de se virar para mim.

— Isto é mesmo necessário? Eu vou embora depois de amanhã.

— E volta uma semana depois — respondi.

— Eu não vou te incomodar. — Ela me olhou suplicante. Parecia um animal assustado. — Eu não queria, foi você quem me forçou a entrar na água...

— Não tem nada a ver com isso. A gente vai passar bastante tempo juntos este ano e eu preciso saber algumas coisas. — Tomei um gole de chá e dei uma olhada no papel cheio de perguntas que eu tinha na mão. — Para começar: você não tem amigos? Você sabe o que eu quero dizer. Pessoas com quem socializar, como as meninas da sua idade fazem.

— Você está brincando?

— Não, claro que não.

Leah permaneceu em silêncio. Eu não estava com pressa, então me sentei na rede e coloquei o copo de chá na borda do guarda-corpo de madeira para acender um cigarro.

— Eu tinha sim. Tenho. Acho.

— E por que você nunca sai?

— Porque eu não quero, não quero mais.

— Até quando? — insisti.

— Não sei! — Ela respirou agitada.

— Tá bom... — Vi as rugas marcando sua testa, o movimento da garganta enquanto ela engolia saliva com força. — Isso resolve três das minhas dúvidas. — Olhei o papel. — Como está indo no colégio?

— Normal, acho.

— Você acha ou você sabe?

— Eu sei. Por que isso te interessa?

— Eu nunca te vejo estudando.

— Isso não é da sua conta.

Dei umas batidinhas no queixo com os dedos. E por fim olhei para ela. De igual para igual. Não como se ela fosse alguém que precisava ser cuidada e eu estivesse disposto a ajudar. Vi medo em seus olhos. Medo porque ela sabia o que eu ia falar.

— Eu não queria ter que te lembrar disso, mas seu irmão está há um ano se matando de trabalhar por você, para que possa ir para a faculdade, para seguir em frente...

Parei de falar depois do primeiro soluço.

Levantei, me sentindo um merda, e a abracei. O corpo dela se agitou contra o meu e eu fechei os olhos, segurando, segurando, mesmo doendo, porque eu não ia pedir desculpas pelo que tinha dito, porque sabia que tinha que ser assim.

Leah se afastou, secando as bochechas.

Fiquei ao lado dela, com os braços no guarda-corpo de madeira que circundava a varanda, o vento úmido da noite agitando-se à nossa volta. Peguei de novo minhas anotações.

— Vou continuar. — Agora ela estava exatamente como eu queria: desarmada, tremendo. Nada daquela armadura que ela usava o tempo todo. — Por que não pinta mais?

Se eu não tivesse encontrado tantas coisas em seus olhos, poderia ter separado o que estava vendo, dissecando cada parte para tentar entendê-la, mas não consegui.

— Porque eu não suporto as cores.

— Por que não? — sussurrei.

— Elas me fazem lembrar de "antes"... e dele.

Douglas Jones. Sempre cheio de tinta, de cores, de vida. No meu papel ainda tinha várias perguntas: "Por que você não consegue aceitar o que aconteceu?"; "Por que você está fazendo isso com você mesma?"; "Até quando você acha que vai ficar assim?". Amassei-o com a mão e coloquei-o no bolso da calça.

— Terminou? — ela perguntou, insegura.

— Sim. — Acendi outro cigarro.

— Achava que você tinha parado.

— E parei. Eu não fumo. Não como as outras pessoas que realmente fumam.

Então ela sorriu. Foi um sorriso tímido e fugaz, ainda entre o rastro salgado das lágrimas, mas durante um milésimo de segundo ele esteve ali, iluminando seu rosto, curvando seus lábios, desenhado para mim.

12

Leah

NÃO ME LEMBRO DE QUANDO ME APAIXONEI POR AXEL, NÃO SEI SE FOI EM UM DIA específico ou se a sensação sempre esteve ali, adormecida, até que cresci e tomei consciência do que era amar, desejar alguém, ansiar por um olhar dele mais do que qualquer outra coisa no mundo. Ou, pelo menos, era isso o que eu pensava quando tinha treze anos, quando ele morava em Brisbane com meu irmão. Se ele viesse nos visitar, eu passava a noite anterior inteira acordada, com aquele frio na barriga. Escrevia o nome dele na agenda da escola, falava dele para minhas amigas e memorizava todos os seus gestos como se fossem valiosos ou escondessem uma mensagem. E depois, quando Axel voltou e ficou em Byron Bay, comecei a amá-lo de verdade. Para mim, bastava tê-lo por perto e deixar aquele sentimento crescer lentamente, mesmo que em silêncio, guardado em uma caixinha trancada à sete chaves, que eu protegia e alimentava enquanto sonhava acordada.

A primeira vez que seus olhos se detiveram em uma pintura minha foi como se o mundo tivesse parado; cada folha de grama, cada vibração distante. Fiquei sem fôlego olhando-o pela janela, enquanto ele inclinava a cabeça sem tirar os olhos do desenho. Eu tinha deixado o quadro ali depois de ter passado a manhã inteira pintando aquele trecho de vegetação que crescia atrás da nossa casa, tentando, em vão, seguir as instruções do meu pai.

Quando minhas pernas pararam de tremer, saí.

— Você que fez? — ele me perguntou.

— Sim. — Olhei para ele com cautela. — É ruim.

— É perfeito. É... diferente.

Com os braços cruzados, notei que estava ficando vermelha.

— Você está me zoando.

— Não, cacete, por que você acha isso?

Hesitei, sem desviar meus olhos dos dele.

— Porque meu pai me pediu para eu pintar isso — apontei para as árvores — e eu fiz isso, que não tem nada a ver. Comecei bem, mas depois... depois...

— Depois você fez a sua própria versão.

— Você acha mesmo?

Ele fez que sim com a cabeça e sorriu.

— Continua assim.

Axel elogiou aquela tela cheia de linhas que nem eu mesma conseguia entender, mas que, de alguma forma que eu também não sabia explicar, se encaixavam, se moldavam, faziam sentido. Seu cabelo loiro escuro sacudiu com o vento e eu senti necessidade de conseguir a mistura perfeita para chegar àquela tonalidade; uma base ocre com um toque de marrom, algumas sombras nas raízes e o reflexo do sol salpicando as pontas mais loiras que se curvavam suavemente. Depois eu me concentraria em sua pele com aquele bronzeado dourado que disfarçava as poucas sardas que ele tinha no nariz, e os olhos estreitos, o sorriso malicioso, astuto e, ao mesmo tempo, despreocupado, dentro de sua confusão, dentro dele mesmo...

13

Axel

Pensei que eu sentiria um alívio esmagador no dia em que Oliver voltasse para passar a última semana do mês com a irmã, mas mal notei a diferença. Assim foi a passagem de Leah pela minha casa: etérea, quase imperceptível.

Durante os dias seguintes, mantive o hábito de cozinhar. Não sei por quê, mas comecei a achar relaxante. A vida voltou a ser como era: acordar bem cedo, café, praia, almoço, trabalho, segundo café, e a tarde mais tranquila. Voltei a andar pelado pela casa, a deixar a porta do banheiro aberta quando tomava banho, a ouvir música no último volume à noite ou a me masturbar na sala. A diferença era uma questão de intimidade, de querer fazer tudo que não podia na presença dela, não tanto por desejar realmente tudo isso, mas muito mais pela necessidade de marcar território.

Na sexta-feira consegui terminar duas encomendas importantes, por isso decidi passar a tarde no mar, pegando onda, procurando-as, deslizando por elas, até que comecei a sentir os músculos dormentes pelo esforço. Ainda era dia quando voltei para casa e encontrei meu irmão sentado no sofá e meus sobrinhos de seis anos correndo pela sala. Levantei uma sobrancelha enquanto deixava um rastro de água pelo caminho (para que secar se a água evapora sozinha? Só precisa ter paciência). Justin se aproximou da cozinha.

— Como é que você entra assim sem avisar?

— Você me deu uma chave — ele me lembrou.

— Sim, para casos de emergência.

— Este é um caso de emergência. Se você atendesse o maldito telefone e não o deixasse por aí desligado vários dias, eu não precisaria ter vindo até aqui. Preciso da sua ajuda.

Peguei uma cerveja na geladeira e ofereci uma para ele, que recusou.

— Fala — eu disse, depois do primeiro gole.

— Hoje é meu aniversário de casamento.

— E eu deveria me importar com isso porque...?

— É que eu me esqueci. Nem me passou pela cabeça. Emily passou o dia inteiro irritada, sabe como é, batendo as portas, me olhando de um jeito que eu não estava entendendo, esse tipo de coisa. Até que percebi que dia era hoje, e, poxa, agora...

— Não volte a dizer "poxa" debaixo deste teto.

— É por causa das crianças. São umas esponjinhas, juro.

— Vá direto ao assunto, Justin.

— Fica com eles. Só esta noite.

Fechei os olhos e suspirei. Em que momento minha casa tinha virado um albergue familiar? Não é que eu não gostasse deles, eu amava meus sobrinhos, adorava Leah, mas não gostava tanto assim das responsabilidades que eles implicavam. Sempre fui muito na minha e gostava de ficar sozinho. Era bom nisso. Nunca fui dessas pessoas que têm necessidade de socializar, podia ficar várias semanas sem encontrar ninguém e tudo bem, eu não sentia falta. Mas de repente parecia que experimentar os efeitos da convivência tinha virado uma sina. Até então eu só tinha cuidado dos gêmeos uma vez, o que me levou ao seguinte ponto:

— Por que não deixa eles com nossos pais?

— Hoje é o concurso de bolos.

Imaginei minha mãe no local do evento, que montavam quase na saída da cidade, cheio de gente, comida e música e agitação, com certeza criticando as sobremesas dos outros concorrentes e disposta a fazer metade do público chorar com seus olhares fulminantes só para conseguir ganhar. Byron Bay era famosa por seus muitos cafés, e cada um tinha seus próprios bolos caseiros, mas, sem sombra de dúvida o da minha família era o melhor.

— Tá bom, eu fico com eles — Cedi e olhei para o meu irmão, divertido. — Mas espero que a transa de reconciliação valha a pena.

Justin me deu um soco no ombro.

— Não vai ter reconciliação.

— Ah, então vai ser uma foda selvagem, com raiva e tudo... você sempre me surpreende.

— Cala a boca. Emily não sabe que eu esqueci e nunca vai ficar sabendo. Reservei um quarto no Ballina; vou falar que era uma surpresa e que por isso não falei nada o dia inteiro.

Dei risada e ele me fuzilou com o olhar.

— Quanto aos meninos, coloquei na mochila tudo de que eles possam precisar e uma muda de roupa. Amanhã cedo passamos aqui para buscá-los. Tente se comportar como uma pessoa normal. Também não deixa eles ficarem acordados até muito tarde. E lembra de ligar o celular.

— Isso está me deixando com dor de cabeça.

— E obrigado, Axel. Te devo uma.

Meu irmão saiu depois de se despedir dos filhos com um abraço e vários beijos, como se estivesse prestes a ir para a guerra e temesse nunca mais vê-los novamente. Quando ele fechou a porta, fiz uma careta e eles caíram na risada.

— E aí, meninos, o que querem fazer?

Connor e Max me deram dois sorrisos banguelas.

— Comer doces!

— Pintar com você!

— Subir na rede!

— É melhor a gente fazer uma lista. — Fui até a mesa, peguei um papel e comecei a anotar todas as bobagens que meus sobrinhos soltavam. E é claro que, para mim, a maioria daquelas bobagens eram ótimas ideias. Essa era a melhor parte de ser tio; cada vez que a gente se encontrava, tudo que eu tinha que fazer era me divertir com eles.

Quando a noite caiu, já tínhamos jantado espaguete com ketchup (apesar de que o prato de Connor estava mais para "ketchup com espaguete"), já tínhamos brincado com o videogame velho que eu guardava em cima do armário e eu já tinha deixado eles se balançarem na rede por um tempão. Acabei deixando que usassem algumas das minhas tintas, e, quando voltei para a sala depois de lavar os pratos do jantar, encontrei Max desenhando uma árvore na parede, bem ao lado da televisão. Dei de ombros, pensando que eu tinha tinta de sobra e que poderia consertar o desastre no dia seguinte, então me coloquei atrás dele e peguei na mão com que ele segurava o pincel.

— As linhas mais suaves, assim, está vendo?

— Eu também quero — disse Connor.

Quando percebi, já era quase de madrugada, um pedaço da minha parede estava cheio de desenhos de criança e lembrei que não tinha ligado o celular. Justin ia me matar. Era hora de dormir. Os dois reclamaram ao mesmo tempo.

— E os doces?

— Estão na lista — lembrou Max.

— Não tem. Ah, bom, mas agora que você falou, espera...

Naquela semana, no supermercado, eu tinha comprado um punhado daqueles pirulitos de morango em forma de coração de que Leah gostava quando era criança. Peguei dois no armário e dei um para cada um. Achei o celular na gaveta de cuecas; tinha seis ligações de Justin, então mandei uma mensagem avisando que estava tudo bem. Também tinha uma mensagem de Madison falando para a gente se ver no sábado à noite. Respondi com um simples "sim" e voltei para a sala.

— Agora sim, crianças, já para a cama.

Dessa vez eles não reclamaram. Fui com eles até o quarto de hóspedes e os dois se deitaram na mesma cama. Antes de apagar o abajur, vi uns papéis que Leah tinha deixado na mesinha de cabeceira. Peguei todos e fui para o terraço com eles. Acendi um cigarro e olhei. Um a um. Devagar. Observando os espirais que enchiam a primeira página; um desenho mecânico e sem sentimento, exatamente como eu fazia. Passei por mais alguns sem muito interesse, até que um deles me chamou muito a atenção. Soprei a fumaça e virei a folha quando percebi que, vistas na horizontal, aquelas linhas tremidas formavam o perfil de um rosto. Foi desenhado à carvão. As lágrimas negras escorriam pelas bochechas da garota que tinha sido congelada para sempre naquele papel, e havia algo na expressão dela que eu achei comovente dentro de sua tristeza. Deslizei as pontas dos dedos por aquelas lágrimas e borrei-as um pouco, até transformá-las em manchas cinzentas. E depois tirei a mão como se estivesse me queimando. Porque eu não pintava assim, para expressar algo íntimo. Não funcionava dessa forma para mim.

14

Leah

FAZIA MESES QUE EU ME SENTIA EGOÍSTA E INÚTIL, INCAPAZ DE SEGUIR EM FRENTE, mas não sabia como mudar isso. Um dia, com os olhos inchados e vermelhos de tanto chorar, me vi colocando uma capa de chuva para evitar que a dor me molhasse. E de alguma forma entendi que a felicidade, o riso, o amor e todas as coisas boas que sempre fizeram parte da minha vida também não podiam mais me tocar.

Uma vez li que os sentimentos são mutáveis: é possível que a dor se transforme em apatia, por exemplo, e que se manifeste de outra forma, através de outras sensações. Eu tinha provocado isso, tinha conseguido manter minhas emoções endurecidas, congeladas em um nível com o qual era suportável lidar. E mesmo assim... Axel tinha furado a minha capa de chuva em menos de três semanas. Eu temia isso desde o início; tanto que não queria voltar para a casa dele, para aquele lugar tão dele que fazia eu me sentir encurralada.

Acho que ainda estava pensando nisso quando, na última noite antes de ir embora de novo, Oliver me propôs comer uma pizza e ver um filme. Meu primeiro impulso foi dizer "não". O segundo foi fugir e me trancar no meu quarto. E o terceiro... o terceiro teria sido algo parecido, não fosse pelas palavras de Axel que não saíam da minha cabeça sobre o esforço que meu irmão estava fazendo por mim. Minha voz tremeu quando eu disse um "sim" baixinho. Oliver sorriu, inclinou-se sobre mim e me deu um beijo na testa.

Março

[OUTONO]

15

Axel

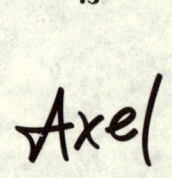

Leah voltou. E, com ela, a porta fechada, o silêncio em casa e os olhares fugazes. Mas havia algo diferente. Algo a mais. Ela não saía da mesa correndo assim que acabava de jantar, ficava ali sentada por um tempo, distraída, amassando o guardanapo entre os dedos, ou se oferecia para lavar a louça. Às vezes, à tarde, enquanto comia uma fruta apoiada na bancada da cozinha, ficava olhando o mar pela janela; ausente, perdida.

Na primeira semana, perguntei três vezes se ela queria surfar comigo, mas ela recusou a oferta e, depois do que aconteceu da última vez, achei melhor não forçar. Também não falei nada quando a gata de três cores que me visitava com frequência passou por ali e Leah se dispôs a dar a ela as sobras do jantar. Nem quando, no primeiro sábado à noite, deitado na rede, escutei seus passos atrás de mim. Eu tinha ligado o toca-discos e, sei lá por quê, imaginei que os acordes da música tinham se emaranhado nos cabelos dela, trazendo-a até a varanda, passo a passo, nota por nota.

— Posso ficar aqui?

— Claro. Quer chá?

Negou com a cabeça e se sentou nas almofadas no piso de madeira.

— Como foi a semana?

— Como todas as outras. Normal.

Eu queria fazer várias perguntas a ela, mas nenhuma que ela ia querer responder, então nem me dei ao trabalho de formulá-las. Suspirei, relaxado, contemplando o céu estrelado, ouvindo a música, vivendo somente aquele momento, aquele presente.

— Axel, você é feliz?

— Feliz...? Claro. Sim.

— E é fácil? — sussurrou.

— Deveria ser, né?

— Antes eu pensava que era.

Estava deitado, mas me sentei. Leah estava sentada abraçando os joelhos contra o peito. Ali, na escuridão da noite, ela parecia pequena.

— Tem um erro no que você falou. Antes você era feliz justamente porque não pensava nisso. E acho que é o normal, afinal, quem é que pensa nisso quando se tem tudo? A gente vai apenas vivendo, apenas sentindo.

Havia medo em seus olhos.

Mas vi um anseio também.

— E eu não vou voltar a ser assim nunca mais?

— Não sei, Leah. Você quer voltar a ser assim?

Ela engoliu em seco e passou a língua nos lábios, nervosa, antes de puxar o ar com força pela boca. Me ajoelhei do lado dela, peguei em sua mão e tentei fazê-la me olhar nos olhos.

— Não consigo... respirar...

— Eu sei. Devagar. Está tudo bem... — sussurrei. — Querida, estou aqui, bem do seu lado. Fecha os olhos. Pensa... pensa no mar, Leah, num mar agitado que está começando a se acalmar... consegue visualizar isso na sua cabeça? Quase não tem mais ondas...

Eu não sabia bem o que estava dizendo, mas consegui fazer com que Leah respirasse mais devagar, mais tranquila. Fui com ela até seu quarto e algo me sacudiu quando, na porta, ela me disse boa noite. Compaixão. Impotência. Sei lá.

Naquela noite eu saí da minha rotina. Em vez de ler um pouco e ir para a cama, liguei o computador, tirei tudo de cima do teclado e digitei "ansiedade" no buscador. Passei horas lendo e tomando notas.

"Síndrome de estresse pós-traumático: transtorno psiquiátrico que ocorre em pessoas que viveram um episódio dramático na vida." Continuei: "As pessoas que sofrem desse distúrbio têm pesadelos frequentes nos quais relembram a experiência. Outros sinais característicos são ansiedade, palpitações e produção elevada de suor". E continuei, incapaz de ir para a cama dormir: "Sentir-se psiquicamente distante, paralisado diante de qualquer experiência emocional normal". "Perder o interesse por hobbies e passatempos."

Aprendi que existem quatro tipos de estresse pós-traumático.

No primeiro, o paciente revive constantemente o evento que o desencadeou. O segundo é a hiperexcitação, quando se padece de sinais constantes de perigo ou inquietação. O terceiro se concentra em pensamentos negativos e culpa. E o quarto... cacete, o quarto era Leah por completo. "Adota-se a fuga como manobra. O paciente mostra e transmite insensibilidade emocional e indiferença diante das atividades cotidianas; evita lugares ou coisas que o façam lembrar dos acontecimentos."

∗∗

No domingo, acordei cedo, como de costume, mesmo tendo dormido só algumas horas. Fazia sol, apesar de as temperaturas terem baixado. Fiz café e deixei Leah dormindo antes de pegar a prancha e caminhar até a praia. Mas voltei quando vi os golfinhos tão perto da areia, porque não podia deixar que ela perdesse aquilo e porque queria que ela terminasse aquela manhã entre as ondas, do meu lado. Porque naquele momento eu estava começando a entendê-la, como um enigma que você deseja decifrar, ou como quando finalmente encontra aquela pecinha que faltava no quebra-cabeça.

Bati na porta do quarto, mas ela não respondeu, então acabei abrindo sem fazer barulho. Foi meu primeiro erro. Respirei fundo quando a vi na cama, de costas, só de camiseta e calcinha branca. Os lençóis enrolados entre suas pernas desnudas. Ela se revirou, eu fechei a porta e saí de casa.

— Porra — sussurrei enquanto amarrava o *leash*[1].

Fiquei na água por várias horas.

Acho que por esse motivo ela veio à minha procura.

Ainda no mar, eu a vi sentada perto da margem com as pernas cruzadas, olhando para o horizonte. Saí um pouco depois, com a prancha debaixo do braço e exausto. Me larguei ao lado dela sem dizer nada; deitei na areia.

— Desculpe por ontem à noite, eu não queria te assustar.

— É ansiedade, Leah, não é culpa sua. Quanto mais você tentar evitar pensar nisso, pior vai ser. As coisas nem sempre são fáceis, mas você deveria dar um passo de cada vez.

— Ninguém acredita em mim, mas eu tento.

Eu acreditava nela. Tinha certeza de que ela lutava todos os dias para seguir em frente sem ter a consciência de que era ela mesma que se freava e impedia o próprio avanço. Ela queria. Mas seu instinto era mais forte, e esse instinto gritava que o caminho para alcançar a meta era muito complicado, que era mais fácil ficar onde estava, encolhida, protegida, ancorada em um lugar que ela tinha construído para si mesma.

∗∗

No dia seguinte, depois de vê-la montar na bicicleta laranja e desaparecer pelo caminho, entrei na caminhonete e fui até o café dos meus pais para cobrar

---

[1] N.T.: Acessório de surfe que consiste em uma cordinha cuja função é trazer o surfista de volta à areia com sua prancha em segurança.

o favor que tinha feito para o meu irmão e tomar café da manhã de graça. Pedi um café e um pedaço de bolo.

— Como foi a noite? Uma transa memorável?

— Axel, minha esposa não é uma transa, cala a boca.

— É verdade, você tem razão. Ela é A transa, desculpe.

Meu irmão me fuzilou com os olhos e eu dei risada, porque estava falando sério. Emily era uma garota tão fantástica que eu não sabia exatamente o que ela estava fazendo com Justin.

— Quem vai trançar o cabelo? — Meu pai apareceu sorrindo, como sempre. Ele vivia tentando usar a gíria dos surfistas e dos hippies da região, mas nunca acertava, e minha mãe lhe dava um tapão toda vez que escutava uma dessas tentativas.

— Esquece, pai. É o Axel. E ele é um idiota.

— Seus filhos acham que eu sou "o tio mais legal".

— Meus filhos têm seis anos de idade — respondeu Justin, revirando os olhos. — E por que você foi deixar eles desenharem na parede? Isso foi imperdoável. O que você tem na cabeça? Outro dia eles quase destruíram nossa sala e não entenderam por que levaram uma bronca depois.

— Eu falei que eles podiam fazer isso naquele dia. Se eles tomaram a liberdade de prolongar a coisa, o problema não é meu. Bom, tenho que ir, amanhã a gente se fala.

— Até logo, bro! — gritou o meu pai, sorrindo.

Tentei não rir enquanto me despedia, entrei no carro e dirigi por um bom tempo até uma cidade vizinha. Não que eu não pudesse comprar tudo que estava procurando em Byron Bay, mas lá a variedade era menor e os preços costumavam ser mais altos. Gastei bastante tempo escolhendo cada coisa. Queria que tudo fosse novo, sem uso, sem marcas ou lembranças. Aproveitei para pegar uns materiais de trabalho de que estava precisando. Quando voltei para casa, fui até a varanda e preparei tudo. Depois coloquei na geladeira o sushi que tinha trazido e fiquei esperando, fumando um cigarro, até que ela apareceu pedalando, ao longe.

16

Leah

—Então as coisas estão melhorando? —Blair olhou para mim.

Concordei com a cabeça sem tirar os olhos do laço roxo pendurado no final de sua trança; tinha uma cor intensa, viva, como a pele das berinjelas. Respirei fundo e, depois, fiz o que estava evitando havia tempos: interessar-me por outra pessoa, romper a capa da indiferença.

—Você está bem também? —perguntei.

Blair sorriu antes de me contar como tinham sido as primeiras semanas no trabalho. A mãe dela era professora no colégio e fez uma recomendação para que ela pudesse ajudar no jardim de infância enquanto estudava um semestre de educação infantil. Ela nunca quis sair de Byron Bay. Eu, por outro lado, sonhava em ir para a faculdade, estudar Belas-Artes e voltar com a cabeça cheia de ideias. E, quando eu me imaginava fazendo isso, também via Axel olhando meus quadros, analisando-os com aquela maneira que ele tinha de inclinar levemente a cabeça.

Aquilo tudo estava tão distante...

—A gente podia marcar de tomar um café qualquer hora. Ou um suco, sei lá, o que você quiser. E, já sabe, não precisamos nem falar muito.

—Tá bom —concordei rápido, porque não suportava ver Blair daquele jeito, quase implorando para estar comigo, quando na verdade ela deveria sair correndo e não se preocupar em me dirigir a palavra nunca mais na vida.

Com as palmas das mãos suando apesar do vento frio, montei na bicicleta e pedalei o mais rápido que pude em direção à casa de Axel, como se com cada impulso eu tentasse deixar para trás o desassossego. E consegui. Em algum momento do caminho fiquei vazia, porque, quando cheguei, senti um arrepio ao vê-lo encostado no guarda-corpo de madeira com um cigarro entre os dedos. Enterrei o arrepio. Enterrei bem fundo. Na minha cabeça, arranhei o chão com a ponta dos dedos, escavei a terra, enfiei naquele buraco qualquer indício de emoção e cobri novamente.

Com um nó na garganta, coloquei a bicicleta de lado e subi os degraus. Estava tão concentrada nele que não percebi que havia algo mais ali, algo novo, que não estava na varanda quando eu havia saído pela manhã. Estremeci quando vi.

Um cavalete de madeira clara novinho, sem manchas, com uma tela em branco em cima.

— O que é isso? — Minha voz falhou.

— É para você. O que achou?

— Não — foi quase uma súplica.

— Não? — Axel me olhou, surpreso.

— Não consigo... Não dá...

Axel engoliu em seco, como se não esperasse aquela minha reação. Tentei fugir para o meu quarto, mas antes de conseguir entrar em casa ele me segurou pelo pulso e me puxou com força. "Merda." Senti os dedos dele na minha pele... a pele dele...

— Eu vi os desenhos que você tem feito. Se consegue pintar no papel, por que não consegue pintar aqui? É a mesma coisa, Leah. Preciso que você faça isso. Preciso que comece a seguir em frente.

Fechei os olhos. Eu o odiei por me dizer aquilo.

"Eu preciso..." Ele precisava? Engoli a frustração, ainda tremendo.

— Combinei de sair com uma amiga qualquer hora.

Axel me soltou de repente. Seus olhos me perfuraram no silêncio do meio-dia e eu fiquei pequena diante dele, sentindo que era capaz de enxergar através da minha capa de chuva...

— Então você vai sair. Com quem? Quando?

— Com Blair. Ainda não marcamos a data.

— E por acaso a data não é um requisito fundamental para marcar de sair com alguém?

— É, mas a gente vai combinar depois.

— Claro. No ano que vem. Ou no próximo — zombou.

— Vá à merda, Axel.

17

Axel

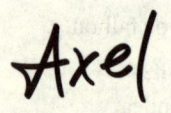

Ouvi a porta batendo quando Leah desapareceu, mas não me mexi. Fiquei ali em frente à tela em branco que tinha comprado naquela mesma manhã, com o coração acelerado. E, porra, há quanto tempo eu não sentia o coração batendo assim, tão caótico, tão rápido? Minha vida costumava ser como um mar sem ondas: calmo, sereno, fácil. Eu só tinha precisado encarar um golpe realmente duro até então, que tinha sido a morte dos Jones.

Eu me lembrava daquele dia como se tivesse acabado de acontecer.

Umas horas antes, Oliver e eu tínhamos saído e tomado todas com um grupo de turistas inglesas que nos convidaram para terminar a festa com elas no hotel. Quando o telefone tocou, já estávamos descendo pelo caminho de cascalho em direção à saída, rindo das histórias da noite anterior. O sol brilhava alto no céu aberto e Oliver atendeu o telefone ainda sorrindo.

Soube que era grave quando vi a expressão do meu amigo, como se algo tivesse acabado de se quebrar dentro dele. Oliver piscou e se agarrou ao pilar à sua frente quando seus joelhos se dobraram. Murmurou: "um acidente", e eu tirei o celular da mão dele. Senti a voz do meu pai como um golpe seco, duro: "Os Jones sofreram um acidente". E eu só consegui pensar nela.

— E Leah? Pai... — Engoli em seco. — Leah está...?

— Ela está ferida, mas não parece grave.

Desliguei e segurei Oliver pelos ombros enquanto ele vomitava na jardineira do hotel. Meu irmão nos pegou dez minutos depois em uma rua perto dali. Dez minutos que pareceram uma eternidade, em que Oliver perdeu o controle e eu precisei encontrar forças para mantê-lo de pé.

18

Leah

Não saí do quarto a tarde inteira. Mas abri a mochila, peguei os livros e fiz as tarefas. Quando terminei, coloquei o fone e me deixei envolver pela música. Era a única ligação com o passado que eu me permitia, porque não conseguia... não conseguia ficar sem ela. Impossível.

Tocou "Hey Jude" e depois "Yesterday".

Quando veio "Here comes the sun", pulei.

Ouvi de novo "Yesterday", "Let it be" e "Come together".

Pela primeira vez em muito tempo, as horas dentro daquelas quatro paredes em que eu me sentia tão segura pareciam intermináveis. Saí quase ao anoitecer para ir ao banheiro. Axel não estava em casa, então fui até a cozinha pegar alguma coisa para comer, evitando olhar para a porta da varanda dos fundos, porque eu ainda estava dolorosamente consciente do que estava ali. Abri os armários e encontrei uma caixa de biscoitos Tim Tam, mas encolhi os dedos quando vi o pacote ao lado; estava cheio de pirulitos de morango em forma de coração. Estava quase pegando um quando Axel entrou, ainda molhado, deixou a prancha na entrada e me olhou com cautela.

— Desculpa pelo que aconteceu. Sinto muito — eu disse.

— Esquece. O que quer jantar?

— Eu não quero esquecer, Axel, eu não consigo. Sinto que vou sufocar cada vez que faço algo normal, algo que eu fazia antes, porque é como se isso significasse que a vida continua e eu não entendo como ela pode continuar, quando uma parte de mim ainda está dentro daquele carro com eles, incapaz de sair de lá.

Axel passou a mão pelo cabelo molhado, suspirando. E então... então ele disse algo que me quebrou. *Crec.*

— Sinto sua falta, Leah.

— Hã? — sussurrei.

Ele apoiou um braço na bancada da cozinha que nos separava.

— Sinto falta da garota que você era antes. De ver você pintar, de brincar com você, daquele sorriso que você tinha... E não sei como, mas eu vou conseguir te tirar daí, de onde quer que esteja, e te trazer de volta.

Ele não falou mais nada antes de entrar no chuveiro, mas aquelas palavras foram o suficiente para eu ter uma leve taquicardia. Fiquei quieta, com os olhos fixos na janela e uma mão no peito, com medo de que qualquer movimento causasse um terremoto e que o chão começasse a tremer sob meus pés. Mas isso não aconteceu. E a calma foi quase pior. A ausência de ruído ou de caos. Só isso, calma. Do tipo que anuncia que uma tempestade está chegando, ou que você já está bem no olho do furacão.

19

Axel

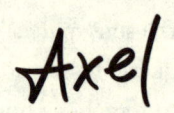

Quando falei com Oliver à noite, não disse a ele o que tinha acontecido naquela tarde. Ao desligar, percebi que eu não lhe contava quase nada do que acontecia debaixo daquele teto onde morávamos, como se minha casa tivesse se tornado um lugar fechado e isolado, onde as coisas só tinham a importância que queríamos dar a elas. E, apesar de tudo, Leah e eu nos entendíamos bem; podíamos ficar bravos um com o outro e depois jantar como duas pessoas civilizadas. Ou passar dias sem trocar mais do que algumas palavras sem que isso parecesse estranho. De alguma forma a gente se conectava, apesar da tristeza que a dominava e do desespero que eu estava começando a sentir, porque, se eu tinha um defeito nesta vida, era a impaciência.

Nunca tinha sido muito bom em esperar.

Lembro que, quando eu era pequeno, queria comprar um carrinho de controle remoto e passei dias atormentando meus pais com isso. Havia meses meu irmão estava entretido com um jogo de tabuleiro chatíssimo que me fazia revirar os olhos só de ouvir o nome. Então, seguindo a minha lógica infantil, uma tarde peguei o cofrinho dele, tirei todo o dinheiro que tinha dentro e guardei o cofre de novo sem ele perceber. Meus pais compraram o carrinho para mim achando que eram as minhas economias e eu me diverti com Oliver por todas as ruas do bairro, fazendo armadilhas com pedras, troncos e folhas para ver se o carro conseguia escalá-las. Durante muitas semanas, fui juntando o dinheiro que ganhava por ter me comportado bem ou por ter feito as tarefas da casa e colocando de volta no cofrinho de Justin pouco a pouco. Quando ele decidiu comprar algo para ele, eu já tinha vendido o carrinho, já meio destruído, a um menino da minha escola. E não faltava nem um centavo do dinheiro que eu pegara de Justin.

E a moral da história é algo como: "Por que esperar para conseguir amanhã aquilo que você pode ter hoje?".

Naquele momento, a impaciência estava me matando. Por Leah. Porque eu precisava vê-la sorrir.

**

NO DIA SEGUINTE, QUANDO ELA SE LEVANTOU, NOTEI SUAS OLHEIRAS.

— Noite ruim?

— Pois é.

— Fica em casa. Descansa.

— Você me deixa faltar no colégio?

— Não. Você tem idade suficiente para saber se deve ir para a aula. Mas, se a minha opinião te interessa, acho que hoje você vai perder tempo à toa olhando para a lousa sem prestar atenção a nada, porque está parecendo um zumbi. Às vezes é melhor recuperar forças para depois conseguir pegar impulso.

Leah voltou para a cama. Fiquei um pouco no mar antes de voltar para casa e fazer um sanduíche. Sentei para tentar colocar em dia o trabalho que não tinha feito no dia anterior por ter ido atrás daquele cavalete que já estava ficando empoeirado na varanda dos fundos. Anotei os prazos mais próximos em um papel e espetei em cima do calendário. Depois adiantei algumas encomendas, até que Leah saiu do quarto de novo, quase no meio da manhã.

— Conseguiu dormir?

— Sim, um pouco. Ainda tem leite?

— Não sei, tenho que ir ao supermercado.

— Talvez... talvez eu possa ir com você.

— Claro, seria bom um pouco de ajuda.

Isso e conseguir tirá-la de casa, pelo menos para ela tomar um pouco de ar. Voltei a me concentrar na encomenda mais urgente enquanto ela tomava café sentada diante da bancada. Quando terminou, para minha surpresa, deu a volta na mesa e se inclinou sobre meu ombro para ver o que eu estava fazendo.

— O que é? — perguntou, franzido a testa.

— Perguntar isso é quase um insulto. São as orelhas de um canguru.

— Cangurus não têm orelhas tão longas.

Entendi que a nossa primeira conversa trivial seria sobre o tamanho das orelhas dos cangurus. Pedi que pegasse um banquinho na cozinha e se sentasse do meu lado. Então, estendi as folhas dos desenhos diante dela.

— A questão é que o Senhor Canguru tem que explicar às crianças por que não é certo jogar lixo no chão, deixar a torneira aberta ou comer hambúrguer até explodir.

Leah piscou, ainda com uma ruga na testa.

— Mas o que isso tem a ver com as orelhas?

— É uma história para crianças, Leah. A graça está justamente aí. No exagero, fazendo os pés maiores do que são ou colocar os braços de um rato. Cangurus de verdade também não riem assim.

Apontei para os dentes brancos e brilhantes que eu tinha desenhado em um dos quadros e vi um sorriso estremecer nos lábios de Leah antes de desaparecer de repente, como se ela tivesse percebido e recuado. Quis mantê-la ao meu lado um pouco mais porque a alternativa a isso seria vê-la se trancar de novo no quarto.

— O que acha dos meus dotes artísticos?

Ela inclinou um pouco a cabeça. Pensou. Suspirou.

— Acho que você desperdiça seu talento.

— Humm, falou a garota que não pinta mais...

Ela me lançou um olhar duro e eu fiquei aliviado por vê-la reagindo, uma resposta imediata. Ação e reação. Talvez o caminho fosse esse: pegar uma corda e apertar, apertar e apertar mais um pouco...

— E qual é a sua desculpa? — rebateu.

Levantei uma sobrancelha. Isso sim eu não esperava.

— Não sei do que está falando. Quer café?

Ela negou com a cabeça enquanto eu me levantava para ir até a cozinha. Coloquei o café em uma xícara, sem esquentar, e me sentei de novo ao lado dela em frente à mesa de trabalho. Mostrei mais alguns desenhos, os últimos que tinha feito, e ela me escutou com atenção, mas sem fazer mais perguntas e sem demonstrar interesse por algo específico. Estar com ela era fácil, confortável, como as coisas de que eu gostava na vida.

Continuei trabalhando, e ela pegou o fone de ouvido e foi para a varanda. Enquanto eu delineava a borda das árvores atrás do Senhor Canguru, não consegui tirar os olhos dela; porque ali, de costas, com os cotovelos apoiados no guarda-corpo, ouvindo música, ela parecia tão frágil, tão difusa, tão nublada...

Foi a primeira vez que senti aquele frio na barriga.

Mas naquele momento eu não sabia que aquela sensação de formigamento na ponta dos dedos significava que eu queria desenhá-la, guardá-la para mim entre linhas e traços, mantê-la para sempre nos meus dedos cheios de tinta. Não consegui capturá-la de verdade, viva, inteira, até muito tempo depois.

Saí meia hora depois. Tirei o fone dos ouvidos dela e coloquei em mim. Estava tocando "Something". Com os primeiros acordes, com aquele baixo encobrindo as outras notas, percebi que fazia uma eternidade que eu não ouvia Beatles. Engoli em seco ao me lembrar de Douglas em seu estúdio me explicando sobre como sentir, como viver, como se tornar a pessoa que ele era naquele momento, e fiquei me perguntando se parte de mim tinha evitado isso de propósito. Tirei o fone e devolvi para Leah.

— Ainda está de pé você ir fazer compras comigo?

**

Fomos de carro, atravessando a cidade até chegar ao extremo oposto. Estacionei quase na porta do supermercado, entramos e caminhamos pelos corredores. Leah pegou umas bolachas para o café da manhã e um pão de forma sem casca.

— Como assim? Isso é quase ofensivo.

— Ninguém gosta de casca — ela respondeu.

— Eu adoro a casca. Que graça tem o pão todo branco, sem nada para quebrar a monotonia? Porra, não. Primeiro a gente morde as laterais e depois arremata o meio.

Vi um sorriso tímido cruzar seu rosto antes de a cortina de cabelo loiro escondê-lo quando ela se inclinou para pegar um pacote de espaguete. Vinte minutos depois, quando estávamos no caixa, notei que Leah parecia mais leve, como se as nuvens pesadas que sempre carregava sobre a cabeça tivessem se dissipado um pouco, e disse a mim mesmo que precisava encontrar uma maneira de tirá-la mais de casa, para afastá-la da apatia que ela vestia todos os dias. No mês seguinte as coisas iriam mudar, embora eu ainda não tivesse definido um plano.

Saindo do supermercado, quase trombamos com uma garota de olhos redondos e castanhos, com o cabelo escuro preso em um rabo de cavalo. Ela sorriu para Leah, olhando-a com carinho, e falou, gesticulando com as mãos.

— Que coincidência! Acabei de te ligar para ver se estava bem porque não te vi no colégio, mas depois me lembrei de que você não tem mais... que você não usa mais...

Como Leah não reagiu, intervim:

— O celular.

— Isso. Meu nome é Blair, embora a gente já tenha se conhecido antes.

Eu não me lembrava dela. Tinha conhecido várias amigas de Leah quando a via passear rodeada de garotas de um lado para o outro, da praia para a cidade e da cidade para a praia, sem preocupações e rindo como uma menininha.

— Muito prazer. Axel Nguyen.

— É que eu não dormi bem à noite — Leah conseguiu dizer.

— Entendi. Bem, se ainda topar aquele café...

— Ela topa sim — eu me adiantei.

Leah tentou me fuzilar com os olhos.

— Eu vim comprar xampu, mas estou livre — acrescentou Blair.

— Ela também está. Toma. — Dei um pouco de dinheiro a Leah. — Almocem juntas. Tenho que fazer umas coisas. A gente se encontra aqui daqui a uma hora?

Vi o pânico rondando os olhos de Leah. Uma parte de mim queria fazer aquele medo desaparecer imediatamente, mas a outra parte... porra, a outra parte se alegrou. Engoli a compaixão e ignorei a súplica silenciosa que seus lábios não chegaram a pronunciar.

20

Leah

Fiquei ali, em pé no meio da calçada, enquanto Axel desapareceu rua afora. Engoli em seco quando percebi o coração batendo mais rápido e olhei para o chão. Tinha uma folha bem ao lado do sapato de Blair. Era avermelhada, com as pequenas membranas desenhando-se em seu interior como um esqueleto crescendo sob a pele cheia de cores. Desviei o olhar quando pensei na tonalidade, na mistura que produziria esse resultado.

— Vem comigo pegar o xampu e depois almoçamos?

Concordei, como eu poderia recusar? Não só porque Axel tinha me obrigado, mas porque era impossível ignorar o interesse escondido nos olhos de Blair, sempre tão transparente, mesmo quando ela se esforçava para não ser. Então voltei com ela até a seção de perfumaria e depois fomos até um lugar próximo dali, onde preparavam uma boa variedade de saladas e sempre serviam peixe fresco.

— Pelo que estou vendo, a convivência com Axel vai bem.

Dei a volta na mesa para me sentar em frente a Blair.

— Acho que sim, mas hoje não foi o seu melhor dia.

Ela me olhou com interesse quando o garçom saiu depois que fizemos nosso pedido. Notei o movimento rítmico de suas pernas debaixo da mesa e sabia que ela estava nervosa, sem saber como quebrar o gelo, o que me fez sentir pior ainda.

— Você ainda... sente algo?

Ela não precisou completar para eu entender o que ela queria dizer.

— Não. — "Porque agora eu não sinto mais nada", quis completar, mas fiz as palavras descerem garganta abaixo, impedindo-as de sair. Parecia tão distante aquele tempo em que eu passava o dia inteiro com Blair, brincando de ser adultas quando ainda éramos pirralhas, falando dele o tempo todo, de Axel, do quanto eu o amava, de como ele era especial, de que o meu pedido quando apaguei as velas no meu aniversário de 17 anos tinha sido poder beijá-lo algum dia e saber o que eu sentiria nesse momento. Respirei fundo, incomodada e com a boca seca. E depois tentei ser normal durante aqueles três quartos de hora que ainda faltavam; ou o mais próximo possível que eu conseguisse chegar desse conceito. — E o trabalho, como vai?

Ela sorriu, animada e feliz por ter algo para falar.

— Bem, bem, apesar de ser muito mais difícil do que eu imaginava. As crianças não param quietas um minuto, juro que na primeira semana fiquei com dores musculares. E os pais... bem, alguns deveriam fazer um cursinho básico de educação antes de começarem a procriar.

Esbocei um sorriso estremecido que quase me doeu.

— É o que você sempre quis fazer.

— Sim, é verdade. E você? Vai para a faculdade?

— Parece que sim. — Encolhi os ombros.

Tinha sido o meu sonho tempos atrás, mas naquele momento me parecia muito vago, um fardo. Eu não queria ir. Não queria ficar sozinha em Brisbane. Não queria ter que conhecer gente nova, uma vez que eu não conseguia me relacionar nem com quem tinha me visto crescer. Não queria pintar nem estudar nada que tivesse a ver com tudo aquilo. Eu não queria, mas Oliver...

Meu irmão tinha deixado de ser o cara que vivia grudado em uma prancha de surfe e que andava descalço o tempo todo e tinha virado o cara que usava um terno que odiava para trabalhar como diretor administrativo de uma importante agência de viagens. Sempre fora ótimo com números, e um dos sócios da empresa, que conhecia meu pai, ofereceu o emprego para ele duas semanas depois do acidente. Lembro de que Oliver disse a ele: "Você não vai se arrepender", e meu irmão era um homem de palavra, do tipo que sempre cumpre aquilo a que se propõe, como economizar até o último dólar para eu poder ir para a universidade.

E, por mais que eu odiasse a ideia, não queria desapontá-lo, não queria causar ainda mais dor e mais problemas a ele, mas não sabia como deixar de me sentir assim, tão triste, tão vazia...

— Axel parece muito direto — disse Blair.

— Ele é. — E eu estava brava com ele.

— E também parece que ele se preocupa com você.

Baixei o olhar para o meu prato e me concentrei no verde intenso da alface, tão vibrante, no vermelho do tomate e no âmbar das sementes, no amarelo dos grãos de milho e no roxo escuro, quase preto, das uvas passas. Tomei fôlego. Era bonito. Tudo era bonito: o mundo, as cores, a vida. Era assim que eu via antes. Se olhasse ao meu redor, só encontrava coisas que queria transformar; pintar minha própria versão de uma salada, de um amanhecer em frente ao mar, ou daquele pequeno bosque em frente à minha antiga casa que, quando vi a expressão de Axel enquanto o contemplava, tive vontade de passar o resto da vida com um pincel na mão.

21

Axel

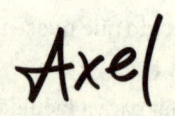

Leah já estava em frente ao supermercado quando eu cheguei. Estava brava. Ignorei a cara fechada, entramos no carro e fizemos o trajeto inteiro em silêncio. Levei as sacolas de compra para a cozinha e ainda não tinha começado a guardar as coisas nos armários quando ela apareceu, furiosa e bela, com novas linhas contornando seu rosto, delimitando traços que no mês anterior estavam indefinidos. Seus olhos brilhavam.

— Como pôde fazer isso comigo?!

— Isso o quê? Seja mais específica, Leah.

— Me trair assim! Me decepcionar!

— Você é muito mimizenta.

— E você é um babaca.

— Posso até ser, mas você se divertiu? Me diz: como é se relacionar com outro ser humano? Agradável? Agora seria a hora de um "Obrigada, Axel, por me ajudar a dar o primeiro passo e por ser tão paciente comigo".

Mas não aconteceu nada disso. Leah pestanejou para segurar as lágrimas e, cheia de frustração, deu meia-volta e se enfiou no quarto. Fechei os olhos, cansado, e apoiei a testa na parede, tentando me concentrar. Talvez eu tivesse sido um pouco rude, mas sabia... não, sentia que era a coisa certa a se fazer. Por ela, mas também pelo que eu realmente queria. Porque vê-la daquele jeito, tão brava e magoada, era mil vezes melhor do que vê-la vazia. Lembrei do que eu tinha pensado naquela mesma manhã: a ideia de ter uma corda na mão e ir apertando, apertando mais... e foi isso que me fez ir ao quarto dela e abrir a porta sem bater.

— Posso entrar?

— Você já entrou.

— Certo. Estava tentando ser educado. — Ela me fuzilou com os olhos. — Vamos direto ao ponto. Eu joguei um pouco sujo? Sim. Foi por uma boa causa? Também. Quero te avisar que vou continuar fazendo isso. E sei que acha que eu sou um ogro babaca insensível que se diverte colocando o dedo na sua ferida, mas um dia, Leah, um dia você vai me agradecer. Lembre-se desta conversa.

Ela levou a mão trêmula aos lábios e sussurrou que eu fosse embora antes de se levantar, abrir a janela e pegar o fone de ouvido que estava na mesa de cabeceira.

**

Nos dias seguintes, mal nos falamos.

Não me importei. Eu não conseguia parar de pensar nas informações que tinha lido sobre a síndrome do estresse pós-traumático. Pelo menos eu tinha encontrado uma forma de romper aquela paralisia e apatia por alguns segundos, o que era melhor do que nada. Quando Leah ficava brava, não havia indiferença em seu olhar, e as emoções tomavam conta dela. Então eu continuava puxando a corda devagar, procurando a maneira certa de puxá-la.

**

Oliver veio buscá-la na segunda-feira da última semana de março. Leah ainda estava no colégio, e eu o abracei mais forte do que das outras vezes, porque estava com saudade, caralho, e porque não conseguia imaginar como seria estar na pele dele. Peguei duas cervejas da geladeira e fomos para a varanda dos fundos. Acendi um cigarro e passei outro para ele.

— Está indo bem com a história de não fumar — disse ele, rindo.

— É ótimo. Libertador. — Expeli a fumaça. — Como vão as coisas em Sidney?

— Melhor do que no mês passado. E aqui?

— Aqui também. Leah está melhorando aos poucos.

Ele olhou para a ponta do cigarro e suspirou.

— Quase não me lembro mais de como ela era antes. De quando ela ria por qualquer coisa... E ela era tão... tão intensa, que eu sempre tive medo de que ela não conseguisse lidar com as próprias emoções quando ficasse mais velha. E, agora, olha só. Que ironia do caralho.

Engoli as palavras que me queimavam os lábios. Se não tivesse feito isso, teria dito a ele que, para mim, ela continuava sendo intensa em todos os aspectos, inclusive quando se trancava e se obrigava a não sentir nada porque, se o fizesse, sentiria dor pelo que tinha acontecido e culpa diante da ideia de continuar curtindo a vida enquanto seus pais não podiam mais fazer o mesmo; como se isso fosse algo injusto. Oliver tinha assimilado a tragédia a partir de uma ótica diferente; emocional, sim, mas com seu lado prático, quase que como uma obrigação. Ele chorou no funeral, despediu-se deles e tomou um porre comigo na noite seguinte. Depois, limitou-se a começar a trabalhar, a organizar as contas da família e a cuidar de Leah, que estava entupida de calmantes.

Eu tinha pensado muito sobre a morte ultimamente.

Não sobre o que acontece quando ela chega, não sobre o adeus que todos nós acabaremos dizendo algum dia, mas sobre como enfrentá-la quando ela leva embora as pessoas que você mais ama. Ficava me perguntando se a tristeza e a dor eram sentimentos instintivos, ou se a maneira como deveríamos digerir essa aflição era algo que nos tinha sido imposto.

Terminei o cigarro.

— Tá a fim? — Apontei para o mar com a cabeça.

— Tá louco? Eu vim direto do aeroporto.

— Vamos, vai ser como nos velhos tempos.

Cinco minutos depois eu já tinha emprestado para ele um calção, uma prancha e estávamos caminhando pela areia. Estava ventando e a água estava fria, mas Oliver não se alterou quando avançamos mar adentro. Alguns raios de sol passavam por entre o emaranhado de nuvens que cobriam o céu e tentamos pegar algumas ondas, apesar de elas estarem baixas e terem pouca força. Pegamos algumas, fazendo manobras curtas e rápidas, e depois deitamos em cima das pranchas, de frente para o horizonte.

— Conheci uma pessoa — disse Oliver de repente.

Olhei para ele surpreso. Oliver não "conhecia mulheres", ele apenas "ia para a cama com mulheres".

— Uau, por essa eu não esperava.

— Mas tanto faz porque não vai rolar.

— Por quê? Ela é casada? Ela te odeia?

Oliver riu e tentou me derrubar da prancha.

— Não é uma boa hora para começar um relacionamento; daqui a uns meses eu volto para cá e tem a Leah, as responsabilidades, o lance de dinheiro, muitas coisas... — Ficamos em silêncio, cada um pensando na própria vida. — Você ainda sai com a Madison?

— Às vezes, quando estou entediado, o que quase não acontece mais, agora que trabalho como babá em tempo integral.

— Você sabe que a minha dívida com você é eterna, né?

— Cala a boca, não fala merda.

Saímos da água e vi a bicicleta de Leah ao lado da pilastra de madeira na varanda. Quando Oliver a encontrou na cozinha, abraçou-a com força, mesmo com a roupa molhada e sob os protestos de Leah. Ele se afastou um pouco e, segurando-a pelos ombros, observou-a devagar.

— Você está com uma cara boa.

Leah deixou escapar um sorriso.

— Você não. Deveria fazer a barba.

— Eu estava com saudades, pequena.

Voltou a abraçá-la, e, quando nossos olhares se cruzaram enquanto ele a apertava contra o peito, vi a gratidão refletida em seus olhos; porque ele sabia... nós dois sabíamos que ela estava melhor, um pouco mais animada.

22

Leah

O CAOS SE INSTAUROU ASSIM QUE ENTREI NA CASA DOS NGUYEN; os gêmeos correram em minha direção e se agarraram às minhas pernas como faziam com todo mundo, enquanto seu pai tentava separá-los e Emily me dava um beijo na bochecha. Consegui chegar à cozinha seguindo Oliver, e Georgia nos abraçou como se houvesse anos que ela não nos visse. Ela bagunçou o cabelo de Oliver e beliscou a bochecha dele, dizendo que "ele estava tão bonito que era um crime ele sair na rua", e a mim, ela me acalentou com delicadeza, como se eu fosse quebrar se ela me apertasse com mais força. Não sei por quê, mas me emocionei de uma forma que não tinha me emocionado nas semanas anteriores. Talvez pelo cheiro de farinha que me fez lembrar das tardes que ela e minha mãe passavam em nossa cozinha conversando e rindo, com uma taça de vinho branco na mão e o balcão cheio de ingredientes. Ou porque eu estava baixando a guarda.

A ideia de voltar a sentir tanto me aterrorizou...

Fui para a sala e me sentei em uma das pontas do sofá, desejando me fundir com a parede. Fiquei um tempo olhando fixamente para os pequenos fios que escapavam da lateral do tapete, ouvindo a voz forte e calma de Oliver enquanto ele conversava com Daniel sobre uma partida de futebol australiano. Eu gostava de vê-lo com o pai de Axel porque assim ele voltava a ser o de sempre, animado e relaxado, como se nada tivesse mudado.

Axel chegou meia hora mais tarde; foi o último a chegar, claro. Ele me deu uma cotovelada quando nos sentamos para comer.

— Preparada para voltar à diversão amanhã?

— Que besteira você está falando, filho? — respondeu a mãe dele. — Espero que não esteja aprontando; Leah precisa de tranquilidade, não é, querida?

Fiz que sim com a cabeça e remexi a comida.

— Eu estou brincando, mãe. Me passa as batatas.

Georgia, do outro lado da mesa, passou a ele a tigela, e o restante do almoço foi como sempre: conversas sobre vários assuntos; os gêmeos atirando algumas ervilhas e Axel dando risada enquanto seu irmão e Emily os repreendiam com caretas; Oliver falando com Daniel sobre seu trabalho em Sidney, e eu contando os minutos que faltavam para ir embora e não ter que morrer um pouco por dentro, vendo, ao meu redor, tudo que eu não sabia como voltar a apreciar.

Era como se eu não conseguisse me lembrar de como era ser feliz.

"Era possível aprender?" Como andar de bicicleta. Manter o equilíbrio, segurar firme no guidão, deixar as costas retas, o olhar em frente, os pés nos pedais...

E o mais importante: era o que eu queria?

Abril

[OUTONO]

23

Axel

Leah voltou para casa com o fone pendurado nos ombros, o olhar desconfiado e mais cautelosa do que o normal, como se estivesse com medo de que eu fizesse algo inesperado, como organizar uma festa do pijama ou começar a tocar um pandeiro às três da manhã. Era óbvio que ela estava me evitando; se eu entrava na cozinha, ela saía; se eu fosse para a varanda, ela ia para dentro de casa. E talvez eu não devesse estar tão puto, mas estava. E como estava.

— Por acaso estou com alguma doença contagiosa e ninguém da minha família me contou nada porque eu vou morrer e eles querem que eu passe meus últimos dias sendo feliz, ou algo assim?

Ela se segurou para não rir.

— Não. Não que eu saiba, pelo menos.

Isso era um pequeno detalhe, mas fazia toda a diferença se comparado com o primeiro mês, porque antes ela se limitaria a dizer "não" antes de sair correndo. E agora, mesmo que quisesse fugir, ficava parada na minha frente com um ar desafiador.

— Então seria bom se você parasse de me evitar.

— Não estou te evitando. É difícil te encontrar.

— Difícil? Nós moramos juntos — lembrei.

— Sim, mas você está sempre na praia ou trabalhando.

— Agora estou aqui. Perfeito. O que quer que a gente faça?

— Nada, eu ia... ia ouvir música.

— Boa ideia. E depois você me ajuda a fazer o jantar.

— Mas Axel... A gente não...

— A gente não o quê?

— A gente não funciona assim.

— Na verdade, a gente não funciona de jeito nenhum. Espera, pensando bem, você não quer funcionar, mas a gente vai mudar isso. Estou cansado de entrar em um cômodo e ver você saindo. E, caso esteja se perguntando, sim, neste momento isso é uma espécie de ditadura temporária. Nos vemos na varanda daqui a cinco minutos.

Procurei entre os discos que estavam juntando pó ao lado do baú de madeira onde estava o toca-discos. E por fim o encontrei: um vinil dos Beatles. Limpei a capa com a manga do moletom que estava usando, porque à noite já estava refrescando um pouco, e o coloquei para tocar.

"I'm so tired" começou enquanto eu saía para a varanda. Sentei nas almofadas e, como se fosse puxada pela música, Leah se sentou ao meu lado. Bateu no meu cotovelo com o braço, estremeceu e aumentou a distância entre nossos corpos.

Quando soaram os primeiros acordes de "Blackbird", ela suspirou fundo, como se estivesse prendendo a respiração. Fiquei me perguntando o que estaria sentindo com aquela música, tão perto de mim. Estava com os lábios entreabertos e os olhos perdidos no mar, sobre o qual a noite caía.

— Eu gosto dessa — eu disse.

— *I will* — sussurrou ela.

— Um dia, no estúdio, seu pai me obrigou a escutá-la do início ao fim com os olhos fechados. — Ela tentou se levantar, mas fui rápido o bastante para segurá-la pelo braço e mantê-la ao meu lado. — Ele me contou que, pelo que diziam, Paul McCartney precisava ter alguém ao lado dele para inspirá-lo a compor. Ele teve várias musas e, na falta de uma mulher, até mesmo sua cachorrinha, até que apareceu Linda. E essa foi uma das músicas que ele fez para ela. Sabe o que Douglas me disse? Que, no dia em que ele viu sua mãe pela primeira vez, ele ouviu as notas dessa música na cabeça. Por isso sempre a colocava para tocar quando pintava algo relacionado ao amor.

Leah pestanejou e eu senti um aperto no peito ao ver seus cílios molhados, e fiquei me perguntando como eu os desenharia se me fizessem esse pedido, exatamente esse, o momento exato em que eles se moviam como asas batendo, tentando afugentar a dor.

— Por que está fazendo isso comigo, Axel?

Merda, a súplica que havia na voz dela... Sequei uma lágrima com o polegar.

— Porque isso é bom para você. Chorar.

— Mas me faz sofrer.

— O sofrimento é um efeito colateral da vida.

Ela fechou os olhos, senti que estremeceu e a abracei.

— Então eu já não sei se quero viver...

— Não fala isso. Porra, não fala isso nunca.

Eu me afastei dela com medo de que tombasse, mas vi exatamente o oposto: ela parecia mais forte, mais inteira, como se algum pedaço tivesse se recomposto. Eu queria compreendê-la. Queria... eu precisava saber o que estava acontecendo dentro dela; entrar, escavar, abrir seu coração e vê-lo por completo. E a impaciência me vencia, a curiosidade me consumia. Eu tentava dar espaço a ela, mas acabava tirando-o depois.

— Eu sabia dessa história do meu pai — disse Leah tão baixinho que o vento da noite engoliu suas palavras e eu precisei me inclinar em sua direção para ouvi-la. — Ele me disse que, se no momento em que você encontrar sua alma gêmea uma música tocar em sua cabeça, é um presente. Algo especial.

Concordei, em silêncio, com as costas apoiadas na madeira.

— E já aconteceu com você?

Tentei parecer divertido, tirar o peso do assunto, mas Leah me olhou muito séria, com os lábios apertados e os olhos ainda úmidos depois de chorar.

— Sim.

24

Leah

Meu pai vivia escutando música e eu adorava cada nota, cada refrão, cada acorde. Quando eu voltava do colégio para casa caminhando com Blair e via nosso telhado a distância, sempre imaginava aquele espaço como quatro paredes mágicas que guardavam dentro delas melodias e cores, emoções e vida. Minha música favorita quando criança era "Yellow submarine", eu podia cantá-la com meus pais por horas, toda suja de tinta no estúdio do meu pai ou abraçada com minha mãe no sofá, que era tão velho que a gente quase se fundia a ele quando se sentava. E essa música ficou comigo conforme fui crescendo. O ritmo infantil, as notas confusas, a letra tão imprevisível que falava da cidade onde nasci, de um homem que navegava pelo mar e contava como era a vida na terra dos submarinos.

Uma semana depois do meu aniversário de dezesseis anos, Axel chegou lá em casa, ficou na sala conversando um pouco com meu pai e depois bateu na porta do meu quarto. Estava brava com ele, porque eu era uma pirralha e minha principal preocupação eram coisas como o fato de ele não ter ido à minha festa de aniversário porque fora a um show com uns amigos em Melbourne e passara o fim de semana inteiro por lá. Olhei para ele com a cara fechada e coloquei o pincel cheio de tinta no estojo aberto em cima da mesa.

— Ei, que cara é essa?

— Não sei do que está falando.

Axel sorriu de lado, com aquele sorriso que me fazia tremer os joelhos. E eu o odiava por ele provocar isso em mim sem saber, por ele continuar me tratando como criança, sendo que eu me sentia muito mais crescida diante dele, porque ele já tinha partido meu coração várias vezes...

— O que é isso? — Apontei para a sacola na mão dele.

— Isso? — Ele me olhou divertido. — Isso é o presente que você não vai ganhar se não desfizer essa ruga aqui... — Ele se inclinou na minha direção e eu parei de respirar na hora em que alisou minha testa com o polegar. Depois me passou a sacola. — Feliz aniversário, Leah.

Estava tão emocionada que levei meio segundo para esquecer a raiva. Rasguei o papel de presente e abri a caixinha com impaciência. Era uma caneta para desenho fina e flexível, de uma marca famosa que custava uma fortuna; ele sabia que eu tinha começado a usar essas canetas para me aperfeiçoar em outras técnicas.

— Você comprou para mim? — Minha voz estremeceu.

— Para você continuar criando coisas mágicas.

— Axel... — Estava com um nó na garganta.

— Espero que um dia você me dedique algum quadro. Um dia, quando você for famosa, estiver enchendo galerias de arte e já nem se lembrar mais daquele idiota que não foi à sua festa de aniversário.

Meus olhos estavam embaçados e não consegui ver bem a expressão dele, mas, com o coração batendo acelerado no peito, ouvi a melodia infantil, as notas rodopiando na minha cabeça, o som do mar acompanhando os acordes iniciais...

Ele não tinha a menor ideia das palavras que estavam entaladas na minha garganta, querendo sair. Palavras que quase queimavam. Deslizavam.

"Eu te amo, Axel."

Mas, quando abri a boca, apenas falei:

— Todos nós vivemos em um submarino amarelo.

Axel franziu a testa.

— Tá falando da música?

Neguei com a cabeça, deixando-o confuso.

— Obrigada por isso. Obrigada por tudo.

25

Axel

A partir de 9 de abril, quando começaram as férias escolares do primeiro trimestre, foi quando começamos a conviver de verdade. Leah não queria entrar na água de manhã, mas, quando acordava mais cedo, caminhava até a praia e se sentava na areia com uma xícara de café nas mãos. Eu a observava de longe enquanto esperava impacientemente pela próxima onda, no silêncio que acompanha o amanhecer.

Almoçávamos juntos, sem falar muito.

E depois trabalhávamos. Consegui arrumar um espaço na minha mesa de trabalho, e, enquanto eu terminava as encomendas, ela fazia a tarefa de casa e estudava em silêncio, com um cotovelo apoiado na beira da mesa e a bochecha na palma da mão. Às vezes eu me distraía com a respiração pausada ou com suas pernas se mexendo debaixo da mesa, mas no geral ficava surpreso por ver como era fácil tê-la ao meu lado.

— Posso colocar música? — ela perguntou um dia.

— Claro. Escolhe o que quiser.

Ela colocou um dos meus favoritos: Nirvana.

Depois da primeira semana de férias, já tínhamos uma rotina definida. No final da tarde, enquanto eu trabalhava um pouco mais, ela ficava um tempo sozinha no quarto, deitada na cama ou desenhando com um pedaço de carvão quase todo gasto. Saía para me ajudar com o jantar e, quando terminávamos, ficávamos um pouco na varanda.

Naquela noite, a gata apareceu.

— Ei, olha quem está aqui. — Desci da rede e acariciei as costas da gata, que respondeu com um rosnado. — É assim que eu gosto, agradecida e gentil — ironizei.

— Vou pegar alguma coisa para ela comer.

Leah apareceu com uma lata de atum e uma tigela de água. Sentou no chão com as pernas cruzadas, estava usando um suéter de lã vermelha, velho e cheio de bolinhas, apesar de estar usando um shortinho. E ali, observando-a enquanto ela alimentava a gata, pensei... pensei que alguém deveria pintar aquela cena.

Alguém que pudesse fazer isso. O momento de paz, os pés descalços, o cabelo loiro bagunçado, a cara lavada e o mar sussurrando ao longe.

Desviei o olhar e tomei um gole de chá.

— Daqui a dois dias começa o Bluesfest. E nós vamos.

Leah levantou a cabeça e me olhou com a cara fechada.

— Eu não. Blair me convidou e eu disse que não podia ir.

— Ah, você tem algum compromisso? Alguma consulta médica? Caso contrário, pode pegar aquele telefone que está ali enchendo de pó, ligar para Blair e dizer que você se enganou. Combina com ela. Assim eu me divirto um pouco também.

— Você fala como se eu fosse um peso.

— Ninguém disse isso — respondi.

Mas talvez ela estivesse certa. Eu estava feliz com os avanços dela, mas também sentia falta de passar uma noite por aí, sem responsabilidades, sem estar cuidando de outra pessoa.

Então, no fim da tarde de sexta-feira fui com Leah até o Tyagarah Tea Tree Farm, ao norte de Byron Bay, onde acontecia o Bluesfest, um dos festivais de música mais importantes da Austrália. A área era também o hábitat de vários grupos de coalas, e a organização do evento estava comprometida com a preservação deles, de modo que muitos turistas podiam observá-los. No ano anterior eles tinham plantado 120 árvores de mogno e financiado programas de vigilância administrados pela Universidade de Queensland.

De longe, vimos dezenas de tendas brancas, antes mesmo de nos aproximarmos de uma das várias entradas espalhadas pelo imenso gramado. Esperamos naquele portão porque Leah tinha combinado ali com Blair depois que eu ameacei me juntar a elas.

"Quê? Vir com a gente?", ela me perguntou, surpresa.

"Sim, a não ser que você comece a fazer coisas normais como sair com seus amigos, e me deixe fazer o mesmo com os meus. Do contrário, se você preferir e se isso não te incomodar, eu me junto a vocês, vejo vocês fazendo trancinhas no cabelo uma da outra e trocamos pulseirinhas de amizade coloridas. Você escolhe. São duas opções. Para mim tanto faz, porque eu pretendo ficar bêbado de qualquer maneira."

"Tenho permissão para fazer o mesmo?"

"Claro que não. Nem uma gota de álcool."

"Tá bom, você venceu, vou ligar para Blair."

Só respirei aliviado quando vi a amiga dela caminhando sorridente em nossa direção. Cumprimentei-a distraído, pensando que eu queria muito tomar uma cerveja, ouvir música, relaxar e falar sobre qualquer coisa leve que não envolvesse a tensão de ter que ficar pisando em ovos, como se estivesse caminhando em um campo minado.

— Lembra de ficar de olho no telefone — avisei.

— Tá bom, mas não... não demora muito. — Ela me olhou suplicante, e por um momento eu quis voltar atrás, tirá-la dali e levá-la para casa, para a segurança daquelas quatro paredes onde ela parecia se sentir confortável.

Mas logo me lembrei do brilho que nascia dos olhos dela quando ela tirava aquela capa que usava para se proteger e decidi seguir em frente.

— Te ligo mais tarde. Aproveita, Leah. Divirta-se.

Entrei no festival sem olhar para trás. Como todos os anos, estava lotado, e demorei um pouco para encontrar meus amigos, perto de uma das várias barracas que vendiam comida e bebida. Cumprimentei Jake e Gavin com um tapinha nas costas e pedi uma cerveja. Várias bandas já estavam tocando. Tom apareceu logo depois, já meio alto.

— Tem semanas que a gente não te vê.

— Pois é, eu moro com uma adolescente em tempo integral.

— E onde ela está? — Tom olhou em volta.

— Está com as amigas. Vai, me conta as novidades.

Nós nos conhecíamos desde o colégio, mas nunca tivemos uma relação muito profunda; se me pedissem um favor, eu fazia, e tanto Oliver quanto eu saímos com eles durante vários anos, antes de ir para a faculdade e depois de voltar para Byron Bay, tanto à noite quanto de dia, para pegar umas ondas. Todas as minhas amizades, exceto Oliver, sempre foram um pouco assim: superficiais, rasas, com uma sensação de que nunca ultrapassariam os limites estabelecidos desde o início. Mas isso me bastava.

— Achei que não viesse. — Madison apareceu mais tarde, quando já estávamos lá havia várias horas e eu estava começando a ficar preocupado com Leah, a ponto de quase enviar uma mensagem para ver se estava tudo bem.

Balancei a cabeça, não era normal eu ficar assim tenso, inquieto.

— Como vão as coisas?

— Tudo bem, Tom já está bêbado.

Eu me abaixei quando ela ficou na ponta dos pés para me dar um beijo na bochecha e, quando ela quis chegar mais perto de um dos palcos, fui atrás dela sem pensar duas vezes. A música envolvia o ambiente e as pessoas se moviam ao som da melodia. Dancei com ela e senti que aquilo era tudo de que eu estava precisando. A vida que eu conhecia; tão fácil e despreocupada, sem nada que me perturbasse demais. Peguei na mão dela, sorri e a fiz dar um giro completo. Madison tropeçou nos próprios pés e quase caiu, mas eu a segurei no ar e acabamos às gargalhadas sob o céu escuro daquela noite fechada. E então senti a vibração do celular.

Soltei Madison e me afastei da música.

— Axel? Tá ouvindo? Axel?

— Estou ouvindo. É você, Blair?

— Sim. Preciso da sua ajuda... — Não entendi as palavras seguintes — E não consigo encontrá-la... Estamos perto do segundo palco, na barraca de comida, e eu... não sabia o que fazer...

— Não sai daí, estou indo.

Corri para o outro lado do festival com o coração saindo pela boca. Porque só de pensar que poderia ter acontecido algo com ela...

Encontrei Blair no lugar que ela tinha indicado.

— Cadê a Leah?

— Não sei. A gente ficou bem a noite inteira, ela estava se divertindo, parecia... a Leah de antes, mas ela saiu com um cara da turma e faz mais de meia hora que não a vejo. Ela deixou a bolsa aqui e eu estava preocupada, não sabia o que fazer...

— Fica aqui, vou tentar encontrá-la.

Dei a volta pelo palco tentando achá-la no meio da multidão que bebia, ria e pulava ao som da música, mas parecia impossível identificá-la no meio de tanta gente. Passei por vários rostos desconhecidos e por dezenas de meninas loiras de cabelo comprido que não eram ela; percorri toda a área, agitado e com os nervos à flor da pele. Já estava pensando em quais opções eu tinha, se colocava uma merda de um cartaz com o rosto dela em cada poste ou se preparava um discurso para dizer a Oliver que eu tinha perdido a irmã dele como quem perde uma peça de Lego... quando por fim a encontrei.

Puxei o ar com força enquanto caminhava na direção dela. Não consegui ver mais nada. Só a mão do cara debaixo da camiseta dela, acariciando suas costas, e ela com os olhos fechados, quase em transe e sem reagir quando ele deu um beijo em seus lábios, colando-se mais ao corpo dela, dançando ao ritmo da música lenta que tocava, balançando sob os holofotes e as luzes; ela parecendo uma marionete que se deixava levar.

— Tira as mãos dela — rosnei.

Ele a soltou e Leah me olhou com os olhos estreitos e brilhantes. Ela não apenas tinha bebido, mas também tinha derramado bebida nela mesma, porque estava com cheiro de rum e com a camiseta encharcada. Peguei na mão dela e a arrastei no meu ritmo, que não era lento, ignorando seus protestos. Ou lamentos. Sei lá o que era.

Conseguimos sair de lá e nos afastar da multidão.

Coloquei-a no carro. Ela não falava nada. Só me olhava. E melhor assim, porque eu estava tão puto que bastaria um gesto para eu começar a gritar e explodir.

De todos os cenários que tinha imaginado que poderiam acontecer quando decidi que iríamos ao Bluesfest, aquele era o último. Pensei que ela passaria a noite indignada e isolada em algum canto; que ficaria um pouco com a amiga e me ligaria assim que se cansasse. Mas não que eu a encontraria bêbada e... daquele jeito.

Estacionei na porta de casa, ainda nervoso.

O silêncio ficou mais denso quando entramos e eu joguei as chaves no móvel da sala. Passei a mão pelo cabelo, pensando no que dizer e em como dizer, mas acabei metendo os pés pelas mãos e levantei a voz.

— Então é isso, eu sou mesmo a merda da sua babá! No que estava pensando, Leah? Você sai uma noite depois de um ano sem pisar na rua e termina assim? Não consegue se controlar, não sabe se comportar como uma pessoa normal? E que caralho você estava fazendo com aquele cara? Ficou maluca? Como você desaparece sem levar o celular, sem avisar a ninguém e...?

Parei de falar. Parei porque Leah passou os braços pelo meu pescoço, congelando as palavras que nunca cheguei a dizer, e me beijou. É. Caralho. Ela ficou na ponta dos pés e me beijou. Meu estômago revirou quando seus lábios tocaram os meus, e eu tive que segurá-la pelos quadris para afastá-la.

— O que está fazendo, Leah...?

— Eu só queria... sentir. Você disse...

— Porra, mas não assim. Leah, querida...

Fiquei quieto, desconfortável, vendo-a tão vulnerável e pequena e destroçada. Eu só queria abraçá-la por horas e aliviar aquilo que ela estava começando a sentir, fosse o que fosse. E eu já tinha me esquecido de como ela era intensa, com aquela energia que cegava, com aquela impulsividade que a chamava para saltar no vazio.

Ironicamente, tudo o que nunca fui.

— Eu não tô bem... — ela gemeu.

Um segundo depois, vomitou no chão da sala.

— Eu limpo isso, vai tomar um banho.

Leah se afastou cambaleando e eu fiquei pensando se ela estava bem o suficiente para tomar banho, mas ela estava com cheiro de rum, e pensei que a água a faria se sentir melhor.

Não entendi o último olhar magoado que tinha me dado. Eu não estava entendendo nada naquela noite.

Limpei a sujeira enquanto ouvia a água correndo pelos canos.

Ela tinha me beijado. Leah.

Balancei a cabeça, contrariado.

Fui até a cozinha quando o som da água parou. Procurei nos armários, mas não tinha mais chá, eu tinha usado o último saquinho na noite anterior. Procurei qualquer coisa para substituir o gosto de Leah em meus lábios. Tinha acabado de encontrar umas bolachas quando ouvi sua voz doce atrás de mim.

— Preciso saber por que você nunca reparou em mim.

Eu me virei, surpreso. E lá estava ela. Nua. Completamente nua. Com o cabelo molhado e uma poça de água a seus pés, com as curvas de seu corpo delineadas à luz da lua que entrava pela janela e os seios pequenos e firmes, arredondados.

Fiquei tão travado que não consegui nem desviar o olhar. Minha boca secou.

— Puta que pariu! Você quer que eu tenha uma merda de um infarte? Se cobre, porra.

"Não, puta merda, isso não, porque..." Meu coração ia sair do peito; certeza que eu ia piscar e ele estaria ali, no chão, bem no meio da minha sala. E merda... merda... não sei quando isso aconteceu nem por quê, mas meu cérebro se desconectou como se alguém tivesse apertado o interruptor, e parei de pensar. Pelo menos com a cabeça. Fiquei excitado.

Essa foi a única coisa que me fez reagir. A excitação.

Peguei a manta que cobria o sofá e coloquei em cima dela. Leah apanhou as pontas quase que por inércia e, por sorte, segurou-o contra seu corpo. Respirei aliviado, ainda com a pulsação a mil por hora, ainda excitado diante da irmã mais nova do meu melhor amigo. Minha vontade era bater com a cabeça na parede.

— Vá para a cama. Agora. Por favor.

Leah piscou, quase chorando, com os olhos ainda brilhantes por causa do álcool, e foi para o quarto. Fiquei ali, respirando agitado e tentando assimilar tudo o que tinha acontecido em apenas algumas horas.

26

Leah

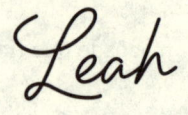

— Leah, a vida tem que ser sentida. Sempre.

— E se o que a gente sentir não for bom?

Estávamos sentadas na escada da varanda dos fundos da nossa casa e minha mãe estava trançando meu cabelo sem pressa, movendo as mechas de cabelo entre seus dedos.

— Você pode se enganar e cometer um monte de erros, todo mundo é assim. Às vezes, fazemos alguma besteira, mas para isso existe também o arrependimento, saber dizer "sinto muito" quando for preciso. Mas, querida, escuta o que vou te dizer: sabe o que é o mais triste quando deixa de fazer algo por covardia? É que, com o passar do tempo, quando pensar naquilo, você só vai poder pedir desculpas a você mesma por não ter se atrevido a ser corajosa. E fazer as pazes consigo mesma às vezes é mais complicado do que fazer as pazes com os outros.

27

Axel

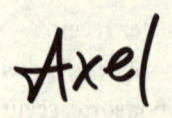

"Preciso saber por que você nunca reparou em mim."

As palavras se repetiram na minha cabeça durante o resto da noite. Deitado na cama, sem conseguir dormir, eu me lembrei do dia em que entrei no quarto de Leah para esperá-la chegar porque a mãe dela tinha dito que ela não demoraria muito. Costumava passar na casa dos Jones sempre que visitava meus pais; falava com Douglas, dava risada com Rose, dava uma olhada nas últimas pinturas de Leah.

Eu via magia nela. Tudo que nunca tive.

Lembrei de uma tarde, anos antes, quando esperei por ela sentado na cadeira em frente à sua mesa. Fiquei olhando distraído alguns desenhos espalhados entre suas tarefas da escola. Quando afastei alguns, encontrei sua agenda aberta e cheia de anotações como "Entregar o trabalho de Biologia na quarta-feira" ou "B&L amigas para sempre". E bem ao lado, um coração vermelho com um nome no meio: "Axel".

Prendi a respiração. Pensei que seria uma coincidência; com certeza algum colega de classe tinha o mesmo nome, ou algum cantor famoso que estava na moda. A questão é que, quando ela voltou do colégio com um sorriso imenso no rosto, enterrei aquela lembrança em algum lugar perdido na minha memória e a deixei lá.

Não voltei a pensar nisso até aquela noite, quando tudo começou a mudar.

28

Axel

JÁ TINHA AMANHECIDO QUANDO ACORDEI.

Abri os olhos meio desorientado. Não estava acostumado a continuar na cama com o sol brilhando alto no céu. Claro que, no geral, eu também não estava acostumado a ficar excitado ao ver uma pirralha nua, nem a dormir depois das cinco da manhã pensando no que tinha acontecido.

Sentei na cama devagar, com um suspiro.

Enquanto seguia para o banheiro, comecei a pensar em tudo que tinha que falar com ela. Ia ser complicado. Para começar, porque eu não tinha ideia do que diabo ia dizer. "Primeira proibição: nada de beijos." Estalei a língua, bravo. "E também nada de ficar bêbada e vomitar na minha sala." Quanto a sair do chuveiro daquele jeito, bem, eu também tinha alguns pontos a discutir com ela.

As coisas iam ser diferentes, sim. E ela tinha que começar a cooperar.

Abri a porta decidido e irritado, mas, quando levantei a vista, fiquei paralisado, os olhos fixos na janela que dava para a varanda dos fundos.

Leah estava ali fora, diante de uma tela que não era mais branca e estava cheia de marcas caóticas pretas e cinza. Cheguei mais perto da janela, como se cada traço me puxasse em direção a ela. Fiquei observando enquanto ela deslizava o pincel de um lado para o outro com a mão trêmula.

Não sei quanto tempo fiquei parado do outro lado da janela até decidir sair para a varanda. Leah me olhou e eu mergulhei em seus olhos avermelhados; em seu medo, na vergonha, na vontade que ela estava de sair correndo.

— Aquilo de ontem à noite nunca aconteceu — falei.

— Tá bom. Sinto muito... Sinto muito mesmo.

— Você não pode sentir muito por algo que nunca aconteceu.

Agradecida, Leah abaixou a cabeça e eu fiquei ao lado dela, com os olhos fixos na tela. Então pude ver bem o que era. Os respingos em cinza eram estrelas sobre o céu escuro, com traços que deslizavam para baixo e se curvavam nas pontas, como se a noite fosse feita de fumaça. Tudo era fumaça, na verdade. Só entendi quando vi como o desenho se enroscava nas margens laterais, como se aquela escuridão estivesse tentando escapar dos limites da tela.

— É sinistro pra caralho — disse, admirado.

— Ia... ia ser um presente — titubeou.

— Um presente?

— É, um presente de desculpas para você. Pintar.

— Você voltou a pintar por mim, Leah?

— Não. Eu só... — O pincel tremeu em sua mão e ela tentou colocá-lo em cima do guarda-corpo de madeira, mas segurei-a pelo pulso e a impedi.

— Não quero que pare. E não por você estar arrependida por aquilo que nunca aconteceu, mas porque preciso disso, mesmo que seja só em preto e branco, não importa. Preciso daquilo que existia antes — repeti. — Ver através de você o que nunca vou encontrar em mim. Olha para mim, querida. Você está entendendo o que estou tentando te dizer?

— Sim, acho que sim.

29

Leah

Ele nunca contou a Oliver o que aconteceu na noite em que fomos ao Bluesfest. Aquela semana com meu irmão foi um descanso mental, sem pressão, sem ninguém no meu calcanhar a cada passo que eu dava. Axel estava me sufocando. Era como se todas as emoções que eu me esforçava tanto para manter sob controle viessem à tona quando ele estava por perto, e eu não sabia mais como lidar com isso. Cada vez que dava um passo atrás, Axel me empurrava para a frente.

— Estava pensando — disse meu irmão no sábado, um dia antes de ir embora de novo, enquanto secava o cabelo com uma toalha. — Quer sair para almoçar? Podíamos dar uma volta.

— Vamos, sim.

— Uau, não estava esperando essa resposta.

— Então por que perguntou?

Oliver deu uma risada e senti um aperto no peito. Meu irmão era... ele era incrível. Tão leal. Tão dono de si mesmo. Quando o nó na garganta ficou mais forte, eu me obriguei a manter os sentimentos sob controle. E consegui. Porque ele não era Axel. Não ficava me pressionando até eu chegar no meu limite, ele me dava o espaço de que tanto precisava para não sufocar.

Passeamos em silêncio pelas ruas de Byron Bay e acabamos em frente ao Miss Margarita, um restaurante mexicano pequeno e agradável aonde íamos às vezes com nossos pais. Oliver pegou na minha mão quando fiquei ali paralisada, hesitante.

—Vem, Leah. O Axel deve estar te matando de fome com essa merda de ser vegetariano. Me fala se você não fica com a boca cheia d'água só de pensar em um taco de carne?

Sentamos em uma mesa na área externa. De onde estávamos podíamos ver, no final daquela rua cheia de lojas, o azul do mar.

Pedimos tacos e burritos para dividir.

— Humm, puta merda, isso vale cada centavo — disse meu irmão enquanto lambia os lábios depois de dar uma mordida. — Você não imagina como é ruim o mexicano que tem ao lado do meu trabalho. Na primeira vez quase pedi meu dinheiro de volta, mas, sabe como é, eu era o novato do grupo e não queria fazer uma cena na frente dos outros. — Lambeu os dedos. — Eu adoro esse molho.

— Está tudo bem por lá?

Eu não ficava perguntando muito sobre o trabalho dele. Não porque não me interessava, mas porque me sentia tão culpada, tão mal... Saber que meu irmão estava desperdiçando sua vida fazendo tudo que nunca quis fazer para cuidar de mim...

— Sim, tudo bem, claro.

— Eu te conheço, Oliver.

— Bem... tem dias e dias. Não é como Byron Bay, nada é como Byron Bay, você sabe. — Suspirou e me passou a metade do burrito. — E tem uma mulher que às vezes me complica as coisas.

— Que mulher?

— A minha chefe. Quer ouvir uma história engraçada? Em troca, quero ver você sorrir como sorria antes.

Sorri. Não pude evitar, ao ver seus olhos brilhando e sua expressão relaxada, recostado tranquilo na cadeira.

— Assim que eu gosto. Você fica linda quando sorri, sabia?

— Não muda de assunto — falei, um pouco incomodada.

— Tá bom. Mas você não vai contar para ninguém.

— Claro que não.

— Segredo de irmãos.

— Combinado — respondi, embora soubesse que ele só estava fazendo aquilo para prolongar a conversa um pouco mais e manter minha atenção.

— Na segunda noite em Sidney, quando eu ainda estava ficando em um hotel, estava entediado e meio mal, então decidi dar uma volta sozinho e terminei em um bar tomando qualquer coisa. Fazia uns vinte minutos que eu estava lá quando ela apareceu. E era maravilhosa. Perguntei se eu podia pagar uma bebida para ela, que aceitou. Conversamos um pouco e acabamos... bom, você já sabe, no meu quarto.

— Não fale como se eu fosse uma criança.

— Beleza. Transei com ela. — Segurei a risada. — E adivinha quem eu encontrei na manhã seguinte quando me falaram para ir até o escritório para conhecer minha chefe?

— Está falando sério?

— Sim, puta merda. Lá estava ela.

— E o que aconteceu?

Oliver sorriu e respirou fundo, como se tivesse acabado de encontrar uma coisa que estava procurando havia muito tempo. Entendi isso quando vi a satisfação nos olhos dele e quando percebi que fazia alguns minutos que eu não pensava em nada, apenas estava ali, naquele presente, prestando atenção ao meu irmão, em uma situação tão normal, tão cotidiana.

— É melhor a gente ir embora.

Ele concordou com a cabeça e levantou para pagar.

Ainda fiquei um tempo sentada, tentando entender o que estava sentindo; era como flutuar no vazio, num limbo, num lugar que estava adormecido e muito vivo ao mesmo tempo, cheio de contrastes e inconsistências, de medos e anseios.

Oliver respeitou o silêncio quando voltamos caminhando. Ao chegarmos a uma rua que eu conhecia bem, parei de repente.

— Você se importa se eu for para casa sozinha?

— Blair mora por aqui, né?

— Sim. Preciso falar com ela.

— Tá bom. Me dá um beijo.

Ele se inclinou para eu alcançar sua bochecha e foi embora, caminhando com passos rápidos. Fiquei parada no mesmo lugar por um tempo até encontrar coragem para bater à porta. A senhora Anderson abriu, surpresa, até que a compaixão venceu a batalha e inundou seus olhos escuros. Baixei a cabeça, porque não suportava ver a piedade surgindo lentamente nos olhos alheios.

— Meu Deus, minha linda, que alegria te ver aqui! Fazia tanto tempo que... — ela cortou a frase e me fez entrar. — Blair está no quarto dela. Quer beber alguma coisa? Um suco, um café?

— Não, obrigada, não precisa.

Ela me guiou até o quarto da filha. Segui pelo corredor com o coração saindo pela boca. A pulsação acelerou. Quantos momentos felizes eu tinha vivido naquele lugar...

Tomei fôlego e bati na porta antes de abrir.

Quando me viu, Blair colocou uma mão no peito.

— Não acredito! — Ela sorriu, e bateu o mindinho quando saiu da cama correndo para vir até mim. — Ai, cacete! Ai, dane-se, a dor é psicológica, dizem. Vem, vem, senta aqui. Está tudo bem? Aconteceu alguma coisa? Porque se você precisar de alguma coisa, você sabe... bem, você sabe.

— Não preciso de nada, não. Eu só queria te pedir desculpas.

Eu tinha a sensação de que passava os dias me desculpando. Mas é que eu me sentia tão culpada, tão mal, tão nociva... Sabia que estava machucando todo mundo que amava e, mesmo assim, não conseguia evitar, porque a alternativa era muito... era demais para mim.

— E por que isso?

— Por causa do que aconteceu no festival.

— Para de bobagem. Fiquei feliz por você ter ido.

— Eu não devia ter bebido nem ter te colocado naquela roubada.

Blair sacudiu a mão.

— Esquece isso. O importante é que você foi.

— Obrigada por ser assim — sussurrei.

Sentei nos pés da cama, perto dela. Fiquei olhando o quarto, as fotografias de nós duas com outros amigos na placa de cortiça pendurada acima da mesa, bem ao lado de um quadro que eu tinha pintado para ela em seu aniversário, que mostrava sua delicada silhueta de costas, em frente a um mar agitado. Porque, para mim, Blair sempre foi um pouco assim, a calma no meio do caos. A calma no meio de mim mesma. Uma vez meu pai me disse que todos precisamos ter uma âncora. De certa forma, ela tinha sido a minha.

— Na próxima a gente faz algo mais tranquilo — ela disse.

— Sim, acho que é melhor. Não sei o que me aconteceu.

— Do que está falando?

— Eu fiquei nua na frente dele.

— O quê?

— Na frente do Axel. E dei um beijo nele.

— Puta merda, Leah. Sério?

— Não era eu mesma — me defendi.

A expressão de Blair se suavizou e seus olhos se encheram de ternura. Ela estendeu a mão, a apoiou em cima da minha e apertou de uma forma que me aqueceu por dentro, como se aquele contato fosse uma descarga de memórias, de uma sensação tão familiar, de sua amizade.

— Você não percebeu, Leah? Estava sendo mais você do que nunca. Você de verdade. Você sempre foi assim, lembra? Visceral. Imprevisível. E fazia qualquer loucura que te passasse pela cabeça e me arrastava junto, e isso... isso fazia eu me sentir viva. Que falta eu sinto...

Levantei, tremendo.

— Preciso ir.

30

Axel

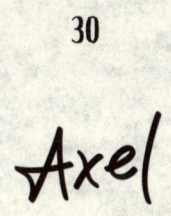

Deitada na cama, ela tirou o sutiã e puxou minha mão em direção a ela. Caí de joelhos ao lado dela. Olhei para aquele corpo feminino enquanto estendia o braço e acariciava suas pernas, subindo devagar. Madison afastou os joelhos para eu poder tocá-la, e, quando toquei, ela se curvou, gemendo.

Então pensei em uns peitos menores, mais arredondados; diferentes. "Caralho." Sacudi a cabeça para afastar aquela imagem, aquela lembrança.

Deitei. Madison subiu em cima de mim, me colocou uma camisinha e eu esqueci de tudo, do resto do mundo, de qualquer outra coisa que não fôssemos nós dois nos movendo no mesmo ritmo, seus gemidos no meu ouvido, o prazer ficando mais intenso; a necessidade, o sexo, aquele momento. Só isso.

Maio

[OUTONO]

31

Axel

Daquela vez não dei a ela nem algumas horas de folga. Assim que Leah entrou em casa, peguei sua mala e a levei para o quarto. Ela me seguiu desconcertada.

— O que está acontecendo? — perguntou.

— É hora de colocar algumas coisas em ordem. Vamos conversar. Coisas normais. Fiquei a semana inteira pensando no que você disse e percebi que eu deveria ter compreendido isso antes. Sentir. Você precisa sentir. É isso, não é, Leah?

— Não. — Ela estava assustada.

— Vamos até a varanda.

Lá, ela cruzou os braços.

— Eu te prometi que iria pintar.

— E você vai. Mas não é o suficiente. Uma noite, aqui mesmo, você me perguntou se algum dia voltaria a ser feliz, lembra? E eu te perguntei se você queria isso, mas você não conseguiu responder porque teve uma crise de ansiedade. Responde agora. Vamos.

Ela estava tão travada, tão perdida...

— Não sei... — respondeu, ofegante.

— Sabe, sim. Olha para mim.

— Não faz isso comigo, não assim.

— Já estou fazendo, Leah.

— Você não tem nenhum direito...

— Ah, tenho sim. E como tenho. Eu te disse, Leah. Eu disse que não iria parar, mesmo com você pensando que estou metendo o dedo na sua ferida. E que você me agradeceria. E eu vou continuar, porque... sabe de uma coisa? Eu já te fiz baixar a guarda... Dá para ver. E não vou deixar você se fechar de novo. Agora me responde: você quer ser feliz?

O lábio dela tremeu. Seus olhos eram duas labaredas; intensos, me atravessando como se tentassem me machucar. Era assim que eu queria vê-la, sempre. Desse jeito. Cheia de emoções, mesmo que ruins, mesmo que fossem contra mim. Eu podia suportar aquilo.

— Eu não quero! — ela gritou.

— Até que enfim você está sendo sincera.

— Vá se foder, Axel!

Ela tentou entrar, mas me coloquei em frente à porta.

— Por que não quer ser feliz?

— Como você pode me perguntar isso?

— Abrindo a boca. Perguntando.

— Odeio esse seu jeito! Estou te odiando agora!

Permaneci firme. Repeti para mim mesmo que o ódio era um sentimento. Um dos mais fortes, capaz de abalar as pessoas, como eu estava fazendo com ela.

— Pode chorar, Leah. Comigo você pode.

— Com você... você é a última pessoa...

Ela não conseguiu terminar a frase antes de um soluço escapar de sua garganta. E, aí sim, dei um passo à frente e a segurei com cuidado, abraçando-a, sentindo-a estremecer contra mim. Fechei os olhos. Eu quase podia tocar na braveza dela, na raiva e na dor, tão intensas que eu sabia que ela estava cega, presa naquele ponto em que tudo que se consegue pensar é: "Não é justo, não é justo, não é justo". Parte de mim se compadecia; às vezes eu só queria ficar sentado ao lado dela em silêncio e lhe dar espaço, mas depois eu me lembrava da garota cheia de vida que devia estar escondida em algum lugar dentro dela mesma, e então a ideia de tirá-la de lá era tudo em que conseguia pensar, de forma quase obsessiva.

Falei, com os lábios tocando seu cabelo emaranhado:

— Desculpa por ter te colocado nessa cilada, mas é o melhor, você vai ver. Vai entender. E vai me perdoar, né, Leah? Eu não entendo bem esse negócio de ódio. — Ela sorriu entre lágrimas. — Vamos fazer isso juntos, pode ser? Eu cuido de tudo, você só precisa me seguir e pronto. Eu te guio, se você estiver disposta a vir comigo.

Estendi minha mão. Leah hesitou.

Seu olhar percorreu lentamente a palma da minha mão, como se estivesse memorizando cada linha e cada marca; depois seus dedos me tocaram com timidez e ficaram ali. Eu os apertei entre os meus.

— Temos um trato — eu disse.

Dois dias depois, cruzei os braços na frente dela.

— Regra número um: a minha rotina é a sua rotina. De agora em diante, você vai fazer o mesmo que eu quando estiver em casa. Isso significa surfar todas as manhãs. Espera, deixa eu terminar antes de você começar a reclamar. Somos uma equipe, essa é a ideia; se eu estiver pegando onda (e acredite, tem que ser assim), você vai estar ao meu lado. Vamos almoçar juntos. À tarde, quando eu estiver trabalhando, você faz seus trabalhos do colégio. Depois vamos ter um pouco de tempo livre, você sabe que sou muito flexível. Não ria, estou falando sério, por que está me olhando assim?

Leah levantou uma sobrancelha.

— Você não é nada flexível.

— Quem disse isso?

Ela revirou os olhos.

— Beleza, se ninguém disse, tudo resolvido. Seguimos. Depois de jantar, a gente fica um pouco na varanda e depois vamos dormir. Sabia que a maioria das tribos funciona assim? Existe uma ordem, uma série de atividades ao longo do dia que precisam ser feitas, e uma estrutura em pirâmide. É simples.

— Por que você está no topo da pirâmide?

— Porque eu sou o mais legal. Óbvio.

— Então vai ser tipo viver em uma prisão.

— Sim, mas pense que não é uma alternativa tão ruim, considerando que você está aqui há três meses sem fazer nada. Assim você não fica entediada.

— Mas não é justo! — ela respondeu indignada.

— Querida, você vai ver que nada na vida é justo.

Leah resmungou e ficou parecendo mais criança do que nunca. Eu ia continuar explicando como trabalharíamos quando ela passou por mim com um sorriso no rosto. Segui seus passos com o olhar até ver a gata tricolor sentada do lado da porta de trás, na varanda, sem entrar em casa, como se respeitasse meu espaço e quisesse estabelecer limites.

— Ela voltou — disse Leah. — Será que tem alguma coisa para ela comer?

Com um suspiro, fui até a cozinha. Leah apareceu ao meu lado, abriu um armário e ficou paralisada quando seus dedos encostaram naquela sacola que continuava cheia de pirulitos de morango. Ela tirou a mão com rapidez e pegou uma lata de atum.

Sentei ao seu lado na varanda.

— De onde será que ela vem? — perguntou.

— Sei lá. De lugar nenhum, talvez.

— Axel... — ela discordou com a cabeça.

— O quê? Eu, se fosse um gato, ia querer ser um gato selvagem. Olha para ela, certeza que ela vive na floresta caçando e, quando acorda meio preguiçosa, pensa: "Ai, que merda, acho que vou dar um passeio até a casa do Axel e esvaziar a despensa dele". E aqui está ela.

O sorriso dela preencheu a varanda, me preencheu, preencheu tudo.

A gata ronronou depois de comer, quando Leah acariciou suas costas. Então deitou no piso de madeira e ficou ali, olhando para nós, sob o sol de fim de tarde de uma quarta-feira qualquer. Estiquei as pernas. Leah estava sentada em posição de meditação.

— Mas, voltando ao assunto, você entendeu tudo?

— Não tem nada para entender, só tenho que fazer tudo que você fizer.

— Exatamente. Que sensata você é, querida — brinquei.

— Não me chame mais assim — sussurrou com um olhar duro, intenso.

— Como?

— Essa... essa coisa de "querida" — ela conseguiu dizer.

— Mas eu sempre te chamei assim. Não é... não significa...

— Eu sei. — Leah baixou a cabeça e o cabelo loiro escondeu sua expressão.

Precisei de alguns segundos para assimilar aquilo, para tentar entendê-la. Tinha a sensação de ter passado anos ao lado de uma pessoa que nunca cheguei a conhecer de verdade. Eu tinha me limitado à superfície, sem riscar ou tirar aquele pó que recobre as coisas que a gente tenta esquecer e acaba deixando guardadas no porão. E naquele momento ela estava bem na minha frente, tão diferente do que eu me lembrava, a mesma, mas diferente. Mais complexa do que nunca, mais intrincada em sua maturidade.

— Tudo bem. Não te chamo mais assim.

— Não é pela palavra, é pelo modo que você fala.

— Você quer me explicar?

Ela negou e eu não a pressionei.

Levantei, fui até o toca-discos e escolhi um vinil do Elvis Presley. Coloquei a agulha no início da faixa e fiquei observando o disco girando em seu ritmo suave, com as linhas curvas se movendo, antes de voltar para a varanda.

Experimentamos em silêncio a melodia daquele entardecer.

32

Leah

Eu me lembro da primeira vez que partiram meu coração. Eu imaginava que seria como um *crac* seco, forte, de uma só vez, mas não foi o que aconteceu. Foi parte por parte; em pedacinhos pequenos, quase diminutos, cortantes. Foi assim que dei as boas-vindas a um novo ano.

Eu tinha quinze anos e meus pais tinham ido passar o réveillon em Brisbane com os Nguyens, em uma festa de uns amigos que tinham uma galeria de arte com a qual meu pai colaborava, às vezes. Implorei durante semanas e, por fim, eles me deixaram ficar com Oliver e Axel, que iam comemorar em casa com alguns amigos.

Eu nunca tinha me maquiado antes, mas naquele dia Blair me ajudou: um pouco de rímel, blush e batom quase transparente. Estreei um vestido preto justo e deixei o cabelo solto. Quando me olhei no espelho, me vi mais mulher e mais bonita. Sorri, até que Blair começou a rir atrás de mim.

— Em que você está pensando? — perguntou.

— Queria que hoje fosse meu primeiro beijo.

Blair suspirou alto e arrancou o batom da minha mão para passar um pouco, em frente ao espelho. Ela se virou e arrumou o meu cabelo nas costas.

— Você poderia beijar qualquer menino da escola.

— Não gosto de nenhum— respondi, decidida.

— Kevin Jax é louco por você e é lindo, qualquer menina gostaria de ficar com ele. Já reparou nos olhos dele? São de duas cores diferentes.

Eu não estava nem aí para Kevin e também não ligava que Axel fosse dez anos mais velho que eu. Só conseguia pensar nele, no frio na barriga que me acompanhava desde que ele tinha voltado para Byron Bay, no quanto me afetava um olhar dele ou apenas poder vê-lo sorrir; era como se o resto do mundo simplesmente não existisse.

Oliver me olhou com a testa franzida quando saí para a sala de jantar.

— O que está usando?

— Um vestido.

— Um vestido muito curto.

— Está na moda — respondi e, vendo que ele não parecia convencido, fui até ele e o abracei. — Para de ser estraga-prazeres, Oliver, é o meu primeiro ano-novo longe dos nossos pais.

— É bom você não me dar trabalho.

— Não vou dar. Prometo.

Ele sorriu e me deu um beijo na testa.

Eu me despedi de Blair e ajudei meu irmão com os preparativos do jantar, apesar de quase tudo ser comida semipronta. Oliver levou a mesa grande para o meio da sala, eu coloquei a toalha e levei os talheres e os copos. A campainha tocou enquanto eu colocava um garfo em cima do guardanapo amarelo. Lembro bem desse detalhe porque, naquele momento, ouvi a voz de Axel e senti meu estômago revirar, e então cravei os olhos nos quadradinhos da estampa.

— Onde deixo a bebida? — ele perguntou.

— Melhor na sala de jantar — respondeu Oliver.

Eu me virei para ele com os joelhos tremendo.

Não sei o que estava esperando. Não sei se achava que ele me veria naquele vestido preto, com os olhos pintados e, de repente, eu deixaria de parecer uma menina para ele, mesmo ainda sendo. Ele notou. Sim, ele notou. Eu sei, porque Axel sempre foi muito transparente em seus gestos, mas não parecia surpreso.

Ele deixou as garrafas e me deu um beijo na bochecha.

— Querida, pode colocar mais um lugar à mesa?

Eu o odiei. Eu odiava aquele "querida" que ele costumava usar comigo, como se eu fosse uma criança, naquele tom que com certeza não tinha nada a ver com o que ele usava na intimidade. Tão fofo, tão de irmão mais velho, tão... tão tudo que eu não queria que fosse.

Logo depois chegaram os outros. Jake, Tom, Gavin e duas garotas morenas.

Mal abri a boca durante o jantar. Também não tive chance, porque Axel, Oliver e seus amigos ficaram conversando sobre suas coisas, sobre histórias do passado, sobre o que tinham feito no fim de semana anterior, o que planejavam fazer nos seguintes, sobre coisas que diziam respeito somente a eles e das quais eu não fazia parte. Ninguém parecia notar muito a minha presença. Eu estava revirando a comida quando ele falou comigo.

— Suas aulas começam este mês?

— Sim, daqui a algumas semanas.

A garota ao lado dele disse algo que não cheguei a entender, ele começou a rir e desviou os olhos de mim. Voltei a me concentrar no meu prato, tentando ignorar o sorriso que Axel tinha acabado de dirigir a Zoe. Ao lado dela, me senti pequena e irrelevante, totalmente transparente para ele. E fui mesmo durante o resto da noite, enquanto eles bebiam, falavam e se despediam do ano brindando com suas bebidas, e eu com meu copo d'água.

O nó no estômago ficou mais apertado quando Axel terminou a terceira bebida e começou a brincar com Zoe; dançou com ela a música que tocava no aparelho de som, deslizando as mãos pelo corpo curvilíneo dela e pressionando-a contra seu corpo enquanto ria com os olhos brilhantes, sussurrando palavras no ouvido dela.

— Leah, está tudo bem? — Oliver olhou para mim.

— Um pouco cansada — menti.

— Pode ir dormir, se quiser. A gente abaixa o volume.

— Não precisa. Boa noite.

Dei um beijo na bochecha do meu irmão e me despedi dos outros quase sem olhar para eles, antes de subir as escadas e entrar no meu quarto. Acendi a luz do abajur e tirei o vestido pela cabeça, deixando-o amarrotado aos pés da cama. Sentada em frente à mesa, removi a maquiagem com um lencinho umedecido; olhei as manchas pretas que o cobriam quando terminei e pensei que aqueles borrões representavam bem o que tinha sido a noite. Tudo por minha culpa, por pensar que ele repararia em mim. Eu teria me contentado com apenas um olhar. Só um. Algo mais do que aquele "querida" fraternal. Qualquer pequeno gesto de Axel me bastaria para eu guardar na memória, seria algo a que eu poderia me agarrar.

Coloquei um pijama curto e me deitei.

Não conseguia dormir. Passei horas escutando a música da festa, me revirando na cama, pensando nele e em como eu tinha me sentido infantil, lamentando por não ter ido com meus pais àquela festa em Brisbane; pelo menos assim teria evitado ser um fardo para o meu irmão.

Não sei que horas eram quando ouvi a primeira batida na parede, seguida de risadas. Engoli em seco quando reconheci a voz de Axel no quarto ao lado, antes de a voz dela o calar e tudo virar silêncio por alguns minutos. Depois, os gemidos e as pequenas batidas da cabeceira da cama contra a parede inundaram tudo.

Meu estômago se revirou e eu fechei os olhos.

Ele entrando nela. E mais gemidos.

Dor. E um pedaço. Um pedaço partido. Mais um.

Escondi a cabeça debaixo do travesseiro para chorar.

Foi assim que descobri que existem corações que se partem pouco a pouco, em noites eternas para esquecer, em anos sendo invisível, em dias imaginando um impossível.

33

Axel

Deitado em cima da prancha, olhei para ela. Observei como pegava a onda e se movia através dela com o corpo inclinado para a frente e as pernas flexionadas, mantendo o equilíbrio enquanto se levantava pela parede de água.

Sorri quando ela caiu e nadei até lá.

— Ninguém diria que você está há um ano sem praticar.

Leah me olhou agradecida e subiu na prancha. Ficamos em silêncio, com os olhos fixos na manhã que ia surgindo preguiçosa além do horizonte. Não tinha muitas ondas.

— Por que isso? Por que ao amanhecer?

— Surfar? É uma boa maneira de começar o dia, não?

— Acho que sim. Quando foi que começou a fazer isso?

— Não sei. Minto, sei sim. Foi por causa do seu pai. Quer ouvir?

Ela hesitou, mas acabou concordando.

— Já faz tempo. Estava um pouco decepcionado comigo mesmo... você sabe como é isso, Leah? Aquela sensação de ter falhado com você mesmo e que, por mais que você procure, não consegue encontrar uma coisa que faça sentido. Uma tarde ele veio me visitar. Fazia pouco tempo que eu tinha comprado esta casa e, talvez você não saiba, mas eu fiz isso porque me apaixonei por ela; não, pior, me apaixonei pela ideia de tudo que imaginei que faria aqui. Mas isso... nunca aconteceu. Douglas trouxe umas cervejas e nos sentamos na varanda. Então ele me fez a pergunta que eu não queria ouvir.

— Se você tinha pintado... — ela adivinhou em um sussurro.

— Respondi que não, que eu não conseguia. Algum dia, Leah... algum dia te explico o porquê, e talvez você se valorize ainda mais — suspirei. — Eu disse a ele o que eu sentia e Douglas entendeu, ele sempre entendia. Naquela noite ele me ajudou a colocar o cavalete em cima do armário e a guardar todas as tintas que eu tinha espalhadas pela sala. Limpei a mesa e decidi que faria outra coisa. Depois conversamos um pouco mais; sobre tudo e sobre nada, sobre a vida, bem, você sabe como era seu pai. Quando ele foi embora, fiquei a noite toda na varanda, contando estrelas, bebendo e pensando...

— Vai doer... — murmurou Leah.

— Sim. Porque naquela noite eu entendi que não valia a pena ser infeliz. E, em algum momento, por mais que seja doloroso seguir em frente, vai acontecer com você também. Percebi que eu tinha que aproveitar cada dia. Pensei que a melhor maneira era começar fazendo o que eu mais gostava; o surfe, o mar, o sol. E depois seguiria improvisando. Mas eu agarraria o prazer, as pequenas coisas, a música, a tranquilidade; eu escolheria tudo que me preenchesse.

— Mas é que nada me preenche, Axel.

— Não é verdade. Muitas coisas te preenchem, mas todas estão relacionadas com o seu passado, com seus pais, e você não quer voltar lá, então você evita tudo isso, sendo que curiosamente... curiosamente você continua presa naquele momento. É irônico, já pensou nisso?

Leah ficou olhando para as ondas, enquanto o sol do amanhecer acariciava sua pele e criava sombras e luzes sobre a tela de seu rosto. Senti de novo aquele formigamento na ponta dos dedos. Pensei novamente que alguém deveria desenhá-la naquele exato momento: sentada em sua prancha, com as costas retas e o olhar triste.

— Acho que você tem razão. Mas eu não consigo...

— Com o tempo, Leah, confia em mim.

— Como? Se dói o tempo todo. Sempre.

— Existem três formas de viver a vida. Existem as pessoas que só pensam no futuro; tenho certeza de que você já conheceu muitas delas, o tipo de pessoa que passa os dias preocupada com coisas que não aconteceram, como as doenças que pode vir a ter um dia, por exemplo. E esse tipo de pessoa sempre tem metas, embora quase sempre ache mais prazeroso alcançá-las do que aproveitar o que quer que tenha se proposto a fazer. Costuma economizar, não que isso seja ruim, mas economiza para "aquela viagem dos sonhos que vou fazer um dia", "aquela casa que vou comprar quando me aposentar".

Um sorriso escapou do cantinho de sua boca.

— Sua mãe é um pouco assim — comentou.

— Minha mãe é totalmente assim. E não é que seja errado pensar no futuro, mas às vezes é frustrante porque e se acontecer alguma coisa com ela amanhã? Há vinte anos ela sonha em ir a Roma, e meu pai já fez essa proposta várias vezes, mas ela sempre encontra uma desculpa para continuar adiando, porque, pensando pela lógica dela, viajar nunca será uma prioridade, claro, é só um capricho. Então, sim, caralho, ela deveria pegar essa grana, se jogar e viver a experiência agora, já, este mês.

— Você tem razão — admitiu Leah.

— Depois tem aquelas que vivem no passado. Pessoas que sofreram, que foram machucadas por alguém ou marcadas por alguma situação difícil. Que ficam presas em uma realidade que não existe mais, e eu acho que isso é a coisa mais triste de todas. Saber que o presente e os desejos que o acompanham desapareceram e passam a viver somente em suas lembranças.

— Essa sou eu, né? — perguntou baixinho.

— Sim, é você. A vida seguiu seu curso e você ficou pra trás. E eu entendo, Leah. Sei que, depois do que aconteceu, você não conseguiu pegar impulso e se levantar. E mais, acho que você não quer fazer isso. Tenho pensado muito esses dias, e percebi que você deve ter achado mais fácil desistir de sentir do que enfrentar a dor e, então, acho que simplesmente tomou uma decisão. Como foi isso?

— Não sei, não teve um momento específico...

— Tem certeza? Nada te condicionou?

Eu me lembrava dos primeiros dias depois do acidente. Leah estava no hospital e tinha chorado e gritado nos braços da minha mãe, que a segurava com força contra seu corpo, tentando acalmá-la. Toda ela tinha se transformado em... dor, em sua máxima expressão. Exatamente como se sentiria qualquer um que tivesse acabado de perder as duas pessoas que mais amava no mundo. Nada fora do normal, inclusive durante o funeral.

A perda é assim. O luto. O choro. E depois, com o passar do tempo, você vai curando as feridas, vai assimilando o que aconteceu e as mudanças que isso traz à sua vida, o que ficou para trás e suas implicações.

Esse é o passo que ela nunca chegou a dar.

Ficou no anterior, no luto. Ficou tanto tempo absorta naquela dor que uma parte de seu subconsciente deve ter pensado que era mais fácil criar uma barreira para se isolar e assim encontrar a calma.

— Já te falei. Não teve um momento específico que marcou essa escolha — ela respondeu, e percebi que estava sendo sincera. Ela se agarrou à prancha quando uma onda um pouco mais forte nos chacoalhou. — Falta uma, Axel. A terceira forma de viver.

— O presente. Você pode continuar guardando suas lembranças, isso não é ruim, ou então pensar de vez em quando no futuro, mas na maioria das vezes a mente não deveria estar nem em algo que já aconteceu, nem em algo que não sabemos se vai acontecer, mas aqui, no agora.

— Esse é você. — Ela sorriu para mim.

— Eu tento. Olha para tudo à sua volta, Leah, o sol, as cores do céu, o mar. Porra, não é incrível quando você para e olha de verdade pra tudo isso? Tem que sentir, Leah. A sensação de estar na água, o cheiro da praia, o vento quente...

Ela fechou os olhos e seu rosto se encheu de paz, porque estava ao meu lado sentindo o mesmo que eu, presente naquele momento e em nada mais, como um prego que você prega na parede e não sai dali, não vai para a frente nem para trás, não vai a lugar algum.

— Não abra os olhos, Leah.

— Por quê?

— Porque agora vou te mostrar algo crucial.

Ela ficou parada. Tudo era silêncio. À nossa volta, só o mar e o sol nascendo devagar. E, no meio dessa calma, eu desandei a rir e, antes que ela entendesse o que estava acontecendo, eu a empurrei da prancha.

Ela saiu rapidamente da água.

— Por que você fez isso? — gritou.

— E por que não? Estava começando a ficar entediado.

— Você é idiota ou o quê?

Ela se jogou em cima de mim e deixei que ela afundasse a minha cabeça, mas a arrastei para baixo comigo. Subimos alguns segundos depois; Leah tossindo, eu ainda sorrindo. E naquele momento, quando o dia já tinha raiado quase totalmente, percebi o quanto estávamos próximos, que eu estava com a mão em volta da cintura dela e que, por alguma razão, aquele gesto já não era mais tão confortável quanto antes, quando anos atrás Leah vinha surfar comigo e com Oliver em um dia qualquer.

Eu a soltei, inquieto.

— É melhor a gente sair já, ou você vai se atrasar para o colégio.

— Falou aquele que me derrubou da prancha feito um moleque.

— Eu já tinha esquecido como você era respondona.

Leah bufava, sem conseguir esconder um sorriso.

34

Axel

— Puta que pariu... — resmunguei.
— Olha essa boca, filho. Que modos!

Minha mãe entrou em casa sem avisar com sacolas suficientes para abastecer um exército, seguida pelos gêmeos, meu irmão, minha cunhada e meu pai. Era sábado, então levei alguns minutos para assimilar a cena enquanto todos me cumprimentavam.

— Que diabos vocês estão fazendo aqui? E quem está no café?
— Diabos! — Max gritou, e o pai dele tampou sua boca como se ele tivesse acabado de dizer "filho da puta" ou algo pior.
— É feriado, esqueceu?
— Óbvio que sim.
— Cadê a Leah?
— Dormindo.

Nesse momento ela abriu a porta do quarto, ainda bocejando, e os gêmeos correram para abraçá-la. Talvez eles fossem os menos conscientes de que aquela garota que antes costumava fantasiá-los e brincar com eles não era mais a mesma. Leah os abraçou e deixou minha mãe monopolizá-la por um tempo.

— Por que estão aqui? — perguntei.
— Sempre tão alegre em nos ver — Justin ironizou.
— Parceiro, sua mãe pensou que poderíamos passar o dia todos juntos e tentamos te ligar, mas seu telefone estava desligado — disse meu pai.

Minha mãe esbravejou enquanto esvaziava as sacolas.

— Não chame seu filho de parceiro.
— E por acaso não somos? — Meu pai olhou para mim.

Eu ia responder quando minha mãe apontou para mim.

— Por que você tem esse celular se nunca usa?
— Eu uso sim. Às vezes. De vez em quando.
— Ele é um ermitão, esquece — interveio Justin.
— Oliver está cansado de falar para você deixá-lo ligado e à mão. Você vive aqui isolado e com uma garota aos seus cuidados, e se algo acontecer com vocês?

E se você tropeçar e quebrar uma perna ou se estiver na água e um tubarão te atacar ou...?

— Caralho, mãe! — exclamei louco da vida.

— Caralho! — gritou meu sobrinho Connor.

— Maravilhoso — Justin esbravejou.

Por sorte, Emily riu, ganhando um olhar de reprovação do meu irmão, que saiu para a varanda com as crianças, seguido por meu pai, sorridente como de costume. Eu fiquei ali, ainda meio desorientado, observando minha mãe guardar cinco ou seis embalagens de comida pronta na geladeira e uma dúzia de sopas instantâneas na despensa. Leah fez café enquanto Emily conversava com ela e perguntava como estavam as coisas no colégio.

— Eu te trouxe vitaminas. — Minha mãe agitou um pote cheio delas na minha frente.

— Por quê? Eu estou bem.

— Com certeza pode ficar melhor.

— Estou com cara de doente, ou algo assim?

— Não, mas nunca se sabe. A deficiência de vitaminas é a causa de muitas doenças, e não só escorbuto por falta da vitamina C ou osteomalácia se estiver com pouca vitamina D, mas também outros problemas, como insônia, depressão, indigestão. Até mesmo alucinação!

— Ah, disso eu sofro muito, mãe. Às vezes eu tenho umas alucinações em que a minha família aparece na minha casa num sábado sem avisar, mas depois passa e eu respiro aliviado quando percebo que estou sozinho e é tudo imaginação minha.

— Não fala bobagem, filho.

Me servi do segundo café do dia e perguntei em voz alta se alguém mais queria; apenas Justin disse que sim. Preparei um para ele e saí para a varanda, onde terminamos todos reunidos. Meu pai se sentou na rede com um ar boêmio e começou a dizer coisas como "Que cheiro de paz" ou "Eu adoro a vibe da sua casa".

— Então, você voltou a surfar? — Emily perguntou a Leah, enquanto uma de suas crias pulava nela.

— Um pouco. Fiz um acordo com Axel.

Leah me olhou e senti uma conexão. Um vínculo que começava a nascer entre nós. Percebi que éramos as únicas testemunhas de tudo que estávamos vivendo naqueles meses e, de certa forma, gostei.

— Você está obrigando Leah a surfar? — Justin perguntou.

— Claro que não! Ou sim, que diferença faz? — Dei risada quando vi que ele estava perplexo.

— Ele não está me obrigando — mentiu Leah.

— Assim espero — disse minha mãe.

— Eu também quero surfar! — gritou Max.

— Aprenda com seu tio e você vai ser um craque — comentou meu pai.

O comentário desencadeou reações de todo tipo: desde o "Isso é ridículo, Daniel", da minha mãe, até a careta de irritação de Justin e os gritos animados dos meus sobrinhos, que se lançaram sobre as pranchas de surfe do outro lado da varanda.

Quinze minutos depois, eu estava com eles e meu pai na água. Coloquei-os na prancha, que era larga e comprida, e eles ficaram sentados enquanto eu os guiava para a área onde nasciam as ondas. Meu pai me seguia de perto, animado. E sentados na areia estavam os outros, conversando e comendo os donuts que minha mãe tinha trazido do café.

— Eu quero levantar! — Connor se mexeu.

— Não, isso é só depois. Hoje, sentados.

— Promete que outro dia...

— Prometo — cortei.

Connor se agarrou às bordas da prancha quando uma onda a chacoalhou. Ficamos ali por um tempo, até que Max se cansou e derrubou o irmão, dando-lhe um empurrão. Eu os deixei na água, brincando e rindo, e olhei para meu pai.

— Leah está com a cara boa — comentou ele.

— Está melhorando devagar. Mas ela vai ficar bem.

— Você está fazendo um bom trabalho.

— Por que acha que isso é coisa minha?

— Porque te conheço e sei que, quando você coloca alguma coisa na cabeça, ninguém tira. Ainda lembro do dia em que você me perguntou se os besouros estavam gordos porque tinham comido muitas margaridas. A gente tinha acabado de se mudar e você tinha visto isso em um quadro do Douglas, aquele esquisito todo colorido que eu sempre brincava dizendo que ele tinha fumado alguma coisa quando pintou. Eu te disse que não, mas é claro que você não se convenceu, você tinha que ver com seus próprios olhos. Então, dois dias depois, te encontrei na varanda dissecando um pobre besouro. E agora, olha só você: vegetariano.

Dei risada.

— Por que será que ele pintou aquilo?

Eu me lembrava perfeitamente daquele quadro de Douglas; as cores rodopiando em volta de um monte de flores e vários besouros em um tom roxo escuro no chão, partidos ao meio e cheios de margaridas.

— Ah, ele era assim, era a magia dele. Imprevisível.

— Merda. — Respirei fundo. — Que saudade dele.

— Eu também. Dos dois. — Meu pai desviou o olhar, triste como raramente ficava, e apontou com a cabeça para a prancha em que os gêmeos tentavam subir. — Você deveria customizá-la. Ficaria mais legal.

Escondi um sorriso.

Eles foram embora por volta da hora do almoço e Leah e eu voltamos a ficar sozinhos em nosso silêncio habitual. À tarde, trabalhei um pouco em uma encomenda que precisava entregar no começo da semana, um logotipo e algumas imagens promocionais para um restaurante que abriria em breve. Leah ficou no quarto ouvindo música, e decidi dar a ela um espaço. Ela não tinha voltado a pintar, nem eu tinha pedido isso a ela. Ainda.

Ao cair da noite, jantamos na varanda.

Fui buscar um moletom depois de deixar os pratos na pia, porque o inverno estava chegando e esfriava no final do dia.

Eu me acomodei ao lado dela, entre as almofadas

— Tem certeza de que não quer provar?

— Não. Você parece o louco do chá.

— Humm, você brincando... Olha só, olha só...

Leah sorriu com timidez, mas depois sua expressão ficou sombria.

— Hoje eu percebi que deve ser bem difícil para você ficar comigo na sua casa.

— O que te fez pensar isso?

— Ver você com sua família; como você se incomoda que invadam seu espaço. Eu sei que você sempre foi muito na sua. E entendo isso, de verdade. Sinto muito que as coisas sejam assim.

— Não fala isso. Não é verdade.

E eu estava falando sério. Eu nem tinha pensado naquilo, mas a presença de Leah em minha vida não me incomodava. Morar com ela era simples, apesar dos problemas dela, das mudanças que aconteciam a cada semana.

— Obrigada, de qualquer forma — sussurrou.

35

Leah

Meu primeiro beijo foi com Kevin Jax.

Haviam se passado três semanas desde a noite de Ano-Novo e ainda era doloroso para mim me lembrar dela. Era janeiro, o ano escolar tinha acabado de começar, e as aulas ainda não exigiam toda a nossa atenção, então Kevin e eu começamos a trocar bilhetinhos, desde o primeiro dia.

"Como passou as férias?"

"Bem. Pintando. E você?"

"Na praia. Você vai a pé para casa?"

"Sim, por quê?"

"Posso te acompanhar?"

Mordisquei a tampa da caneta e respondi apenas com um "sim". Quando a aula terminou e eu me despedi de Blair, que ia para a direção contrária, Kevin se aproximou com um sorriso tímido.

Mal conversamos no começo, como se trocar bilhetes na aula não tivesse nada a ver com estar frente a frente, mas conforme os dias foram passando o constrangimento diminuiu e eu percebi que Kevin era divertido e muito inteligente. Ele gostava daquelas balas compridas de alcaçuz e às vezes ele comia um enquanto caminhávamos, porque dizia que ficava com inveja de me ver com um pirulito na boca. Ele me fazia rir. Era uma dessas pessoas otimistas que sempre estavam alegres e conseguiam espalhar esse sentimento.

— Então você vem à festa da praia nesse sábado — repetiu, quando chegamos em frente à minha casa.

Fiz que sim com a cabeça, as mãos nas alças da mochila. Kevin me olhou nervoso e respirou fundo antes de falar:

— Eu ia esperar até lá, mas...

Eu sabia o que ele ia fazer antes mesmo de acontecer.

Ali, sob uma acácia dourada que subia pela cerca esbranquiçada em meio ao capim que crescia desordenado, ele se inclinou e me beijou. Foi um beijo um pouco desajeitado e inibido, como são quase todos os beijos nessa idade. Fechei os olhos e senti um frio na barriga que persistiu quando Kevin se virou e foi embora rua afora.

Fiquei imóvel, até ouvir uma voz conhecida:

— Prometo que não conto pra ninguém.

Eu me virei. Axel levantou as sobrancelhas e sorriu divertido.

— O que está fazendo aqui? — perguntei.

— Eu tinha combinado com seu pai de vir aqui. Não me olha assim, eu não estava te espionando. Ele parece ser um cara legal, do tipo que corta a grama aos sábados de manhã e acompanha a namorada até a porta de casa. Gostei dele. Você tem a minha aprovação.

— Eu não preciso da sua aprovação!

— Ei, para! Ficou brava?

Segurei a vontade de chorar, entrei em casa e me tranquei no meu quarto. Minha mãe subiu logo depois com um pote de sorvete. Sentou-se ao meu lado na cama, com as pernas cruzadas e o roupão cheio de tinta seca, e me passou uma colherzinha antes de mergulhar a dela no chocolate. Engoli em seco e fiz o mesmo.

Tempos depois, descobri que as mães sempre sabem mais do que parecem saber. Que não tem como esconder certas coisas delas, quando se trata de sentimentos. Que, apesar de respeitar meus silêncios, ela já sabia, quase antes de que eu mesma começasse a perceber.

36

Leah

Estava tocando "Ticket to ride", e cada nota conduzia a um traço diferente, mais preciso, mais forte, como se eles desejassem ultrapassar a superfície áspera da tela.

Pintei sem parar. Quase sem respirar. Sem enxergar nada em volta.

Pintei até que o céu ficou tão escuro quanto o quadro.

Não prestei atenção nem em Axel, que estava deitado na rede com um livro. Seu olhar se desviou para mim quando suspirei com força. Ele se levantou devagar parecendo um gato preguiçoso se espreguiçando suavemente enquanto vinha em minha direção.

Ele olhou para o quadro. Cruzou os braços.

— O que eu deveria ver?

— Não sei. O que você está vendo?

O quadro era preto, completamente preto.

— Eu vejo você — respondeu, depois levantou a mão e apontou para um canto pontiagudo da tela que tinha ficado branco. — Você se esqueceu dessa parte. Me dá o pincel.

Ele tentou tirá-lo das minhas mãos, mas dei um passo atrás e neguei com a cabeça. Ele levantou uma sobrancelha curioso, esperando uma explicação.

— Eu não esqueci. Não foi sem querer.

Axel sorriu quando entendeu o significado.

37

Axel

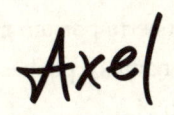

— Preparada para o dia de passeio?

Leah me olhou e encolheu os ombros.

— Vou considerar como um sim — falei.

Era o penúltimo sábado do mês, o que significava que Oliver estaria de volta em dois dias, e por alguma razão isso me fez sentir que não tínhamos tempo a perder. Saímos de casa e caminhamos em silêncio. Eu levava uma mochila com os sanduíches que tinha preparado e uma garrafa de café. Andamos cerca de dois quilômetros pelo caminho de cascalho que levava à cidade. Quando passamos pelo café da minha família, entramos e cumprimentamos meu irmão.

— Onde vocês vão? — Justin perguntou.

— Fazer um passeio, como as crianças — respondeu Leah.

Ele pareceu surpreso ao ouvir Leah brincando, mas, depois de um momento de tensão inicial, serviu a ela um pedaço de cheesecake.

— Para repor as energias — comentou animado.

— Eu já tinha preparado o almoço — reclamei. — Ei, e eu?

Os olhos de Justin brilharam de satisfação. Apoiou um cotovelo no balcão.

— Peça por favor. E com educação.

— Vá se foder. — Sentei em um banquinho, tomei o garfo de Leah antes de ela pegar um pedaço da torta e o enfiei na minha boca.

Ela reclamou indignada, mas depois riu, enquanto meu irmão a observava com curiosidade.

Entrei na cozinha para cumprimentar meus pais e fomos embora. As ruas de Byron Bay, com suas construções baixas de tijolos e madeira, estavam cheias de crianças andando de skate e pessoas voltando da praia com suas pranchas debaixo do braço depois de surfar nas primeiras horas da manhã no Fisherman's Lookout. Passamos em frente a uma loja de aromaterapia e de uma van colorida com uma frase de John Lennon: "Tudo fica mais claro quando se está apaixonado". E pegamos a trilha do cabo Byron, o ponto mais oriental da Austrália.

— Ei, não vá tão rápido — eu disse.

Leah se manteve ao meu lado enquanto subíamos o caminho de degraus e terra. A ponta do cabo estava coberta por um manto de grama verde que contrastava com o mar azul. Contornamos o penhasco em silêncio. Tudo era calma.

— Você está aqui? — perguntei.

— Aqui?

— Aqui de verdade, neste instante. Leah, afasta os pensamentos e curte a estrada, a vista, tudo que está em volta. Sabe o que me aconteceu uma vez quando eu morava em Brisbane? Eu fazia estágio em uma empresa que ficava a uns vinte minutos do meu apartamento e passava todos os dias por uma rua de pedestres. Não sei se era porque eu levava a vida olhando só para o meu umbigo, ou se a minha única meta era chegar ao trabalho ou sei lá que caralho era, mas eu já fazia o mesmo caminho havia dois meses, quando um dia notei um grafite em uma parede. Eu já tinha visto aquele desenho antes, juro, de relance ou algo assim, quando você vê algo de passagem, mas sem prestar atenção. Naquela manhã parei de repente, sem nenhuma razão, e olhei para ele. Era uma árvore, e de cada galho que se estendia para os lados saía um elemento diferente: um coração, uma lágrima, uma esfera de luz, uma pena... Fiquei tanto tempo ali que cheguei atrasado no trabalho. Fascinado por um desenho no qual eu nunca havia reparado, embora ele devesse estar naquela parede há sabe-se lá quanto tempo. Isso me fez pensar que, às vezes, o problema não está no mundo ao nosso redor, mas em como o vemos. Perspectiva, Leah, eu acho que tudo depende da perspectiva.

Ela não disse nada, mas eu quase consegui escutar seus pensamentos, vê-la agarrando as palavras, guardando-as para si mesma.

Continuamos subindo pelo cabo Byron, atentos a cada passo que dávamos. Eu já tinha estado lá muitas vezes, passeando ou vendo o sol nascer, mas cada ocasião era diferente, única. Essa, porque Leah estava ao meu lado com uma expressão pensativa e o olhar fixo nas ondas que quebravam à nossa esquerda.

Meia hora depois chegamos ao farol, que se levantava a mais de cem metros acima do nível do mar. Ficamos ali um pouco contemplando a paisagem, até que decidimos continuar por uma trilha ao longo dos penhascos. Paramos quando vimos um grupo de cabras selvagens.

— Estou morrendo de sede — ela disse, enquanto se sentava.

— Aqui. Bebe.

Passei a garrafa para ela e me sentei ao seu lado, de frente para o mar. Cada vez que uma onda grande batia nas rochas, a água entrava e se deslizava até quase tocar nossos pés.

— Almoçamos aqui? — perguntou.

— Pode ser. — Tirei os sanduíches da mochila.

— Sabe... acho que você tem razão. Às vezes a gente não olha direito para as coisas. Eu fazia isso antes, quando pintava. Observava os mínimos detalhes, as tonalidades, as formas e as texturas. Gostava disso. Absorver. Internalizar.

Prestei atenção nela, em seu perfil, na linha um pouco mais ovalada da testa, nas maçãs do rosto salientes, na curva dos lábios e no nariz arrebitado; em como sua pele parecia macia sob a luz do sol e no tom dourado que ela adquiria.

— Mas também não dá para fazer isso o tempo todo. São momentos — acrescentei.

— Acho que sim. — Deu uma mordida no sanduíche.

Terminei o meu, então tirei os tênis e me acomodei melhor na rocha, deitando ao lado dela. O céu estava limpo e soprava uma brisa suave. Se aquilo não fosse felicidade, calma e vida, eu não sei o que poderia ser. Fechei os olhos e notei Leah se mexendo, quando ela se deitou também. Não sei quanto tempo ficamos ali, se foram dez minutos ou quase uma hora, mas foi perfeito e eu me limitei apenas a respirar.

— Axel, obrigada por isso. Por tudo.

Abri os olhos e analisei a expressão dela. Estávamos muito próximos, e somente seu cabelo bagunçado nos separava.

— Não precisa me agradecer. Somos uma equipe, lembra?

— Achei que você tinha dito "tribo", com um chefe já estabelecido.

— Dá na mesma. — Eu ri. Estendi uma mão, já sério, e toquei em seu braço para chamar sua atenção; ela o puxou bruscamente. — Ei, lembra do que falamos no primeiro dia desse mês?

— Lembro.

— Bem, o mês está quase acabando e vou te fazer a mesma pergunta que te fiz lá no começo, preparada?

Ela negou com a cabeça e eu segurei a vontade de abraçá-la e protegê-la de seus próprios pensamentos, tão nocivos, tão perturbadores. Continuei, apesar de sua súplica silenciosa:

— Você quer ser feliz de novo? Com tudo que isso implica? Assimilar o que aconteceu, aprender a esquecer, sorrir quando você se levanta pela manhã sem se sentir culpada por fazer tudo isso, mesmo com a ausência deles? Olha para mim, Leah.

Ela olhou. Seus olhos se cravaram nos meus enquanto ela fazia que sim com a cabeça lentamente, e meu peito se encheu de orgulho.

38

Leah

DESVIEI OS OLHOS DELE, INCAPAZ DE SUSTENTAR SEU OLHAR.

Senti um leve frio na barriga. Um frio na barriga que tinha o nome dele, que eu já conhecia muito bem: tantos anos, tantos momentos... Respirei fundo e disse para mim mesma: "Você consegue controlar, você consegue". Levantei rápido.

Eu queria ser feliz? Uma parte de mim, sim. Queria.

Contemplei a paisagem. Estávamos em um pico que parecia ser o extremo do mundo, sob sol a pino. A forma do cabo parecia a cauda de um dragão verde deitado na borda do Oceano Pacífico, entre canaviais e macadâmias. Olhei o azul turquesa da água, as rochas pontiagudas, o formato das poucas nuvens que pairavam no céu...

— Leah, cuidado! — Axel gritou, mas não tive tempo de escapar de uma onda enorme que me encharcou da cabeça aos pés. — Você está bem?

— Você está rindo? — lamentei.

— Porra, sim. — Ele riu mais ainda.

— Você deve ser... deve ser...! — A palavra ficou presa na minha garganta enquanto eu torcia a camiseta na beira do penhasco.

— Incrível? — Ele veio atrás de mim. — Maravilhoso? O melhor?

— Cala a boca! — Dei um empurrão nele, sorrindo.

— Ei, não encosta, que nem todo mundo gosta de tomar banho no meio da tarde.

Olhei para seu sorriso perfeito, que tantas vezes eu tinha recriado desenhando uma lua minguante, e o brilho cintilante de seus olhos azul-escuros, assim como o mar profundo, como um céu de tempestade.

Estremeci. Não de frio, mas por Axel.

Pelo que ele sempre foi para mim. Pelas lembranças.

39

Leah

Os amores platônicos são assim, eles ficam com você para sempre. Os anos vão passando e, conforme você vai esquecendo os beijos e as carícias de rostos nebulosos, ainda se lembra de um simples sorriso daquela pessoa que foi tão especial para você. Às vezes eu achava que sentia dessa forma justamente por isso, por ser platônico, por nunca ter acontecido, como uma pergunta que permanece no ar: "Como seriam os beijos dele?". Anos antes, quando eu me deitava para dormir, costumava ficar imaginando isso. Na minha cabeça, os beijos de Axel eram quentes, envolventes, intensos. Como ele. Como cada um de seus gestos, sua maneira discreta de se mover, o olhar inquieto cheio de palavras não ditas, o rosto sereno de linhas marcadas...

Eu ficava me perguntando se o resto do mundo também o enxergava da mesma forma, se aquelas garotas que se viravam para olhar quando ele passava também viam tudo que o tornava especial. Como ele podia ser direto, como era duro apesar daquele ar despreocupado, como tinha medo de pegar em um pincel se ninguém lhe dissesse o que pintar...

Por que era tão difícil esquecer um amor que nem sequer existiu, que nem chegou a ser real?

Talvez porque, para o meu coração... ele tinha sido real.

40

Axel

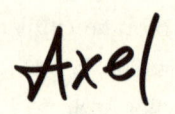

— Outra rodada? É por minha conta.

Oliver estalou a língua.

— Eu não devia beber mais.

— "Eu não devia, não está certo, quebrei uma unha", que merda aconteceu com meu melhor amigo? Vai, relaxa, curte a noite.

— Acho melhor ligar e ver se ela está com as chaves.

— Beleza, então liga e resolve esse assunto de uma vez.

Meu amigo se levantou da mesa de madeira pintada de vermelho onde tínhamos acabado de jantar. Afastou-se um pouco para falar com Leah, que, felizmente, desde que tinha retomado seu relacionamento com Blair, costumava levar o celular; ao contrário de mim, como se meu subconsciente se recusasse a ceder àquele aparelho que me obrigava a estar acessível vinte e quatro horas por dia. Naquela noite, Leah tinha concordado em ir com meus pais, Justin, Emily e os gêmeos a uma feira fora da cidade, então eu esperava que Oliver relaxasse um pouco.

— Beleza, tudo certo, ela volta sozinha.

— Está vendo? Não era tão complicado assim.

— Pede algo forte para mim — Oliver sorriu.

Como bom e atencioso amigo que eu era, fui até o balcão. Já não estavam mais servindo o jantar, e a música ambiente soava pelo local de aparência boêmia, cheio de poltronas coloridas e estampas extravagantes. Cumprimentei um dos garçons, um antigo colega de classe, e pedi duas cervejas.

— Conta as novidades antes que eu fique bêbado — disse Oliver, lambendo os lábios depois de dar um longo gole. — Como estão as coisas com Leah? Tudo normal?

"Ela apareceu nua na minha frente e me beijou", lembrei, mas ignorei esse pensamento fugaz, tentando me desfocar da imagem do corpo dela. Não consegui. Eu era um filho da puta de um demônio. Iria para o inferno por não ser capaz de esquecer cada curva e cada maldito centímetro da pele dela.

— Sim, tudo ótimo, sabe como é, rotina.
— Mas ela está melhor. Está diferente.
— Às vezes é bom mudar de ares.
— Pode ser. É verdade. E você, como vai?
— Nada de novo, muito trabalho.
— Pelo menos o seu é suportável. Juro que um dia eu vou acordar, ir até o escritório e tentar me suicidar com o grampeador. Como é que eles conseguem não enlouquecer dentro daqueles cubículos? São pequenas prisões.

Dei risada.

— É sério, você não duraria dois dias lá dentro, com um monte de regras e de gente chata para caralho...
— Você deve se lembrar de que fiz estágio em um escritório.
— Sim, e talvez você tenha se esquecido de que um dia abriu o extintor de incêndio e o esvaziou na sala do seu chefe antes de sair rindo feito um demente.
— É verdade. Mas ele era um imbecil, foi merecido. Foi uma espécie de ação poética em nome de todos os meus colegas e dos futuros estagiários que passariam por ali. Eles deveriam ter criado um fã-clube para mim ou algo assim.
— Sim, ficou faltando isso. Pede outra — levantou o copo vazio.
— Eu sou seu escravo ou o quê? Convido você para jantar, trabalho de babá grátis para você, aturo seus lamentos...

O garçom passou por nossa mesa e Oliver pediu mais duas, enquanto dava risada.

— Mas olha... o trampo não é tão ruim assim. Quer dizer, é uma merda porque não combina comigo, mas, sei lá, a gente se acostuma, e os colegas são gente boa; às sextas-feiras a gente sai para tomar uma cerveja depois do trabalho.
— Você está tentando me substituir?
— Outro como você? Não, nem pagando.

Dei um gole e o saboreei, esticando as pernas.

— Ah, você não estava saindo com alguém? Como ela se chama?
— Bega. É um nome aborígene.
— E o que está rolando? — insisti.
— Nada. A gente transa. Às vezes. No escritório.
— Você se meteu com uma colega de trabalho?
— Eu me meti com a minha chefe.

Demorei um minuto para entender que, para ele, esse pequeno deslize era um respiro, algo fora do normal a que se agarrar no meio daquela vida que ele nunca quis. A necessidade de se rebelar de alguma forma, para sentir que não estava se perdendo entre responsabilidades e horários.

— E vale a pena?

— Não tenho certeza.

— Uau. — Dei um gole.

— Eu gosto dela, apesar de ela ser complicada e de viver só para o trabalho. Mas o que rola é só isso mesmo. E tenho coisas importantes com que me ocupar, não posso colocar isso em risco. E também não sei se quero. A gente não é assim, não é, Axel?

— Do que você está falando?

— De compromisso. Vínculos.

— Não sei.

Depois de pensar muito, cheguei à conclusão de que eu não tinha resposta para a maioria das coisas, especialmente para as que ainda não tinham acontecido. Percebi isso observando justamente o contrário, por ter me agarrado durante anos ao que eu acreditava saber, como por exemplo que eu terminaria pintando ou que nunca aconteceria nada de ruim com as pessoas que faziam parte da minha vida, da minha família. E eu me enganei. Então, eu já não tinha mais certeza de nada.

— Acho que eu também não — admitiu.

— A ideia é que Leah vá para a universidade, certo?

— Onde você quer chegar? — perguntou.

— Estou falando de você. Sobre o que vai fazer depois. Que essa responsabilidade que você tem agora não vai durar para sempre. Sei que tem os gastos da universidade e do apartamento, mas não vai ser a mesma coisa. Você vai poder retomar um pouco a sua vida. E se ela voltar a pintar...

— Ela não vai voltar — Oliver se adiantou.

— Mas, se acontecer — continuei, lembrando da promessa que eu havia feito a Douglas numa noite qualquer, deitado na varanda da minha casa —, vou ajudá-la a encontrar seu espaço.

Oliver terminou sua bebida.

— Isso não vai acontecer. Você não vê? Ela virou outra pessoa.

— Ela está voltando — eu disse em voz baixa e, por alguma razão, me senti estranho confessando isso, como se estivesse traindo Leah, sua confiança, nosso vínculo. Mas, porra, ele era o irmão dela e estava preocupado.

— É sério?

— Sim. Um pouco. E sem cores.

Oliver ficou pensativo.

— E por que ela não me contou?

Ah, a pergunta que eu não queria ouvir.

— Talvez porque você seja muito próximo. Por que as pessoas se abrem e falam com um psicólogo sobre coisas que não contam nem à família? Acho que, às vezes, estar tão perto de alguém pode complicar as coisas. E eu acho... acho que ela se sente culpada em relação a você, por tantas mudanças...

Ele ficou olhando para o copo já vazio, ignorando a música animada que tocava à nossa volta.

— Cuida dela, está bem? Como se ela fosse sua irmã.

Senti uma pressão desconhecida em meu peito.

— Cuido. Prometo. — Eu me levantei. — Bora, vamos nos divertir um pouco.

41

Leah

Esfreguei os olhos e me sentei em um banquinho ao lado de Oliver, em frente ao balcão da cozinha onde costumávamos tomar o café da manhã. Tomei um pouco de suco de laranja.

— Leah, você sabe que eu te amo, né?

Olhei para ele. Surpresa. Constrangida. Assustada.

— Você é a pessoa mais importante da minha vida. Não importa o que você me peça, eu sempre vou dizer sim. Agora somos só você e eu, de mãos dadas, mas a gente vai encontrar uma forma de seguir em frente e de continuarmos unidos. Quero que você confie em mim, tá bom? E se em algum momento você quiser conversar, não importa a hora, nem se eu estiver em Sidney, pode me ligar. Eu vou estar do outro lado esperando.

Respirei, respirei, respirei mais forte...

Junho

(INVERNO)

42

Axel

— Como foi a condicional? Você se divertiu? — perguntei assim que Oliver foi embora. Segui Leah até o quarto dela e cruzei os braços enquanto ela colocava a mala ao lado do armário. — O que foi?

Leah me olhou inquieta.

— Quero que você me ajude.

Meu coração bateu mais forte.

— Deixa comigo. Confia em mim.

— Obrigada. — Desviou o olhar. — Vou guardar a roupa.

Observei como ela limpava o suor das palmas das mãos na calça jeans, como estava nervosa, a rigidez em seus ombros.

— O que quer jantar? Os presos na cadeia não têm um dia especial em que podem escolher o cardápio ou algo assim?

Ela sorriu um pouco e a tensão se dissipou.

— Vai, escolhe o menu, aproveita.

— Entre brócolis ou acelga? Hum.

— Lasanha de vegetais? Com muito queijo.

— Fechou — disse ela, e abriu a mala.

Coloquei o toca-discos e a música preencheu cada canto da casa quando comecei a cortar os legumes em pequenos pedaços. Pensei naquele "quero que você me ajude" que tinha sido quase uma súplica, imaginei a coragem e o medo misturados até o ponto de não saber onde começava um sentimento e onde terminava o outro.

— Quer ajuda?

— Sim, pega a travessa.

Acabamos cozinhando juntos, apesar de eu não ter certeza se aquilo era uma lasanha de verdade ou um mexido de vegetais, massa e uma enorme quantidade de queijo. Enquanto gratinava, limpamos a cozinha e lavamos a louça; eu ensaboava e ela enxaguava.

Jantamos em silêncio na varanda.

Quando terminamos, entrei para pegar caneta e papel.

— Esse é o plano. Vamos fazer várias coisas durante este mês. Coisas novas. Ou coisas que provoquem sensações. Outro dia estava pensando nas pessoas que vivem um pouco no piloto automático, sem muita consciência do que estão fazendo, sabe de que tipo de pessoas estou falando?

Leah concordou com a cabeça, devagar.

— Então, estava pensando nisso... se é possível que a gente se esqueça de ser feliz, se de repente, em uma manhã qualquer, a gente pode olhar para trás e perceber que está há anos insatisfeito, vazio.

— Pode ser, acho.

— Fiquei pensando sobre como seria se isso acontecesse comigo. Que coisas me fariam lembrar daquela sensação de plenitude. E, sei lá, me vieram à cabeça as coisas mais cotidianas, e as mais esquisitas também. Como comer espaguete, por exemplo. — Ela começou a rir, e eu me deixei levar por aquele som; tão vibrante, tão vivo. — Sério, cacete, comer é um prazer. E me arrependo de todas as vezes que terminei um prato quase sem saboreá-lo, porque acho que agora, tendo consciência, eu realmente o apreciaria. Para de rir, queri...

Fiquei quieto e suspirei, um pouco incomodado por não poder mais chamá-la assim, como antes, como sempre, desde que ela era uma menina.

— Comida. Tem razão — admitiu. Leah ainda estava sorrindo quando anotei.

— Algo que você fazia antes. Mergulhar, por exemplo.

— Eu poderia tentar... — disse ela, hesitante.

— Claro. A gente faz isso juntos, um dia.

— Tá bom — respirou fundo.

— Ouvir música, respirar, pintar, dançar sem ritmo ou falar comigo para reforçar a ideia de que eu sou a pessoa mais incrível que você já conheceu — brinquei. Leah me deu uma cotovelada de leve. — Andar descalça e sentir que está fazendo isso. Ver o sol nascer... — Fiz uma pausa. — Mas nada disso vai funcionar se você não sentir, Leah.

— Eu entendo...

— Mas...

— Vai ser difícil.

— Do que você mais tem medo?

— Não sei.

Segurei seu queixo entre meus dedos para forçá-la a olhar para mim, porque eu estava começando a conhecer aquelas novas camadas que cobriam as antigas; sabia quando ela estava mentindo, quando sua pulsação acelerava e quando ela se sentia sufocada.

— Não se esconda de mim. Não faz isso, por favor.

— E se não der certo? E se eu não conseguir ser feliz de novo e passar o resto da vida assim, vazia, anestesiada? Eu não gosto disso, mas também não gosto da ideia contrária, de continuar como se nada tivesse acontecido, porque aconteceu, passou por cima de mim, Axel, e continua passando, e eu não consigo prestar atenção em nada porque é muito doloroso. Dói demais, eu não consigo controlar. E isso faz eu me sentir muito mal, culpada por ser tão fraca, por não conseguir aceitar, sendo que outras pessoas aceitam coisas piores, estão muito mais fodidas do que eu. É como se eu estivesse em um looping e eu fico andando em círculos e não consigo encontrar uma forma de sair, de... respirar.

— Caralho, Leah.

— Você me pediu para ser sincera.

Ela não chorou, mas foi pior. Porque a vi chorar por dentro, mordendo o lábio inferior, segurando, segurando...

— Viva para mim — sussurrei sem pensar.

— O quê? — pestanejou, ainda tremendo.

— Isso. Viva para mim. Deixe-se levar. Vamos.

Estendi minha mão. Leah a aceitou. Eu a puxei.

43

Leah

— Vamos fazer alguma coisa da lista. Andar descalço.

— Mas já é de noite — disse, ainda confusa.

— E daí? Vamos, Leah.

Fiquei muda quando vi que Axel não soltou minha mão enquanto deixávamos para trás os degraus da varanda e seguíamos pelo caminho de terra. Em teoria, eu deveria estar concentrada apenas nas pedrinhas que sentia na sola dos pés ou na sensação delicada da grama quando avançamos um pouco mais, mas na prática eu não conseguia ignorar a mão dele, seus dedos, sua pele. Meu coração se revirou, como se dentro do peito não tivesse espaço suficiente, como se estivesse se agitando, apesar de eu estar gritando para ele não fazer isso.

— Fala o que você está sentindo — sussurrou Axel.

"Estou sentindo você", quis responder.

— Não sei...

— Como não sabe? Leah, não pense. Basta tentar se concentrar nesse momento.

Caminhávamos devagar. Ele um pouco mais à frente, me puxando com delicadeza, sem soltar a minha mão.

O que eu estava sentindo?

Seus dedos; longos, quentes. O chão aveludado de grama úmida que fazia cócegas em meus pés. Sua pele contra a minha, tocando-me a cada passo. Um trecho do caminho mais áspero, mais seco. Sua unha macia sob o meu polegar. E, por fim, a areia. Areia por toda parte, meus calcanhares afundando na superfície morna.

Só então entendi o que Axel pretendia. Durante aquele breve tempo que durou o passeio, eu tinha sentido tudo. Estive ali. Tinha sentido a partir da realidade daquele momento, não através da janela quebrada de um carro que tinha saído da pista.

Eu me sentei na areia. Axel também.

O barulho do mar nos envolveu e ficou entre nós por um tempo, até que ele suspirou e começou a brincar, distraído com a areia.

— Me conta alguma coisa que você não tenha contado para mais ninguém.

"Um dia eu te disse que te amava, mas você só ouviu 'todos nós vivemos em um submarino amarelo'."

A lembrança veio como se estivesse adormecida por anos e de repente tentasse despertar, agarrando-se às paredes cheias de instantes que eu acreditava ter esquecido. E às vezes, ao encontrar caixas empoeiradas, descobrimos fotografias que continuam despertando sentimentos, aquela pedra em forma de coração que um dia significou tudo, aquele bilhetinho amassado tão especial, aquela música que seria sempre "a nossa", mesmo que ele não soubesse disso.

Afundei os dedos na areia tentando ignorar aquela lembrança e acabei mergulhando em outra ainda mais dolorosa e difícil, como se todas estivessem conectadas entre si e, quando despertadas, fossem como as pedras de um dominó, que, quando você bate na primeira, as seguintes vão caindo em sequência.

— Quer saber o que eu senti quando saí na rua depois do que aconteceu? — perguntei indecisa, e Axel concordou com a cabeça. — Fazia sol. Lembro como se fosse ontem. Parei em frente ao prédio de Oliver, olhando em volta e tentando assimilar tudo. Um homem sorridente passou por mim, tropeçou e pediu desculpas antes de continuar seu caminho. Em frente tinha uma mulher empurrando um carrinho de bebê e carregando uma sacola de compras na mão; eu sei por que não conseguia tirar os olhos das cenouras que estavam aparecendo. Tinha um cachorro latindo a distância.

Não sei se Axel estava ciente de que eu estava dando a ele um momento que não tinha sido capaz de dar nem a mim mesma, de digerir sozinha. Porque era mais fácil assim, com ele, com os sentimentos que brotavam quando ele estava por perto, misturando-se com outros mais complicados para os quais eu não queria nem olhar.

— Continua, Leah. Quero te entender.

— Eu só... eu só vi tudo isso e me perguntei como era possível que nada tivesse mudado. Parecia irreal. Quase uma piada. Acho que é isso que acontece quando o mundo para, não só por algo assim, mas também por uma ruptura, por uma doença... É como sentir que você está congelada enquanto tudo se move. E eu acho... acho que cada um de nós vive dentro de uma bolha, muito concentrado em nossas próprias coisas, até que um dia, de repente, essa bolha explode e você quer gritar e se sente sozinho e desprotegido. — Engoli em seco para desfazer o nó na garganta. — Era como ver as coisas através de outra perspectiva, mais distante e desfocada, tudo em preto e branco.

— E você sempre pinta aquilo que sente — sussurrou Axel, e eu gostei que ele pudesse entrar em mim, me entender e me decifrar, mesmo quando às vezes nem eu mesma sabia por que fazia algumas coisas, como aquilo, a ausência de cores, a necessidade de que fosse assim.

44

Axel

Depois daquela noite na praia, Leah voltou a se fechar em si mesma. Não quis me dizer por que; não insisti muito e a deixei tranquila por alguns dias. De manhã, antes do colégio, ela continuou surfando comigo. E à tarde, quando eu terminava de trabalhar e ela de estudar, passávamos um tempo juntos na varanda lendo, ouvindo música ou apenas compartilhando o silêncio.

Apesar de não termos nos evitado, mal conversávamos.

Leah começou a pintar na sexta-feira à noite. Eu estava tomando o último gole de chá com um livro na mão quando a vi se levantar devagar e se aproximar da tela em branco. Eu a observei de rabo de olho, deitado na rede, a alguns metros de distância.

Pegou um pincel, abriu a tinta preta e respirou fundo antes de permitir que o que estava em sua cabeça começasse a sair. Eu a observei maravilhado, atento aos movimentos suaves de seus braços, à força com que seus dedos agarravam o pincel, aos ombros tensos e à testa franzida, à energia que parecia levá-la a desenhar um traço e depois outro e outro mais. Quando vi que ela estava misturando tintas e criando diferentes tons de cinza, controlei a vontade de me levantar para ver o que estava fazendo.

Eu também já tinha me sentido assim antes, mas fazia tanto tempo que não me lembrava mais da sensação exata. Foi no estúdio de Douglas, algumas tardes que passei com ele ali, sentindo... sentindo tudo, talvez porque naquela época eu não pensava muito e também não me importava com o resultado final, com fazer certo ou errado. Para mim, era suficiente estar com ele tomando uma cerveja e deixando as coisas fluírem.

Quando Leah terminou, eu me levantei.

— Posso ver? — perguntei.

— Está horrível — me advertiu.

— Tudo bem, acho que consigo suportar.

Um sorriso escapou do canto de sua boca quando me aproximei e observei o quadro. Tinha um ponto no centro, redondo e sozinho, estático no meio de um redemoinho de tinta girando ao seu redor, a bolha e o resto do mundo seguindo seu curso. Pela primeira vez, não prestei atenção só no conteúdo, mas também na técnica, em como ela tinha capturado o movimento circular; tão real, tão ela.

Uma vez Douglas me disse que o complicado da criatividade não é ter uma ideia ou ver uma imagem em sua cabeça que você queira desenhar, o foda é juntar tudo, fazer tudo isso existir, conseguir encontrar o fio condutor entre o imaginário e o real para conseguir expressar esse pensamento, as sensações, as emoções...

— Gostei. Vou ficar com ele.

— Não! Este não.

— Por quê? — Cruzei os braços.

— Porque para você... eu vou fazer outro. Um dia. Não sei quando.

— Beleza, acredito na sua palavra. — Me espreguicei. — É melhor a gente não demorar para deitar, já que vamos mergulhar amanhã cedo.

— Você não tinha me falado nada — respondeu.

— Não? Bem, estou falando agora.

Leah enrugou a testa, mas não reclamou e começou a limpar os pincéis e a guardar o material. Dei boa noite e a deixei lá quando entrei em casa.

**

Julian Rocks era um ponto de mergulho muito conhecido, e ficava a apenas vinte minutos de casa. Colocamos parte dos equipamentos na caçamba da picape; o restante íamos alugar em uma loja de mergulho. Liguei o motor e aumentei o volume da música. O dia estava agradável e a temperatura amena e quente, apesar de ser inverno. Conforme deixávamos para trás praias quase selvagens e florestas tropicais, lembrei por que eu me sentia tão ligado àquela parte do mundo.

— Você está indo muito rápido — sussurrou Leah ao meu lado.

— Desculpe. — Diminuí um pouco a velocidade. — Melhor?

Ela mal falou depois, até que chegamos e começamos os preparativos, mas gostei de vê-la concentrada, determinada, inteira. Tinha alguns surfistas na praia quando entramos na lancha com várias outras pessoas e nos afastamos da costa. Leah ficou ao meu lado, pensativa, enquanto eu conversava com um velho conhecido que era instrutor de mergulho. Paramos logo depois.

— Preparada? — Olhei para ela.

— Sim, estou... estou com vontade.

Depois dos últimos detalhes, verifiquei o equipamento dela.

— Você primeiro, beleza? Eu vou atrás.

Quando chegou a vez dela, depois que dois outros rapazes mergulharam, ela se sentou na borda da lancha, de costas para a água, e se deixou cair. E então senti algo estranho ao vê-la afundar. Inquietude. Uma maldita sensação de angústia. Gostei e não gostei ao mesmo tempo; o estranhamento de sentir algo assim diante da irracionalidade do pensamento.

— Vou descer! — avisei ao instrutor.

Eu a vi em seguida, a poucos metros de distância. O mar estava calmo. Julian Rocks era uma reserva marinha com uma grande biodiversidade devido à mistura de correntes quentes e frias. Não demoramos mais do que alguns minutos para ver um tubarão-leopardo e arraias-jamanta. Leah esticou a mão até um cardume de peixes-palhaço que se dispersou conforme nos aproximamos. Fiquei atrás dela enquanto ela se divertia com uma tartaruga enorme e também quando parou de se mexer entre milhares de peixes, rodeada por uma explosão de cores no meio do oceano. A imagem ficou gravada na minha cabeça como se eu tivesse tirado uma fotografia mental; a paz que se podia sentir, as tonalidades misturadas, a beleza tão selvagem...

De volta à terra firme, almoçamos em um restaurante tailandês. Pedimos talharim, arroz com legumes e a sopa do dia.

— Que horas a gente vai voltar?

— Não sei, por quê? Está com pressa?

— Disse para a Blair que talvez... talvez eu pudesse tomar um café com ela à tarde.

— Você não tinha me falado. Mas claro, eu te deixo onde você quiser assim que a gente terminar de comer. E o mergulho? Gostou?

Leah sorriu de verdade, alegre e feliz.

— Eu quase não me lembrava mais. Tantas cores... — disse, enquanto mexia com os pauzinhos o macarrão que acabavam de nos servir. Peixes amarelos, azuis, laranja... E a tartaruga era maravilhosa. Eu adoro tartarugas, a cara delas...

— Caralho, como isso está bom. — Lambi os lábios.

— Você é sempre assim, né?

— Assim incrível? — Levantei uma sobrancelha.

— Você aproveita cada momento.

— Sim e não. Também tenho minhas fases.

— Você já ficou mal alguma vez?

Suspirei e coloquei os pauzinhos de lado.

— Claro. Muitas vezes, como todo mundo. É inevitável, Leah. E não é ruim, não precisa ser, a vida é assim; tem momentos bons e momentos ruins. Acho que o segredo é tentar superar os ruins e aproveitar os bons, não tem muito o que fazer.

— Você não vai me contar o que te aconteceu?

— Depende. O que você me dá em troca?

— Eu? Duvido que alguma coisa te interesse.

— Tá me zoando?

— Beleza. Vamos fazer um trato.

Gostei de vê-la brincando, apesar de que nós dois sabíamos que estávamos falando de um assunto sério. Estiquei as pernas embaixo da mesa até quase tocarem nas dela. O restaurante tailandês era bem pequeno, tinha só cinco mesas de madeira, e nós estávamos em uma no canto.

— Tem uma coisa que estou me perguntando há meses. — Passei a mão no queixo. — Como é possível você continuar ouvindo Beatles todos os dias? É uma conexão direta com eles, com seus pais. E você faz isso desde o primeiro dia, quando ficava todas as tardes trancada no quarto com os fones no ouvido.

Leah desviou o olhar, um pouco nervosa.

— Eu precisava. Eu não conseguia... não conseguia deixar isso para trás, eu tinha que manter algo deles comigo. Não sei, Axel, não tenho uma resposta racional, não consigo nem encontrar uma lógica na maioria das coisas que sinto ou faço porque entro em contradição o tempo todo.

— Todo mundo faz isso, às vezes.

— Acho que sim. Só sei que eu preciso dessas músicas, tenho necessidade de ouvi-las. — Fez uma pausa, ficou um pouco hesitante, depois acrescentou: — Todas, menos uma.

— Hummm... qual?

— "Here comes the sun". Essa não.

— E por que não? — perguntei.

Leah passou o dedo por uma fissura da madeira da mesa e deslizou-o lentamente, seguindo o caminho da pequena imperfeição. Respirou fundo antes de olhar para mim.

— Era a música que estava tocando na hora do acidente. A música que eu pedi para o meu pai colocar.

— Não sabia, Leah.

Estendi minha mão para colocá-la sobre a dela, mas ela puxou antes que eu pudesse tocá-la.

— Agora você, me conta sobre esses momentos ruins.

— Foram vários. O pior foi quando seus pais morreram, mas teve outros. Momentos em que me senti um pouco perdido, sabe, como todo mundo quando não sabe muito bem o que quer fazer. E depois, administrar a frustração de perceber que eu não queria mais pintar, tomar essa decisão... Às vezes a gente espera da vida coisas que não vão vir. Talvez a culpa seja nossa mesmo, por planejar demais, por estabelecer caminhos que, depois, nunca chegaremos a percorrer. E acho que isso acaba trazendo decepções.

Não falamos mais nada enquanto terminávamos de almoçar. Depois, sem pressa, voltamos até o centro de Byron Bay e Leah me pediu para deixá-la na rua onde morava sua amiga Blair.

— Passo para te buscar mais tarde?

— Não. Vou voltar a pé.

— Tem certeza?

— Tenho.

— Está com o celular?

Leah bufou e abriu a porta do carro.

— Axel, não me trate feito criança.

— Ei! — Abri a janela para chamá-la. — Lembra de escovar os dentes se você comer alguma coisa! E não aceite doces de estranhos!

Ela franziu a testa e me mostrou o dedo do meio.

Eu sacudi a cabeça, rindo e feliz por vê-la assim.

45

Leah

Blair saiu logo depois que toquei a campainha e caminhamos juntas pela rua sob o sol da tarde. Soprava uma brisa leve e decidimos nos sentar na área externa de um café a que íamos sempre, tempos atrás. Eu sempre pedia um café e um muffin de banana com chocolate, que era quase tão gostoso quanto o cheesecake de Georgia. Blair, por outro lado, gostava mais de salgado, e às vezes comia uma porção pequena de batatas fritas enquanto falávamos sem parar. Passávamos o dia inteiro juntas, grudadas.

— Já estava achando que você não viria — disse ela.

— Fui mergulhar com o Axel e acabamos demorando.

— Mergulhar? — Sorriu. — Que inveja!

— Foi muito bom — admiti.

Na verdade, tinha sido muito mais que bom. Estimulante. Intenso. Flutuar no meio do oceano e me sentir leve enquanto os peixes rodopiavam ao meu redor como pontos coloridos que dançavam desordenadamente... e na companhia de Axel.

— Vou querer batatas fritas e um refrigerante — pediu Blair, quando a garçonete nos atendeu. — E você?

— Um muffin de banana e um café com leite descafeinado.

— Certo, volto já, meninas.

— Estava lembrando daquele dia em que fizemos uma brincadeira com Matt e enchemos o armário dele de purpurina. Acabamos aqui, rindo, até que o vimos chegando e saímos correndo...

— Mas ele nos pegou porque eu voltei para buscar o pedaço de muffin que tinha ficado na mesa. Eu lembro. Lembro também que os livros dele ficaram brilhando por semanas!

Blair caiu na risada e eu acabei sendo contagiada um pouco pelo bom humor e pela facilidade que ela tinha de fazer com que todos os momentos fossem algo a ser somado e não subtraído. Ela foi a melhor amiga do mundo, e eu me esforcei durante meses para afastá-la de mim porque, de alguma forma, eu sabia que, se a mantivesse por perto, acabaria magoando-a e decepcionando-a.

— E como vai o colégio?

— Bem melhor do que antes.

— E afinal você vai para a universidade?

Encolhi os ombros. Não queria falar sobre aquilo.

— Você está contente com o trabalho?

— Muito, apesar de ser exaustivo.

— Você sempre gostou de crianças.

Trouxeram nosso pedido e comecei a comer o muffin em pedacinhos, quebrando-o com os dedos, distraída. Comi devagar, lembrando das palavras de Axel, saboreando a banana que contrastava com o amargor suave do chocolate.

Olhei para Blair, hesitante.

— Acho que ainda sinto algo por ele.

— Por Axel, né?

— Sim. Por quê... por que isso acontece comigo?

— Porque você gosta dele. Sempre foi assim.

— Queria poder me apaixonar por outra pessoa.

— Não podemos escolher isso, Leah. — Ela me olhou com carinho. — Como é a convivência de vocês?

Pensei um pouco. Fazia quatro meses e meio que estava morando naquela casa perdida no meio da natureza. Não tinha muitas lembranças dos dois primeiros meses, quando ficava trancada no quarto quase o tempo todo. Março tinha sido caótico; fiquei brava com ele, perdi o controle no Bluesfest, comecei a pintar de verdade. Depois, em abril, Axel puxou mais as cordas, me obrigando a tomar uma decisão. Às vezes, ficar como você está é mais fácil e mais cômodo do que se esforçar e enfrentar as mudanças.

— Com altos e baixos. Agora, bem.

— Seja você mesma, Leah — disse.

— Como assim? — Fiquei tensa.

— Em tudo. Com Axel também. Como você era antes. Deixa acontecer sem pensar tanto nas coisas. Você não se lembra mais? Eu dava risada quando você dizia que "parava de respirar quando ele aparecia" ou que "morreria por um beijo dele", mas eu estava acostumada porque você sempre foi exagerada.

Coloquei uma mão no peito. Blair tinha razão, mas eu continuava me sentindo muito distante daquilo tudo, apesar de que, às vezes, uma memória aparecia como um flash, mas também desaparecia tão rápido quanto tinha surgido. Eram picos confusos. Eu ainda estava usando a minha capa de chuva, por mais furada que ela estivesse, e era difícil me reconhecer naquela garota que, em algum momento, não hesitava em saltar no vazio sem perguntar antes qual a distância até o chão.

Afastei aquela imagem e dissipei a nostalgia.

— Mas me fala de você. Está saindo com alguém?

— Queria te contar, mas não sabia bem como — Blair se remexeu, desconfortável. — No mês passado eu saí algumas vezes com Kevin Jax.

Sorri quase que por inércia. Kevin era não apenas o cara que tinha roubado meu primeiro beijo debaixo daquela acácia dourada da minha casa, como eu também tinha perdido a virgindade com ele alguns anos depois, quando decidi que era hora de ser realista e aceitar que Axel nunca olharia para mim como uma mulher e não uma menininha.

— E como foi? — perguntei.

— Foi bom. Bom até demais.

— Como é possível algo ser bom demais? — Enfiei um pedaço de muffin na boca.

— Leah... — ela se revirou — eu falei para ele que a gente não podia continuar saindo, antes... antes de eu falar com você. Vocês ficaram juntos por um tempo. E nós duas somos amigas. Isso sempre vai estar em primeiro lugar.

Senti uma coceirinha no nariz e pisquei rápido para não chorar. Olhei para Blair, tão transparente, com seu cabelo escuro desgrenhado e aquela expressão tão doce que preenchia seu rosto. Eu não a merecia. Eu não merecia uma amiga assim tão leal, mesmo tendo passado meses ignorando suas ligações e fingindo que não podia vê-la toda vez que ela vinha me procurar em casa e eu pedia a Oliver para abrir a porta e inventar alguma desculpa.

— Pode sair com Kevin. Ele é um cara incrível, de verdade, acho que vocês formariam um ótimo casal porque os dois são igualmente generosos. — Cocei o nariz e respirei fundo. — Sinto muito por esses últimos meses. Estou tentando mudar. Para melhor.

— E está conseguindo. — Sorriu Blair.

Voltei para a casa de Axel caminhando sem pressa, observando tudo ao meu redor como não fazia há muito tempo. O caminho de pedras estava rodeado por uma vegetação frondosa pintada de infinitos tons de verde: verde-oliva, verde-musgo, verde-garrafa, verde-limão nas folhas mais tenras, verde-menta, verde-jade...

Recriar cada cor sempre fora uma das coisas de que eu mais gostava. Misturar tintas, tentar, errar, continuar misturando, clarear, escurecer, procurar a nuance exata que estava na minha cabeça e que eu queria colocar na tela.

Andei mais rápido quando começou a chover. As gotas de água eram grandes e a chuva foi se intensificando a cada passo que eu dava, como se estivesse só esperando eu chegar em casa. Quando fechei a porta, despencou uma tempestade.

— Não sabia se eu saía para te buscar ou... — disse Axel.

— Cheguei na hora certa.

O som da chuva retumbava nas paredes.

— Acho que ainda tem água quente, se quiser tomar um banho — Axel comentou, e então o vi caminhar até a prancha encostada na parede, ao lado da porta dos fundos.

— O que vai fazer? Vai surfar?

— Vou, não demoro.

— Não! Não faz isso!

— Ei, relaxa, não vai acontecer nada e as ondas estão perfeitas.

— Por favor... — implorei novamente.

Axel bagunçou meu cabelo e sorriu.

— Vou estar de volta antes de você perceber que eu saí.

Travada, eu o vi sair, descer os três degraus da varanda e se afastar caminhando na chuva, direto para a praia. Eu queria gritar para ele dar meia-volta, implorar para ele não entrar na água, mas fiquei só ali parada, estática, com o coração acelerado.

A chuva estalava no teto de madeira que cobria a varanda quando saí com o cavalete e o abri. Ansiosa, procurei as tintas, com o coração batendo freneticamente dentro do peito, quase no mesmo ritmo das gotas de água que caíam. Abri os frascos com as mãos trêmulas, peguei um pincel e parei de pensar.

Então, apenas senti.

Senti cada traço, cada curva, cada respingo.

Senti exatamente o que estava pintando, senti meus dedos enrijecidos, a vulnerabilidade que me abalava por estar preocupada com ele, meu pulso impreciso, os pensamentos caóticos.

Não sei quanto tempo fiquei em frente àquela tela despejando tudo o que eu não conseguia dizer com palavras, mas só parei quando vi Axel chegando ao longe, com a prancha na mão, debaixo da chuva que continuava caindo.

Ele subiu para a varanda encharcado e deixou a prancha de lado.

— A maré estava ótima, tinha umas ondas que... — Ele parou quando viu minha expressão — O que foi? Está brava?

Eu tentei me controlar. Quis engolir o que estava sentindo e me trancar no quarto como nos primeiros meses. Não reagir. Não explodir.

Mas não consegui. Simplesmente não consegui.

— Estou, porra, estou! — estourei. — Não queria que tivesse saído! Não queria ficar me perguntando se tinha acontecido alguma coisa com você! Não queria me preocupar com você! Não queria ficar ansiosa nem com medo e nem com vontade de gritar com você como estou fazendo agora!

Axel me olhou surpreso e seus olhos se encheram de compreensão.

— Sinto muito, Leah. Não imaginei que você fosse ficar assim.

— Percebi! — respondi, e larguei o pincel.

Como ele podia não ter notado? Eu morria de medo, não, mais que isso, eu tinha um pânico atroz de que algo acontecesse com as pessoas que eu amava. Não conseguia nem pensar nisso. Ali, diante dele, eu estava brava e aliviada ao mesmo tempo por tê-lo de volta.

— O que é isso? Você pintou com cores?

Axel apontou para o quadro. Era escuro, como todos os outros, mas em uma lateral tinha um único ponto vermelho intenso, vibrante, a única coisa que se destacava em toda a pintura.

— Sim, porque isso aqui é você! Um pé no saco!

Eu o deixei lá e entrei em casa, ouvindo ao fundo as gargalhadas de Axel, cada vez mais distante. Fechei a cara para o que estava sentindo e coloquei uma mão no peito.

Respirar... eu só precisava respirar...

46

Axel

Eu não tinha parado para pensar no medo que Leah deve ter sentido quando eu disse a ela que ia surfar no meio de uma tempestade. Estava acostumado. Na verdade, era um dos meus momentos preferidos; o mar agitado, a chuva rompendo a superfície, o caos ao meu redor e as ondas mais altas do que o normal por conta das marés.

Mas aquele ponto vermelho, aquele pé no saco... Bom, isso quase me fez pensar que tinha valido a pena.

Leah não saiu do quarto até a hora do jantar. Preparei uma salada e duas daquelas sopas instantâneas que minha mãe trazia cada vez que vinha me visitar, como se quisesse estocá-las para o caso de irromper o apocalipse e a gente ficar aqui isolado ou algo assim.

Continuava chovendo, então jantamos na sala ouvindo o vinil dos Beatles que rodava no toca-discos. Ela ficou concentrada em seu prato até terminar e respondeu a todas as minhas perguntas com monossílabos.

Lavou os pratos enquanto eu fazia meu chá.

Quando voltamos para o sofá, peguei um pedaço de papel.

— Precisamos fazer mais coisas — eu disse. — Como... sei lá, e aqueles pirulitos de morango? Antes você gostava, não? Estava sempre com um deles na boca.

— Não sei. Acho que não gosto mais — ela respondeu.

— E o que você quer colocar na lista? Agora tem carta branca. E é divertido, não é? Você e eu juntos fazendo a primeira coisa que vier à cabeça.

— Quero dançar "Let it be" com os olhos fechados.

— Ótima ideia. Feito. — Anotei.

— E também quero tomar um porre.

— Quem sou eu para impedir? Você é maior de idade. Tudo bem. Estou gostando de te ver mais participativa. O que mais podemos fazer? — Coloquei a caneta na boca. — Vamos ver, coisas que façam você se sentir, parar de pensar...

— Um beijo. — Ela me olhou. — Um beijo seu — esclareceu.

Meu coração quase saiu pela garganta.

— Leah... — Minha voz era um sussurro rouco.

— Não é nada demais. Só mais uma emoção...

— Isso não vai rolar. Vamos pensar em outra coisa.

— Não é você o cara que não dá às coisas mais importância do que elas realmente têm? É só um beijo, Axel, e ninguém nunca vai ficar sabendo, prometo. Mas eu quero... quero saber como é, qual é a sensação... E que diferença faz? Você beija qualquer uma...

— Exatamente por isso. Porque são qualquer uma.

— Tá bom, esquece. — Ela suspirou, dando a batalha por perdida.

Fiquei brincando com a caneta entre os dedos.

— De onde você tirou isso, Leah?

Ela levantou o queixo. Respirou fundo.

— Você sabe, Axel. Que antes, eu... que anos atrás...

— Deixa para lá, não precisa responder. Já volto.

Levantei para fumar um cigarro.

Continuava chovendo forte quando me apoiei no guarda-corpo de madeira e assoprei a fumaça da primeira tragada. A escuridão envolvia tudo e parecia abafar o barulho da tempestade. Suspirei alto, cansado, passando a mão pelo queixo.

Pensei na garota que estava dentro da minha casa. Em como ela era complicada. Na quantidade de nós que eu vinha desatando pouco a pouco, sem imaginar os que precisava descobrir.

E, ao mesmo tempo, eu gostava disso.

Do desafio. Do estímulo. Era quase uma provocação.

Apaguei o cigarro exatamente na hora em que a gata apareceu na entrada da varanda. Estava encharcada e mais magra do que nunca. Olhou para mim e miou.

— Bem, um dia é só um dia, acho que você pode passar a noite aqui. — Abri a porta e, como se ela tivesse entendido, se sacudiu e entrou.

— Coitadinha! — Leah se aproximou.

— Vou pegar uma toalha.

Enquanto a esfregávamos para secá-la, a gata sibilava de vez em quando ou ameaçava nos atacar com uma patada.

— Sabe com quem ela se parece?

— Muito engraçadinho — respondeu Leah.

— Vocês têm muito em comum.

— Vou dar alguma coisa para ela jantar.

Ela serviu um prato com os restos da sopa, que a gata comeu enquanto a observávamos, sentados no chão de madeira da sala. Deitei, tombando para trás com as mãos atrás da cabeça. Começou a tocar "Day Tripper", que eu cantarolei distraído enquanto Leah sorria e relaxava; o momento de tensão que tínhamos vivido quinze minutos antes se dissipou.

— Vou pegar uma roupa velha para ela dormir.

— Não, ela vai comigo para o meu quarto — disse Leah.

— Está brincando, né? Eu não confiaria nela. Você sabe, ela é dócil quando quer, mas pode mostrar as garras a qualquer momento. Nunca falamos sobre por que os gatos são tão incríveis?

— Não, não é um tema comum em nossas conversas.

— Pois deveria ser. Eles são independentes, curiosos e dorminhocos. As três chaves para uma vida feliz. São selvagens e solitários, mas se deixam domesticar por pura comodidade. No início, a coisa deve ter sido assim: "Ei, humano, eu finjo ser civilizado e em troca você me enche de comida, me protege e cuida de mim, combinado?". — Leah deu risada e eu me estiquei mais no chão, exatamente como faria um gato preguiçoso. — Não ri, é verdade.

— Acho que vou tentar dormir com ela.

— Tá bom. — Levantei. — Se ela te atacar e você precisar de ajuda, dá um grito e eu vou te salvar.

Ela revirou os olhos.

— Boa noite, Axel.

— Boa noite.

47

Leah

Naquela semana me concentrei nos estudos. Tentei prestar atenção às aulas, fazer todas as tarefas e estudar à tarde enquanto Axel trabalhava. Na quarta-feira, combinei com Blair de tomar um café. E, na quinta, quando a professora de matemática me fez uma pergunta e toda a sala ficou em silêncio, na expectativa, consegui responder sem que minha voz tremesse tanto. Quando saí, deixei o nervoso e a insegurança para trás, pedalando rápido.

— Você tem muita coisa para fazer hoje?

— Literatura e química — respondi.
— Que disco eu coloco? — Axel se levantou.
— O que quiser. Tanto faz.

Abri os livros, sentada no meu lado da mesa, e comecei a fazer as tarefas pendentes. Não falamos mais nada a tarde inteira. De vez em quando eu levantava um pouco os olhos e ficava olhando Axel desenhar. Ele era o oposto de mim. Não se deixava levar, não tinha emoção nem nada para deixar transbordar naquilo que fazia. Era delicado, com linhas precisas e bem pensadas, e quase não havia espaço para improvisação. Mas tinha algo cativante na maneira como ele desenhava, tão contido, tão disposto a manter uma barreira entre ele e o papel.

— Para de me olhar, Leah — murmurou.

Fiquei vermelha e desviei o olhar rapidamente.

Na sexta-feira, tive a sensação de que aquela tinha sido a semana mais normal do último ano. Estudei, saí com uma amiga, troquei três palavrinhas com uma colega de classe depois de emprestar a ela uma borracha, e a presença de Axel ainda me fazia sentir aquele frio na barriga.

Assim era a minha antiga vida. Ou algo parecido.

Quando cheguei em casa, deixei a bicicleta ao lado do guarda-corpo de madeira e a mochila na varanda ao ver que a gata estava sentada ali, me olhando muito séria.

— Ei, bonita, está com fome?

Ela miou. Entrei na cozinha e ela foi atrás de mim, como se, depois de ter passado uma noite dentro de casa, agora já tivesse todo o direito do mundo. Procurei algo na despensa.

Axel apareceu dez minutos depois, ainda molhado.

— O que a gata está fazendo dentro de casa? — reclamou.

— Ela entrou sozinha. O que tem para comer?

Axel fez uma careta. Pegou uma camiseta que tinha deixado no encosto do sofá e esticou os braços para vesti-la... e eu tentei, em vão, não olhar para o peito dele, para a pele dourada, as linhas marcadas...

— Você quer comer o quê? — perguntou.

— Qualquer coisa, tanto faz.

— Um mexido de espinafre?

Concordei com a cabeça e, logo depois, almoçamos na varanda. Aquela tarde foi tranquila e, como era sexta-feira, deixei as tarefas para o dia seguinte e acabei dormindo na rede de Axel. Eu não sabia ao certo como estava me sentindo. Às vezes muito bem. Às vezes péssima. Era como estar andando em uma corda bamba, eu podia passar de um estado a outro em um piscar de olhos.

No final do dia, enquanto Axel preparava o jantar, pintei um pouco. Com o pincel na mão, hesitei e olhei para a pequena caixa cheia de tintas coloridas, todas intactas, menos a vermelha que eu tinha aberto outro dia, todas tão bonitas e inalcançáveis...

— Os tacos estão prontos — anunciou Axel.

— Tá bom. Já vou.

Limpei os pincéis e o ajudei a pegar os pratos.

Quando terminamos, em vez de ir preparar seu chá, ele me pediu para entrar também, então pegou umas garrafas que ele guardava nos armários de cima. Rum. Gim. Tequila. Apoiou as mãos no balcão de madeira da cozinha e levantou as sobrancelhas, divertido.

— O que vai querer?

— Um mojito?

— Beleza. Pica um pouco de gelo então.

Axel pegou o açúcar e alguns limões na geladeira antes de ir até a varanda buscar umas folhas de hortelã no pé que crescia perto da entrada. Acabamos preparando uma jarra, que ele agitou para misturar os ingredientes.

— Pronto: o melhor mojito do mundo!

— Vamos ver se é verdade...

Ele me olhou divertido enquanto saíamos para a varanda.

— Se em algum momento eu perceber que você está prestes a ficar pelada no meio da sala, eu vou te parar, combinado?

Senti minhas bochechas queimando.

— Você disse que aquilo nunca aconteceu...

— E nunca aconteceu. Estava só dando um exemplo. — Deu um gole e lambeu os lábios sem tirar os olhos de mim; senti um arrepio. — Seja boazinha e mata a minha curiosidade: você costumava ficar bêbada antes? Por isso você colocou isso na lista?

— Não, imagina. Só uma ou outra vez.

— E o que aconteceu no festival? — perguntou ele, sério.

— Nada. Tomei três cervejas e, pelo que vimos, elas não me caíram muito bem.

— Tá bom. Então bebe com cuidado. Pequenos goles, como as crianças.

Eu o fuzilei com os olhos, ressentida. Parecia que ele fazia de propósito isso de reforçar o tempo todo que eu era uma criança para ele. E não era o melhor momento para eu mostrar que ele estava errado. Afinal, eu ainda dependia de todos. Afinal, ainda não tinha sido capaz superar a perda dos meus pais como o resto do mundo.

Tomei metade do meu mojito em um só gole.

— Ei, eu não estava brincando, porra. Pequenos goles.

— Não te pedi nenhum conselho — respondi.

— Mesmo assim, vou me dar o trabalho de te dar um: não me desafie.

Esvaziei meu copo. Axel apertou a mandíbula quando entrei para pegar a segunda dose. Saí uns minutos depois. Ele estava em pé com um cigarro entre os dedos, encostado no guarda-corpo de madeira da varanda.

Ele se virou e cruzou os braços.

— O que foi? Vai, fala.

Respirei, nervosa. Estávamos próximos.

— Odeio quando você me trata feito criança. Sei que às vezes eu posso até parecer, e que você pensa que sou, mas não sou. Eu não me sentia assim antes. E não gosto de me sentir assim agora.

— Tá bom.

Axel apagou o cigarro antes de ir pegar outro mojito para ele. Sentamos juntos entre as almofadas e conversamos, conversamos sem parar por mais de uma hora; sobre ele, sobre mim, sobre coisas com e sem importância.

— E você acha que eu deveria ir para a universidade?

— Eu não acho, Leah. Eu tenho certeza.

— Não quero ficar sozinha.

— Você vai conhecer gente nova.

— Isso é fácil para você.

— Você precisa de experiência.

— De quê? — Tomei um gole.

— De tudo. Experiência de vida.

— Para mim isso é aterrorizante.

Axel riu e balançou a cabeça.

— Espera, vou colocar uma música.

48

Axel

Coloquei um vinil dos Beatles.

Leah sorriu quando voltei para a varanda com mais dois mojitos na mão e passei um para ela, enquanto a música envolvia a noite. Acendi outro cigarro, sem tirar os olhos do céu cheio de estrelas que pareciam tremer ao ritmo das notas.

— Está sendo como você esperava?

Ela se alongou.

— Sim. Obrigada, Axel.

Gostei de vê-la daquela maneira, tão concentrada naquele momento, com o foco no presente, sem o caos que normalmente preenchia sua mente. Ela tinha o cabelo bem longo, meio bagunçado. Quando se levantou, cambaleou um pouco. Segurei-a pela cintura.

— Estou meio tonta. — Ela riu.

— Acho que você já bebeu o suficiente.

Os olhos dela estavam brilhando e eram como um mar azul-turquesa. Eu me perdi neles por alguns segundos enquanto ela se movia lentamente, cada vez mais perto. Então começou a tocar "Let it be" e eu a deixei rodear meu pescoço com suas mãos. Me deixei levar. Levantei os braços, deslizei os dedos devagar até seus quadris e a puxei para mais perto de mim lentamente, dançando sob as estrelas naquela casa isolada do resto do mundo.

Ela ficou na ponta dos pés e senti seu hálito quente em minha bochecha. Estremeci e a segurei para mantê-la quieta em meus braços, petrificados naquele momento.

— Leah... o que você está fazendo? — sussurrei no ouvido dela.

— O beijo. É só isso... que eu quero.

— Você está bêbada.

— Você também. Um pouquinho.

— Você não sabe o que quer...

— Sei sim. Eu sempre soube.

Ela se esfregou em mim e, quando eu senti uma pontada de desejo, pensei que, puta merda, eu tinha bebido demais. E que eu era uma porra de um filho da puta. Puxei o ar com força.

— Esquece. Isso é loucura.

— É só mais uma emoção, Axel.

— Por que você não pede isso a um amigo?

— Certeza que ninguém beija como você.

— Certeza... — sussurrei, olhando para sua boca.

— Você está concordando comigo?

Dei risada e a fiz girar ao meu redor.

— Não, só estou sendo sincero. É um fato.

— Tá bom, então vou ficar eternamente com essa dúvida.

Não gostei daquele "eternamente", eternamente é muito tempo. Nós nos movíamos juntos; tentei me manter longe dela, mas não consegui. Quando chegou o refrão, Leah fechou os olhos, deixando que eu a guiasse. Não sei se foi porque nós dois tínhamos bebido ou porque tê-la tão perto me fez perder o juízo, mas baixei a guarda e me permiti ser eu mesmo, o cara que não pensava em regras ou consequências, que só vivia o presente e nada mais.

— Tá bom. Só um beijo. Um.

— Está falando sério? — Ela olhou para mim.

— Mas amanhã a gente não vai mais se lembrar disso.

— Claro que não — murmurou.

— Fecha os olhos, Leah.

Respirei fundo e me inclinei devagar até o rosto dela. Foi apenas um toque suave, mas que me esquentou por dentro. Deixei aquele beijo no canto dos lábios dela e me afastei enquanto Leah franzia a testa, desapontada.

— Só isso? É sério?

— Porra, o que você estava esperando?

— Um beijo de verdade.

— Não fode... — resmunguei.

E depois, um pouco frustrado, voltei a beijá-la.

Dessa vez, de verdade. Nada de *um toque*, nada de *uma carícia hesitante*. Peguei o rosto dela nas minhas mãos, segurando suas bochechas, e mordi sua boca. Prendi seu lábio inferior com meus dentes antes de deixá-lo deslizar sobre os meus. Leah gemeu. Uma porra de um gemido que foi direto para o meio das minhas pernas. Afastei a excitação fechando os olhos. Ela tinha gosto de limão e açúcar e, no meio daquela loucura, decidi que afundar minha língua em sua boca seria uma grande ideia. Algo se agitou no meu estômago enquanto eu roçava na língua dela quando percebi que estava beijando Leah, e não uma garota qualquer; puta merda, eu sentia que estava cometendo um erro gigantesco...

Me afastei bruscamente.

Leah me olhou em silêncio enquanto eu pegava os copos e o maço de cigarros que tinha deixado no guarda-corpo.

— Já vai? — perguntou.

Fiz que sim com a cabeça e me afastei dela.

Meu coração continuava batendo rápido quando entrei no chuveiro e deixei a água fria me refrescar a cabeça. Pensei que tinha sido uma insensatez beber e baixar a guarda dessa forma. Pensei que beijá-la deveria ter sido desagradável. Pensei que tinha que parar de ficar excitado por causa dela. Pensei que deveria ter previsto isso. Pensei... pensei tantas coisas...

E nenhuma fazia sentido nem se explicava.

Deitei na cama ainda confuso.

Fiquei horas me revirando sem conseguir dormir, procurando uma forma de assimilar aquela cena. Era irônico que eu estivesse tentando clarear os pensamentos de Leah enquanto parecia que ela queria confundir os meus.

Suspirei fundo, lembrando do gosto dela.

Eu nunca tinha entendido por que as pessoas dão tanta importância aos beijos; é só o contato entre duas bocas. Eu sentia mais conexão com o sexo. O prazer. Uma finalidade. Um ato com um início e um fim. Por outro lado, isso não existe nos beijos... Quando deve terminar? Quando parar? Não é instintivo, é emocional. Era tudo que nunca consegui ser, e beijá-la me fez perceber que durante metade da minha vida eu estive errado. Um beijo é... intimidade, desejo, é tremer por dentro. Um beijo pode ser mais devastador do que um maldito orgasmo e mais perigoso do que qualquer outra coisa que ela pudesse ter me falado com palavras. Porque aquele beijo... aquele beijo ia ficar comigo para sempre, eu soube disso assim que fechei os olhos depois do primeiro toque.

49

Leah

Axel não tinha parado o toca-discos quando saiu, e começou a tocar "Can't buy me love" enquanto eu me segurava no guarda-corpo de madeira com as pernas bambas e o coração saindo pela boca.

Porque a resposta estava ali. A resposta que havia meses vinha se esquivando. Quando toquei os lábios dele, entendi que o esforço tinha valido a pena. A dor. Tirar a minha capa de chuva. Deixar o medo passar. Sentir. Sentir. Sentir. Vi diante dos meus olhos como as emoções se equilibravam com os altos e baixos que se cruzavam, porque, se a tristeza não existisse, ninguém nunca teria se dado ao trabalho de inventar a palavra "felicidade". E beijá-lo tinha sido isso. Uma faísca de felicidade, do tipo que se acende e explode como um castelo de fogos de artifício. Eu tinha sentido aquele frio na barriga. O sabor daquela noite estrelada em seus lábios. O cheiro do mar impregnado em sua pele. Seus dedos ásperos em minha bochecha. Seu olhar me desnudando por dentro. Ele. De novo ele. *Sempre* ele.

E renunciar a isso... era impossível.

50

Axel

Levantei de mau humor e ainda puto comigo mesmo, com ela e com qualquer outra coisa que aparecesse na minha frente. Me limitei a tomar meu café de um gole só, peguei a prancha e segui pelo caminho que levava até a praia.

A água estava mais fria naquela época do ano, mas quase agradeci. Me concentrei nas ondas, em controlar meu próprio corpo enquanto as dominava, no sol nascendo lentamente atrás da linha do horizonte, no barulho do mar...

E, quando terminei, exausto na água com os braços sobre a prancha, os pensamentos que eu estava tentando enterrar voltaram com força total.

Ela. E aqueles lábios macios com sabor de limão.

Fechei os olhos, suspirando fundo.

Que merda era aquela que tinha acontecido?

Saí da água quase mais irritado do que entrei, e voltei para casa. Deixei a prancha na varanda e vi que Leah tinha se levantado e estava na cozinha, atrás do balcão, preparando uma xícara de café. Engoli em seco, tenso. Ela me olhou meio de lado.

— Por que você não me acordou?

— A gente ficou até tarde ontem à noite.

Leah colocou uma mecha de cabelo atrás da orelha.

— Sim, mas você sempre me acorda.

— Bem, hoje não. Sobrou café?

— Acho que um pouco.

— Ótimo.

Tomei o segundo do dia e abri a geladeira para procurar algo para comer. Como eu temia, ouvi a voz dela atrás de mim. E foi o tom... aquele tom que dizia que ela não ia simplesmente deixar passar. Aquele tom que eu não queria ouvir.

— Axel, o que aconteceu ontem à noite...

— Aquilo foi uma aberração do caralho.

— Você não está falando sério — ela sussurrou, tremendo.

Soltei o ar que estava segurando e apoiei o quadril em um dos móveis da cozinha. Olhei nos olhos dela. E fui firme. E duro. Como eu tinha que ser.

— Leah, você me pediu aquilo, que eu te desse um beijo. Eu dei, mas agora sei que não deveria ter dado. Acho que eu deveria ter imaginado que você confundiria as coisas, e não te culpo. Você está passando por uma fase difícil. E você é... é...

Ela deu um passo à frente.

— Eu sou o quê? Fala!

— Você é uma menina, Leah.

— Você sabe que isso me machuca.

— Aos poucos você vai perceber que a dor, às vezes, cura outras coisas.

E ela tinha que se curar de mim, o que quer que estivesse passando pela cabeça dela. Eu não tinha muita certeza do que ela sentia e, como aconteceu naquele dia, anos atrás, quando vi os corações no diário dela, eu também não quis saber. Tem coisa que é melhor deixar como está até desaparecer. Evitar. Olhar para o outro lado.

Era mais fácil assim. Muito mais fácil...

Peguei uma caixa de suco de maçã.

— Eu não acredito em você, Axel. Eu senti. Eu senti você.

Ela veio na minha direção a passos lentos. E a cada passo eu sentia uma maldita revirada no estômago. Vi a garota que ela tinha sido antes, aquela que pulava no vazio sem pensar, a que não conhecia a palavra "consequências". A apaixonada. A intensa. A que permitia que as emoções transbordassem porque ela não tinha medo delas. A que você nunca sabia o que ia fazer. A que pintava quase de olhos fechados e se deixava levar pelo que sentia, sem analisar cada traço, sem ter consciência de que o que ela fazia era mágico.

— Eu sei que te pedi isso. Mas foi de verdade. O beijo.

— Leah, não complica as coisas — resmunguei, bravo.

— Tá bom, então admite e eu paro.

— Não vou mentir só para te deixar contente.

Guardei o suco e fechei a geladeira empurrando a porta com força, enquanto pensava na confusão em que eu me tinha me metido por causa de uma besteira. Deixei-a ali e saí para a varanda.

Que ideia de merda resolver ficar bêbado com ela. Que ideia de merda ceder e me deixar levar pelo impulso. Que ideia de merda tudo isso. Porque eu não entendia o que estava acontecendo. Que aquela garota que eu tinha visto crescer estava agora me pedindo para admitir que aquele beijo tinha sido real.

Se Oliver descobrisse, ele me mataria.

E, caralho, o que Douglas Jones diria sobre isso?

Quando essa pergunta me veio à cabeça, franzi a testa. Era a primeira vez que eu pensava nele assim, como se ainda estivesse em algum outro lugar. Esfreguei o rosto. Eu nunca tinha entendido essas pessoas que, quando acontecia alguma coisa boa, acreditavam que aquilo era um presente de seus entes queridos falecidos, que seria obra deles; e, quando algo de ruim acontecia, ao contrário, repreendiam-se, acreditando que estavam decepcionando seus mortos. Pura ilusão. Apegar-se à esperança para sobreviver.

O copo meio vazio me dizia que, se a situação dos primeiros meses tinha sido difícil com ela sem falar e trancada no quarto, aquela que começava a se desenhar seria ainda pior. O copo meio cheio me gritava que, de alguma forma meio torta, Leah estava sentindo. Sim, estava sentindo o que não deveria, mas pelo menos estava, o que era melhor do que a outra opção: o vazio.

Mas mesmo esse pensamento não me tranquilizou quando, pouco depois, ela saiu para a varanda e me olhou como se eu fosse uma merda de um príncipe encantado.

Eu sabia que tinha que fazer algo drástico.

Algo para cortar aquilo pela raiz.

51

Leah

Estava angustiada desde cedo.

Não importava o que Axel me dissesse. Eu tinha sentido. No olhar dele. Em seus lábios. Tinha sido real, muito real. E eu sonhava com um beijo dele fazia tantos anos... tantas noites na cama olhando para o teto do meu quarto e me perguntando como seria... Prendi a respiração quando ele saiu da varanda sem olhar para mim. Segurei a vontade de dizer algo a ele porque começava a sentir o gosto da decepção. Não porque eu esperava mais dele, eu estava bem ciente da situação, mas porque fiquei surpresa por ver que ele era tão covarde. Justo ele, que sempre se mostrava tão inteiro, tão aberto e tão brutalmente sincero, mesmo que estivesse errado.

Mais tarde, fui pegar uma fruta para comer e percebi que Axel não tinha a intenção de almoçar no horário de sempre. Passei o resto do dia no quarto com os fones de ouvido ouvindo "Let it be" de olhos fechados, lembrando de nós dois dançando na varanda, da delicadeza das mãos dele deslizando da minha cintura para os meus quadris, relaxado, olhando para mim sob as estrelas...

E depois, seus lábios exigentes. O gemido rouco que entrou em minha boca. Seu hálito quente. As borboletas no estômago. Os joelhos tremendo. Sua barba rala roçando minha bochecha. Nossa saliva se misturando. O toque macio da língua dele. Aquele momento. Só nosso.

Eu me virei na cama e peguei no sono.

Quando acordei, já era quase de noite.

Axel estava na sala de jantar sentado em frente à mesa olhando alguma coisa de trabalho, apesar de ser sábado. Estava vestido. Considerando que ele só usava roupa de praia ou calças de moletom com alguma camiseta simples de algodão, fiquei surpresa ao vê-lo de jeans e uma camisa estampada com as mangas dobradas quase até os cotovelos.

**

— Vai sair? — perguntei, inquieta.

— Vou. — Ele se levantou. — Não me espere acordada. Você dá conta de preparar o jantar sozinha, ou precisa que eu faça algo antes de sair?

Eu queria perguntar por que ele estava vestido daquele jeito. Ou melhor, para quem. Mas não tive coragem, porque não queria ouvir a resposta. Eu não conseguiria.

Eu o vi sair alguns minutos depois.

Fiquei parada no meio da sala olhando para aquela casa, como se eu não estivesse morando ali havia cinco meses. Olhei para os móveis um pouco envelhecidos, os discos de vinil que Axel tinha deixado em cima do baú na noite anterior, as plantas que cresciam desordenadamente, sem que ninguém as podasse ou retirasse as folhas secas...

Descartei a ideia de jantar quando consegui reagir.

Estava com o estômago embrulhado e as emoções pareciam palpitar na minha cabeça, implorando que eu as deixasse sair. Respirei fundo. Uma vez e mais uma e mais uma. No fim, quase que por inércia, fiz a única coisa que eu sabia fazer. Peguei uma tela em branco, coloquei-a no meio da sala e me deixei levar.

Pintei. E senti. E pensei. E continuei pintando.

Eu tinha na cabeça a imagem que estava pintando. Podia ver cada linha e cada sombra antes que o pincel tocasse a tela. Não sabia fazer de outra forma. Eu sentia algo, sentia intensamente até que aquela emoção se transbordava e eu me via obrigada a deixá-la sair.

Uma vez minha mãe me disse que todas as mulheres da família eram assim. Ela me contou que minha avó se apaixonou por um cara meio rebelde com quem meu bisavô não deixava ela se relacionar. Aparentemente, um dia eles se cruzaram, ela olhou nos olhos dele e pronto: soube que ele seria o homem da vida dela. Quando ela foi proibida de vê-lo, escapou de casa durante madrugada, fugiu com ele e voltou três dias depois com uma aliança no dedo. Por sorte, ela teve um casamento longo e feliz.

Ela também era assim. Rose, minha mãe.

Sempre falava demais. Dizia a primeira coisa que lhe vinha à cabeça, tanto as boas quanto as ruins. Meu pai achava graça na transparência dela e a olhava com ternura enquanto ela andava esbaforida pela cozinha, de um lado para o outro, abrindo e fechando armários com o cabelo bagunçado preso em um coque, e aquela energia que parecia ser inesgotável. Quando ele achava que estava demais, se aproximava dela e a abraçava por trás. Então ela se acalmava. Então... ela fechava os olhos e se deixava embalar pelos braços dele.

Mergulhada naquela lembrança, peguei uma tinta cinza de outro tom.

Os traços foram se unindo e começando a fazer sentido pouco a pouco, conforme a noite se fechava mais e o relógio já marcava uma da manhã. Tudo era silêncio. Eu estava sozinha, mas acompanhada por todos aqueles sentimentos emaranhados.

Até que ouvi o barulho da porta.

Axel entrou. Olhei para ele. E então o odiei. Odiei muito.

— Acordada ainda? — resmungou.

— Preciso responder?

Ele entrou cambaleando, tropeçou em um vaso e teve que se apoiar no móvel da sala de jantar. Notei seu sorriso esquisito enquanto ele se aproximava. Eu só queria fugir e me enfiar no meu quarto. Ele estava com os olhos mais úmidos pelo álcool, um azul nublado, um azul que não era o dele. E os lábios avermelhados pelos beijos de outra mulher.

Fiquei sem ar, me perguntando como ela seria, por que ela e não eu. Deslizei os olhos para as marcas em seu pescoço.

Talvez eu estivesse tentando machucar a mim mesma. Talvez quisesse me castigar por não conseguir controlar meus sentimentos. Talvez eu quisesse escutar de sua boca.

— O que é isso? — Apontei para as marcas.

Ele esfregou o pescoço, ainda com aquele sorriso de idiota.

— Ah, Madison. Ela estava empolgada hoje.

— Você transou com ela?

— Não, ficamos jogando Banco Imobiliário.

— Vá se foder — eu disse, sem forças.

Ele se aproximou por trás, encostando o peito em minhas costas. Uma de suas mãos desceu até minha cintura e ele me apertou com mais força, enquanto se inclinava para sussurrar no meu ouvido:

— Você deve estar pensando que um sou um maldito escroto filho da puta, mas um dia você vai perceber que eu fiz isso por você, querida. Um pequeno favor. Não precisa me agradecer. Se você achava que me conhecia... isso é o que eu sou, esse sou eu.

— Me solta! — Eu o empurrei.

— Está vendo? O meu toque já não é mais tão agradável, né? Sabe qual é o seu problema, Leah? É que você fica só na superfície. Você olha para um presente e enxerga só o papel brilhante que o embrulha, sem pensar que aquela embalagem bonita pode esconder algo podre.

Não consegui nem olhar para ele. Passei do seu lado e entrei no meu quarto depois de bater a porta com tanta força que ecoou pela casa inteira. Caí na cama, afundei o rosto no travesseiro e apertei os dentes para não chorar. Ouvi de novo aquele "querida" que, ironicamente, pela primeira vez, não soou paternalista em seus lábios, mas sim sujo, diferente. Agarrei-me aos lençóis, sentindo... sentindo ódio, amor e frustração, tudo ao mesmo tempo.

52

Axel

Minha cabeça ia explodir.

O sol já tinha nascido havia horas quando me levantei e saí do quarto procurando café como se eu precisasse disso para sobreviver. Revirei as gavetas da cozinha tentando encontrar uma aspirina ou algo para silenciar a porra do tambor que batucava dentro da minha cabeça e que não me deixava pensar direito.

Embora fosse melhor assim...

Tomei um comprimido e respirei fundo, lembrando de sequências um pouco desconexas da noite anterior. Eu tinha ido ao Cavvanbah, tinha bebido com alguns conhecidos até esquecer os meus problemas e depois tinha transado com Madison entre o balcão e a parte de trás do bar. Acho que ela me perguntou se eu queria uma carona para casa e eu disse que não, que preferia voltar caminhando.

E depois, bem, depois eu perdi o controle da situação.

Um pouco mais tarde, me enchi de coragem e bati na porta do quarto dela.

Leah abriu de supetão e me olhou como quem olha para um desconhecido esperando que ele se apresente. Quando entendeu que eu não ia dizer nada, virou de costas e continuou colocando as roupas na mala, como fazia todos os domingos da última semana do mês. Quando terminou, fechou o zíper.

— Você pode sair da frente? Tenho que passar.

Dei um passo para o lado, ainda um pouco confuso, e Leah arrastou a mala de rodinhas para deixá-la em frente à porta da entrada.

— E sobre a noite passada...

— Você não tem que me dar explicações — ela me cortou.

— Eu não ia fazer isso. — Merda. E mais merda — Eu só...

— Olha, às vezes é melhor não dizer nada.

Bateram na porta antes que eu pudesse responder e Leah a abriu com rapidez, como se estivesse ansiosa para sair dali. Aquilo me incomodou, mas fingi um sorriso para receber Oliver, que abraçou a irmã antes de me cumprimentar.

— Tudo bem por aqui, parceiro? — Ele me deu um tapinha nas costas.

— Tudo indo, como sempre. Uma cerveja?

— Claro, tem Victoria Bitter?

— Não, pode ser uma Carlton Draught?

— Pode. E o trabalho?

— Ei, espera, Oliver — Leah chamou o irmão, evitando que nossos olhares se cruzassem. — Eu tinha dito a Blair que tentaria passar na casa dela logo mais...

— Beleza, então vamos logo. — Ele pegou a mala de Leah. — Axel, eu volto amanhã para tomar essa cerveja.

— Vou estar por aqui.

Segurei a porta enquanto eles saíam.

Leah usava um vestido com uma estampa de flores azuis. Um vestido bem curto. Desviei os olhos das pernas dela e fechei a porta com uma batida brusca, saí pelos fundos e peguei a prancha de surfe.

Só quando voltei, uma hora depois, cansado e um pouco mais tranquilo, vi o quadro que ainda estava no meio da sala de jantar. Sacudi o cabelo molhado e parei em frente à tela.

Os traços escuros formavam duas silhuetas. A que ocupava o primeiro plano era uma menina se olhando no espelho. Seu reflexo usava um vestido desenhado com linhas retas acinzentadas que deslizavam por seu corpo levemente encolhido. A outra, a real, usava uma espécie de capa de chuva que ia quase até os joelhos.

Suas duas faces. O passado e o presente se encarando.

53

Axel

Foi uma semana complicada.

Foi como se eu não estivesse ali. Estava lá atrás, no beijo, na madrugada de sábado, em seu olhar magoado. Me concentrei em diminuir o trabalho acumulado e terminei algumas encomendas, mas não consegui deixar de me sentir inquieto. E a ausência dela em casa foi crescendo cada vez mais, preenchendo as noites que eu passava sozinho lendo na varanda, as manhãs vendo o sol nascer deitado na prancha e mergulhado no silêncio, o cheiro de tinta que foi desaparecendo com o passar dos dias e me fazia sentir cada vez mais a falta dela...

Isso me assustou. Me assustou tanto que achei melhor ignorar.

54

Axel

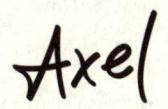

Pela primeira vez em muito tempo, cheguei cedo na casa dos meus pais no domingo. Tão cedo que fui o primeiro a chegar. Minha mãe me perguntou, enquanto secava as mãos em um pano de prato:

— Está tudo bem? Aconteceu alguma coisa?

— Não seja exagerada! — Dei um beijo nela.

— Não sou, não! Daniel, estou exagerando sobre seu filho? — Meu pai fingiu que não a ouviu. — Faz três anos que você chega atrasado nos domingos.

— Devo ter me enganado quando olhei para o relógio. O que tem para o almoço?

— Para você, ervilhas. Carne assada para os outros.

Ajudei meu pai a colocar a mesa enquanto ela nos seguia da cozinha até a sala contando a história de um cliente do café que tinha sido diagnosticado com um tumor.

— E deram três meses de vida para ele — concluiu.

— Que foda! — soltou meu pai.

—É "que tristeza", Daniel — minha mãe o corrigiu — e, a propósito, Galia quebrou o quadril outra vez, essa mulher tem um azar danado.

— Podemos parar de falar de morte e de doença? — perguntei.

Ela me ignorou, aproximou-se do prato que tinha acabado de colocar na mesa, arrumou-o melhor (um centímetro mais à esquerda) e enrugou a testa.

— Há quanto tempo você não vai ao médico, Axel?

— Há muito tempo. Estou tentando bater um recorde.

Meu pai apertou os lábios, tentando segurar uma gargalhada.

— Como você se atreve a brincar com algo assim? Sabe de quanto em quanto tempo seu irmão vai à cidade fazer um check-up? — ela cruzou os braços.

— Não faço ideia. Toda vez que é picado por um mosquito?

— A cada três meses! Aprenda um pouco com ele.

— Com ele eu vou aprender a morrer de tédio.

Então bateram na porta e eu senti uma sensação estranha no peito. Mas não era ela. Eram Justin, Emily e meus sobrinhos, que entraram gritando e fazendo tanto barulho quanto uma manada de elefantes. Baguncei o cabelo dos dois antes de tirar a pistola de plástico da mão do Max.

— Ei, devolve! — gritou.

— Você vai ter que me pegar primeiro!

Saí correndo. Minha mãe gritou algo como "Cuidado com o vaso", mas ninguém deu muita bola enquanto corríamos a toda velocidade pelo corredor. Max me encurralou e pediu ajuda a Connor para recuperar sua arma. Levantei o braço e eles tentaram escalar meu corpo como uns macaquinhos para alcançá-la.

— Ei, sem cócegas, seus ranhentos!

— Nós não somos ranhentos! — Connor protestou.

— Claro que são. O que é isso no seu nariz? Um ranho, eca!

— Mããães! — gritou, enquanto Max continuava pulando para pegar a pistola. Emily apareceu no quarto e deu risada.

— Não sei qual dos três é o mais criança.

— Axel, é claro — Justin respondeu.

— E quem é o mais careca de todos? — perguntei, divertido.

— Você é um b...!

— Shhhh! — Emily o interrompeu.

Os meninos ficaram perplexos quando o pai deles, sempre tão certinho, se jogou em cima de mim e me arremessou na cama. Esse era o meu dom. Ser a única pessoa no planeta Terra capaz de tirar meu irmão mais velho do sério. As crianças e Emily desapareceram assim que minha mãe avisou que tinha comprado balinhas de goma.

— Babaca maldito! — Justin me deu um soco no ombro e eu comecei a rir.

— Ei, o que você tem? Não rolou a transa de rotina desta semana?

— Muito engraçado. — Ele se afastou e tombou na cama de barriga para cima. — Axel, você acha que nossos pais vão se aposentar algum dia, ou eles falam só por falar?

— Não sei, por quê? O que está acontecendo?

— Eu aceitei trabalhar no café porque eles falavam que iam se aposentar logo, mas já se passaram vários anos. Às vezes acho que me convenceram a isso só para eu não ir para outro lugar caso eu arrumasse um emprego.

— Isso parece algo que a nossa mãe faria, sim.

— Acho que vou falar com eles. Em teoria eu sou o responsável pelo café, mas eles continuam me tratando como um empregado. Vou dar um ultimato. Ou eles cumprem o que prometeram ou tento montar algo por minha conta. Quero poder fazer as coisas do meu jeito sem a mamãe me dando ordens. Você vai me apoiar se a coisa ficar feia?

— Claro, estou com você.

Ele deixou escapar um suspiro de alívio que eu não entendi, porque Justin nunca tinha precisado da minha aprovação ou do meu apoio para nada. Devolvi o soco no ombro para quebrar a tensão.

A campainha tocou novamente.

— Já estou indo! — Ouvi Emily gritar.

Nós no levantamos e fomos até a sala. Respirei fundo quando vi Leah no final do corredor.

"Porra, o que estava acontecendo comigo?"

Eu a cumprimentei como sempre, com um beijo na bochecha, e nos juntamos à confusão habitual. Pratos para cima e para baixo, minha mãe examinando Oliver para garantir que ele não tinha contraído nenhuma doença contagiosa durante aquelas semanas em Sidney, Emily mandando os gêmeos lavarem as mãos e meu pai cantarolando baixinho alguma música que estava na moda.

Sentei no lugar de sempre, ao lado de Leah.

— Quer ervilhas? — Ofereci a bandeja.

Ela negou com a cabeça sem olhar para mim.

— Max, não pegue a comida com as mãos! — Justin gritou. — Inferno! Emily, me passa um guardanapo. Ou dois.

— Como vão as coisas, parceiro? — Meu pai olhou para Oliver.

— Tudo bem, uma semana boa, né, Leah?

Ela fez que sim com a cabeça e bebeu água.

— Ah, sim? Alguma novidade? — insistiu meu pai.

— Bom, alguns dias a gente saiu para surfar um pouco. Eu já nem me lembrava quando tinha sido a última vez que fizemos isso juntos. — Oliver olhou para Leah com orgulho. — E ela tirou um A no último exame, não contou para vocês?

— Isso é maravilhoso, querida! — minha mãe exclamou.

— Obrigada — respondeu Leah, baixinho.

— Quer que eu te sirva mais alguma coisa?

— Não. — Leah se levantou. — Já volto.

Eu a imitei meio minuto depois.

— Vou pegar o molho — informei.

Passei direto pela cozinha e continuei até o banheiro. Esperei diante da porta até que ela abriu, então dei um passo à frente, entrei e fechei. Primeiro Leah ficou surpresa, depois desconfortável por se sentir encurralada.

— Então agora você não fala mais comigo? Quer que eles comecem a perceber que está acontecendo alguma coisa?

— Ah, então está acontecendo alguma coisa? Pensei que você tivesse deixado claro que não estava acontecendo nada.

— Não fode. Você sabe do que estou falando.

— Não sei não, mas eles vão começar a desconfiar se pegarem você aqui.

Eu estava muito puto. Mas não sabia se era com ela ou comigo mesmo.

— Leah, não complica a minha vida...

Ela ficou tensa. E me atravessou com o olhar.

E, caralho, ela tinha um olhar perigoso... Perigoso, cativante e eletrizante.

— Eu não vou. De agora em diante não vou complicar nada, não vou te incomodar, pode ficar tranquilo. Agora me deixa sair, Axel. Quero voltar pra lá.

Eu me afastei aliviado e decepcionado ao mesmo tempo. Como se isso fosse possível. Como se fizesse sentido...

Leah saiu feito um furacão. Lavei as mãos e passei pela cozinha para pegar o molho. Na sala de jantar, minha mãe estava dando uma bronca em Justin por causa de alguma coisa com os fornecedores.

— Eu garanto que está tudo sob controle — afirmou ele.

— Não é o que parece. — Minha mãe estalou a língua.

— O menino faz o melhor que pode, Georgia — intercedeu meu pai.

— Por que você chama seu filho de menino?

— Porque ele tem só trinta e cinco anos.

— E não parece, pela forma como lida com as coisas.

Não sei por quê, mas reagi. Não sei se foi porque vi Emily mordendo a língua para não interferir e defender o marido, ou porque a menina ao meu lado tinha me tirado do sério alguns minutos antes, mas interrompi minha mãe.

— Deixa meu irmão em paz. — Falei seco, brusco.

Todos me olharam. Todos. Até mesmo Oliver levantou uma sobrancelha surpreso do outro lado da mesa. Minha mãe pareceu contrariada e terminou de comer em silêncio. Quando se levantou para pegar a sobremesa, fui atrás dela. E a vi se apoiando no balcão antes de soluçar.

— Merda, mãe, eu não queria...

— Não é culpa sua, meu amor.

Abracei-a e esperei em silêncio enquanto ela enxugava as lágrimas com o dorso da mão. Ela pegou a pilha de pratos sujos que tinha levado e os colocou na pia.

— O que está acontecendo?

— Agora não é o momento, querido.

Ela me passou o cheesecake e uma faca e me pediu para ir servindo, então a deixei sozinha com aqueles pensamentos que ainda não queria compartilhar. Meu irmão me olhou agradecido do outro lado da mesa. Comecei a cortar a torta em várias fatias. Passei para Leah o maior pedaço, mesmo estando bravo com ela. Ou comigo, pela forma como estava agindo com ela. Sei lá.

A questão é que, quando saí no meio da tarde depois de me despedir de todos e enquanto caminhava pelas ruas de Byron Bay, longe da casa dos meus pais, fui invadido por todos os problemas que se misturavam dentro daquelas paredes, em cada uma das pessoas ali reunidas. Emily reprimindo uma resposta. Meu irmão, frustrado e inseguro. Minha mãe e seus demônios. Meu pai e seu conformismo. Oliver e o fardo que ele carregava. E Leah...

Talvez eu estivesse acostumado demais a viver tranquilo.

Talvez eu tenha passado metade da vida evitando problemas.

Talvez ficar sozinho olhando para o próprio umbigo fosse a maneira mais fácil de sobreviver.

55

Leah

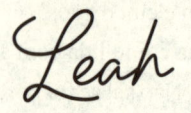

—Quer comprar algo para comer em casa à noite?

—Estou muito cheia —eu disse a Oliver.

—Para um sorvete também?

—Para isso, não. —Sorri.

Peguei minha jaqueta jeans antes de sairmos, porque nas noites de inverno esfriava um pouco. Caminhei com meu irmão pelas ruas mal iluminadas e me senti bem. Estava me sentindo muito *eu mesma*. Muito *como antes*. Me senti assim também quando nos sentamos em torno de uma mesinha de uma sorveteria à beira-mar e pedi um sorvete de pistache e chocolate.

Em teoria, deveria ser o contrário...

Eu deveria estar me sentindo mal pelo que tinha acontecido com Axel. Porque eu estava decepcionada, e a decepção é sempre amarga e difícil de engolir, mas, quando você consegue digeri-la, encara melhor as coisas, com a cabeça mais fria. Ele provavelmente nem sabia por que eu estava com raiva, é claro. E, de alguma forma, constatar que eu ainda estava sendo fiel a mim mesma me fez sentir mais forte.

—Não quero que você vá embora —eu disse.

E era verdade. Pela primeira vez não era indiferente para mim quem estava ao meu redor. Queria ter o meu irmão por perto.

—Três semanas passam rápido.

—Sim, certeza de que você está ansioso por isso...

Olhei para ele divertida e lambi a colher de sorvete.

—Por que acha isso?

—Humm, qual era o nome dela? Bega?

Meu irmão concordou com a cabeça, um pouco tenso.

—Não é bem assim. É complicado.

—Imagino...

—E você?

—Eu o quê?

—E aquele cara com quem você estava saindo um tempo atrás?

—Ah, Kevin. Nada. É só um amigo. E agora ele está com a Blair.

— Eita. E tudo bem para você?

— Sim, eu nunca gostei realmente dele.

Meu irmão levantou as sobrancelhas.

— Ele não era seu namorado?

Hesitei com a colher a meio caminho da boca. Acabei deixando-a na tigela e me inclinando para trás na cadeira.

— O problema é que eu gostava mais de outro cara.

— Você não me contou nada...

— Antes a gente não conversava muito.

Oliver ficou pensativo por alguns segundos

Era verdade. A gente sempre se amou muito. E ele sempre foi o irmão perfeito: protetor, carinhoso e flexível quando precisei. Eu o idolatrava desde que me entendo por gente e adorava ficar zanzando em volta dele, mas os nossos dez anos de diferença sempre foram muito nítidos. Nunca tínhamos tocado nesse assunto porque, até então, eu tinha minhas amigas para conversar, e nunca me passou pela cabeça falar sobre isso com ele. Nós nos limitávamos a brincar e a passar bons momentos em família quando ele vinha almoçar em casa ou quando sentava um pouco comigo no estúdio do meu pai.

— Hmmm... outro cara — continuou.

— Sim, um cara um pouco inalcançável.

— Então é porque não é o cara adequado.

— Por que acha isso?

— Porque você é especial. E não estou dizendo isso porque você é minha irmã, apesar de que, bom, isso é um ponto a seu favor — brincou, inclinando-se para a frente. — Estou falando porque é verdade. Você é o tipo de garota que pode fazer um homem perder totalmente a cabeça.

Voltei a pegar o sorvete sem muita empolgação.

— Isso nunca vai acontecer com ele.

— Então esquece esse cara, porque, se ele não consegue ver como você é incrível, deve ser um idiota. — Oliver bateu com os dedos na mesa. — Você falava sobre isso com a nossa mãe?

Curvei os lábios me lembrando, me lembrando dela...

Foi a primeira vez que sorri com essa recordação.

— Era impossível esconder qualquer coisa da mamãe.

56

Leah

O jardim de casa fora decorado com cordões de luzinhas entre os galhos das árvores iluminando a mesa retangular de madeira. Era o meu aniversário de dezessete anos. Eu já tinha comemorado com meus amigos na semana anterior, mas minha mãe quis fazer também algo mais familiar, e convidou os Nguyens para jantar.

Apesar de eles terem se visto naquela mesma tarde, todos trocaram beijos e abraços na chegada antes de irem preparar os pratos na cozinha. Fiquei no jardim porque Emily me entregara o presente que ela e Justin haviam trazido. Desembrulhei-o rápido, rasgando o papel. Eram livros sobre desenho. Lindos. Perfeitos.

— Obrigada, Emily! — Dei um abraço nela.

— Ei, eu que escolhi! — Justin se queixou.

Abracei-o também.

— Abram passagem para o rei! — Axel se exibiu. — Chegou a hora de você ganhar seu presente de verdade.

Oliver, ao lado dele, revirou os olhos.

— Ainda não sei por que sou seu amigo.

— Aqui. — Axel me passou um envelope. Não estava embrulhado para presente.

Virei-o. Na parte de trás tinha um desenho feito por ele, junto com a mensagem "Feliz aniversário, Leah": uma menina de rosto infantil com o cabelo loiro e comprido pintando em frente a uma tela, com a roupa coberta de manchas de tinta colorida. Era eu.

— Vai, abre! O presente está dentro.

Eu não conseguia tirar os olhos do desenho. Havia algo íntimo na ideia de me ver desenhada pelos dedos dele, aqueles dedos tão longos e masculinos que tantas vezes eu olhei abobalhada. Só de imaginar que ele tinha feito cada traço pensando em mim e só em mim...

— Leah, ou você abre, ou eu mesmo vou aí e abro.

Olhei para ele, ainda nervosa.

— Sim, desculpa. — Abri. E pela primeira vez abri um presente sem nenhuma pressa, para não estragar o papel e para manter o desenho intacto, aquele desenho que depois eu guardaria na carteira e ficaria olhando até que desgastasse. — São... ingressos para o show! Não acredito! — Pulei de alegria ao ver o logo de uma banda que eu estava acompanhando havia meses. — Obrigada, obrigada, obrigada!

— Eu ouvi bem? Um show? — Minha mãe colocou uns pratos em cima da mesa. — Onde vai ser?

— Em Brisbane — sussurrei.

— E você pretende ir sozinha?

— Não. Tem dois ingressos, vou convidar a Blair.

— E que horas vai ser? — ela insistiu, preocupada.

— Eu posso levá-las, Rose. — Meu pai deu um beijo em sua bochecha e ela se acalmou imediatamente, fechando os olhos antes de concordar.

Sorri quando meu pai piscou um olho para mim.

Sentamo-nos à mesa. Daniel abriu uma garrafa de vinho e nos contou uma história que tinha acontecido naquela manhã na cafeteria. Meu jantar de aniversário foi animado e tranquilo. Emily e Justin colocaram os gêmeos para dormir na cama dos meus pais até a hora de ir embora, pois os dois estavam caindo de sono depois de passarem a noite inteira correndo pela casa.

Minha mãe trouxe o bolo e todos cantaram "Parabéns para você". Ela o deixou na minha frente com aquele sorriso cheio de orgulho que fazia com que eu me sentisse imensamente sortuda e amada.

E então eu fiz o pedido do qual ainda me lembraria muito tempo depois. Enquanto soprava as velinhas, pedi um beijo de Axel.

— O timer já está ajustado — disse meu pai, colocando a câmera em cima do guarda-corpo da varanda. — Rápido! Um, dois, três e... sorriam!

O flash disparou e aquele momento ficou imortalizado.

O momento seguinte, porém, ficou registrado só na minha memória.

— Então você vai ao show com uma amiga. — Axel lambeu a colher depois de colocar um pedaço de bolo na boca. — Não está mais saindo com aquele carinha?

— Que carinha? — Daniel franziu a sobrancelha

— Kevin Jax, não é, querida? — minha mãe perguntou.

— Não estamos mais juntos — esclareci.

— Aquele que tinha jeito de que cortava a grama aos sábados? O que aconteceu? Cometeu o erro de deixar uma folhinha mais alta do que a outra e os pais dele o deixaram de castigo? — Axel zombou.

— Filho, fecha essa boca — Georgia o repreendeu e afastou a garrafa dele. — Não liga, ele exagerou no vinho hoje. Você ainda é muito jovem, Leah, com certeza vai conhecer alguém melhor.

— O que ela precisa fazer é estudar e esquecer os namorados — interrompeu Oliver, ao mesmo tempo que se levantava e ajudava meu pai com os pratos.

Eu odiava que todo mudo ficasse falando de mim como se eu fosse uma criança e eles tivessem o direito de opinar sobre a minha vida.

Escutei Beatles tocando ao fundo, baixinho. Imaginei o disco girando e girando e girando...

— Não liga para o que o seu irmão fala. — Axel estava com os olhos brilhando. — O que você tem que fazer é se divertir. E estudar também, claro. E, no restante do tempo, sair, conhecer caras, trep... — ele mordeu a língua — ... se divertir com eles, sem limites e sem compromisso.

— Qual é o problema dos compromissos? — Justin interveio.

— Bem, como a palavra indica, eles te comprometem.

Axel e Justin passaram os vinte minutos seguintes discutindo, apesar das tentativas de Georgia de acabar com o desentendimento entre seus filhos. Fiquei apenas observando Axel sob as luzinhas naquela noite de verão. A sombra de sua barba acariciava sua mandíbula quadrada e o cabelo dele estava um pouco mais comprido do que o habitual, com as pontas quase tocando nas orelhas.

Quando todos foram embora, subi para o meu quarto, vesti meu pijama, deitei na cama e olhei o envelope em que Axel tinha colocado os ingressos para o show. Deslizei os dedos pelo desenho e imaginei-o desenhando naquela mesa de trabalho dele, que vivia cheia de tralha.

— Posso entrar? — Minha mãe bateu na porta.

— Claro. Entra. — Deixei o envelope na mesa de cabeceira.

— E aí, você se divertiu? — Ela prendeu o lençol colorido embaixo do colchão, porque eu costumava me descobrir no meio da noite. Depois se sentou na beira da cama.

— Muito, mãe, obrigada. Foi maravilhoso.

— Eu vim te dar um presente...

— Mas você já me deu...

— Um presente diferente, Leah. Um conselho. — Ela afastou alguns fios de cabelo do meu rosto. — Dê tempo ao Axel, meu amor.

— Hã? Do que você está falando?

— Você sabe. Na vida tudo tem seu momento, você entende isso, né?

— Mas mãe, eu não sei o que você está...

— Leah, eu não quero falar disso com você como se eu fosse uma das suas amigas. É só um conselho, porque não quero que você sofra. E eu sei como você é. Sei como se sente. Somos mais parecidas do que você imagina, sabia? Talvez você ainda não tenha percebido, mas Axel é... complicado. E você é muito impaciente. Não é uma boa combinação.

— Não importa. Ele nunca vai me olhar de outra forma.

— Não o culpe por isso, Leah. Você ainda é muito menina... — Ela tinha o sorriso mais lindo e doce do mundo. — Minha princesinha... cada vez que olho para você, só consigo pensar "como é possível que já tenham se passado dezessete anos desde que você era uma bolinha minúscula e adorável?". — Seus olhos estavam úmidos; ela era assim, tão emotiva, tão frágil... — Descansa, querida. Amanhã podemos fazer alguma coisa juntas se a gente acordar cedo, o que acha?

Concordei com a cabeça e ela se inclinou para me dar um beijo antes de apagar a luz.

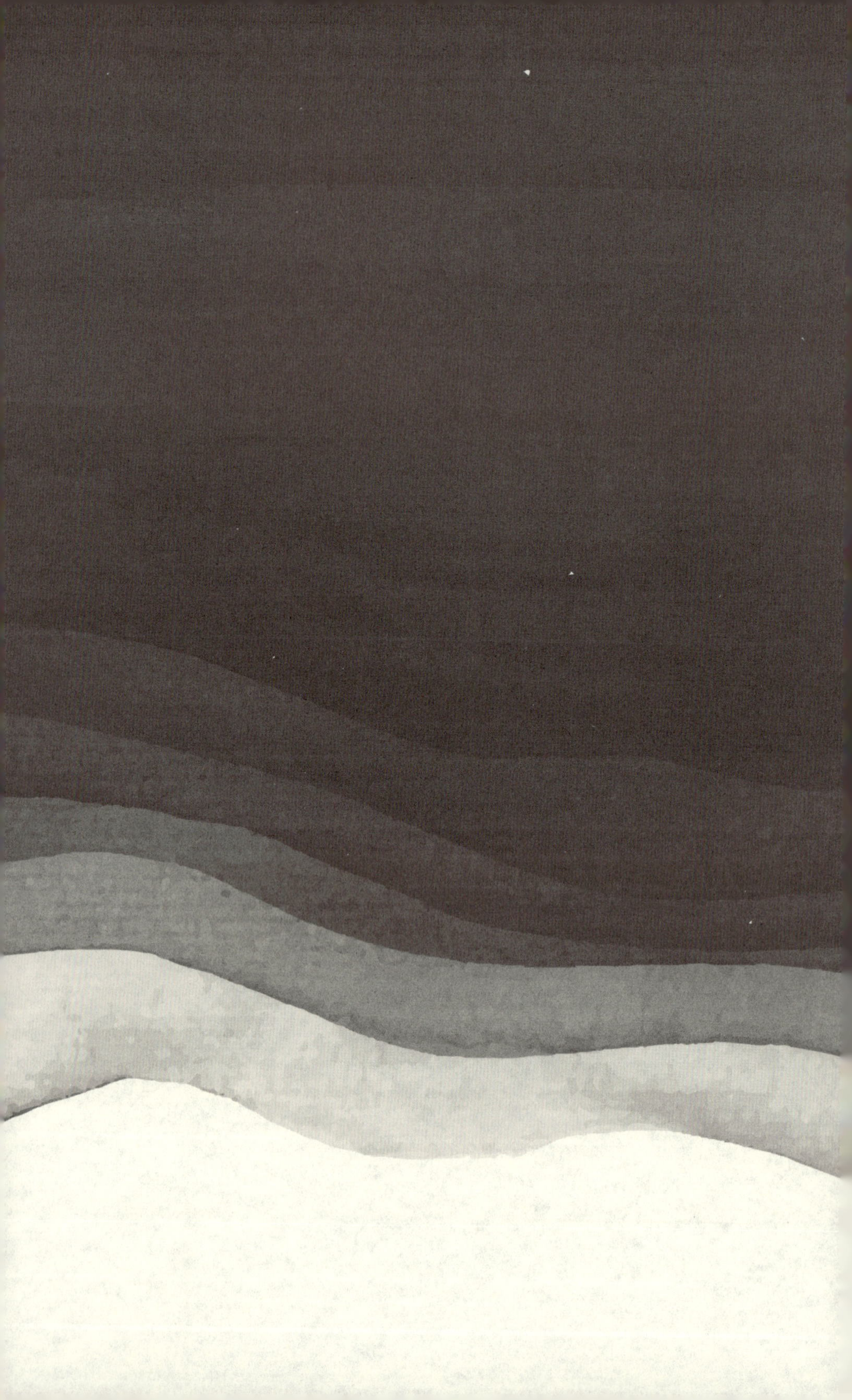

Julho

[INVERNO]

57

Axel

Leah voltou na segunda-feira, veio pedalando direto da escola. Oliver acabou ficando um dia a mais; e nesse mesmo dia de manhã ele passou pela minha casa para deixar a mala da irmã. Nos despedimos com um abraço. Tentei não pensar em nada quando dei um tapinha nas costas dele. Tentei não pensar nela e em tudo que tinha acontecido no último mês.

— Quer ajuda? — me ofereci para pegar sua mochila na entrada da varanda, mas Leah negou com a cabeça e entrou em casa. Fui até a cozinha atrás dela. — Não precisa me cumprimentar com tanto entusiasmo, assim vai começar a cair confete do teto.

— Desculpa. Oi.

Ela pegou uma das sopas instantâneas da minha mãe e começou a ler as instruções, apoiada no balcão. Estava com uma dessas blusas frente única que se amarram no pescoço, tão curta que deixava o umbigo de fora. Desviei o olhar e limpei a garganta.

— Eu já preparei o almoço

— Obrigada, mas prefiro isso.

— Eu nem te disse o que é.

— Prefiro isso a qualquer outra coisa.

Nós nos fuzilamos mutuamente com o olhar.

— Como você preferir. — Abri a geladeira, peguei minha comida e fui para a sala.

E não falamos mais nada.

Nem nesse dia, nem na terça, nem na quarta.

A princípio, tentei puxar conversa enquanto surfávamos pela manhã. Quando chegávamos em casa, ela pegava uma maçã na geladeira, colocava na mochila e ia para o colégio de bicicleta.

Eu estava dividido entre exigir uma explicação ou deixar rolar, porque pela primeira vez em muito tempo Leah parecia muito inteira, muito viva. Eu não tinha certeza do que isso significava, mas na maior parte do tempo ela estava concentrada em suas coisas.

Fazia as tarefas do colégio no meio da tarde, às vezes ao meu lado na mesa, às vezes sentada no chão da sala ou deitada em sua cama. Depois passava as horas pintando um pouco, sempre com os fones no ouvido. Na maioria das vezes ela desenhava para si mesma em um caderno que mantinha sempre por perto, bem seguro, como se não quisesse deixá-lo por aí à minha vista.

E isso me deixava puto da vida.

Eu ficava puto por ela me negar a magia que vinha dela, as emoções que colocava em imagens, os segredos emaranhados em sua cabeça. Eu sabia que não tinha o direito de ficar bravo, mas não conseguia controlar esse ressentimento. Egoisticamente, queria que as coisas fossem como antes, mas estava ciente de que nunca poderiam ser, porque ela trocava de pele a cada mês diante dos meus olhos, crescendo e escolhendo seus próprios caminhos.

Na sexta-feira eu estava tão frustrado que não conseguia nem me concentrar no livro que estava lendo, enquanto os grilos cantavam no meio da noite.

Ela apareceu na varanda. Estava com um vestido azul-claro bem simples, mas que marcava toda e qualquer curva de seu corpo, e sandálias coloridas que combinavam com os brincos. Tinha passado um pouco de cor nos olhos e sombra preta. Acho que nunca tinha visto Leah assim, tão... diferente, tão... mulher. Ou não tinha reparado antes. E maldita a hora em que comecei a reparar, porque havia algo viciante ali. Um mistério. Algo emocional. O imprevisível. Ela, simplesmente.

— Combinei de sair com a Blair, não vou chegar tarde.

— Ei, ei, espera aí. — Levantei antes de ela se virar. — Por que não me avisou antes? Nem passou pela sua cabeça que eu também gostaria de sair um pouco?

— E o que te impediu? — retrucou.

— Pensar que você ficaria em casa, por exemplo.

— Se eu bem me lembro, isso não foi um problema para você na semana passada.

— Leah. — Segurei-a pelo cotovelo e ela sustentou o olhar. — Não me desafie. Você vive debaixo do meu teto, então, antes de fazer qualquer coisa, me consulte. Alguém vem te buscar?

— Não, eu vou a pé.

— Não vai, não.

— Estou com vontade de dar uma caminhada.

— Não mesmo. Eu te levo.

Ela mordeu a língua quando fui pegar a chave do carro. Eu não estava nem aí se ela não gostava de ser tratada como criança, porque, afinal, ela era isso mesmo. Ela tinha dezenove anos, caralho. Repeti isso para mim mesmo quantas vezes consegui, não sei se para me mostrar indiferente a ela, ou se foi só para me lembrar mesmo.

Nenhum dos dois disse nada no caminho até Byron Bay. Dirigi até uma casa grande de dois andares, perto da praia. Parei em frente. Dava para ouvir a música que vinha de dentro e, não sei por quê, senti vontade de acelerar e levá-la embora comigo, só nós dois. Passar aquela noite em qualquer outro lugar, passeando pela areia ou na nossa varanda; lendo, ouvindo música, conversando, dançando, pintando ou simplesmente curtindo o silêncio, compartilhando o momento.

Segurei o volante com força.

— Que horas eu venho te buscar?

— Não precisa, obrigada.

Travei a porta antes que Leah a abrisse. Ela se virou para mim com a testa franzida e a boca tensa, contraída em uma única linha. Aquela boca desafiadora...

— Não tem problema você ficar até tarde. Tudo certo, divirta-se, aproveite. Mas me fala um horário, porra. E vou estar aqui, em frente à porta. Espero que você também. Deu para entender?

— Algum amigo não pode me levar...?

— Não, a menos que você queira que eu entre agora, conheça todos eles e tenha uma conversa com cada um para que eles entendam que vou ficar muito puto se algum deles se atrever a beber e deixar você entrar no carro depois. E, acredite, eles não vão gostar de me ver bravo. E acho que você não curte muito a ideia de me ver fazendo de conta que sou a sua babá oficial, então vamos facilitar as coisas, Leah.

— Às três — disse, secamente.

— Ótimo. Estarei aqui. Divirta-se.

Não sei se ela chegou a me ouvir antes de bater a porta.

Parei em frente ao mar depois de dirigir um pouco. Poderia ter voltado para casa, mas deixei os chinelos no carro e caminhei por uma trilha até a praia. Ouvi o barulho das ondas. Deitei na areia com as mãos na nuca e olhei as estrelas que pontilhavam o céu.

E pensei nela. Pensei em mim. Pensei em tudo.

58

Leah

A casa estava bem cheia e dava para ouvir a música ao fundo. Ouvir tantas vozes vindas da sala me deixou agitada. Fiquei parada na porta tentando decidir se entrava ou não. Eu conhecia alguns convidados porque tinha estudado com eles no colégio, antes de repetir o último ano e ficar para trás.

Minha vontade era dar meia-volta e correr atrás do carro do Axel. Fiquei com a boca seca. Eu tinha dito à Blair que viria a essa festa porque parte de mim queria voltar a ser normal, a fazer as coisas que eu fazia antes, mostrar que eu ainda era a mesma garota que sempre fui. Mas meu coração estava quase saindo do peito...

— Leah? Que bom te ver! Blair me disse que você viria! — Do outro lado do hall de entrada, Kevin Jax sorria para mim com carinho.

— Oi. — Senti um nó na garganta.

— Vem cá, vou preparar uma bebida para você.

— Não, é melhor não. — Eu estava tremendo.

— Nem um refrigerante? Nada alcoólico.

— Ah sim, isso sim — concordei.

A ansiedade era como um inseto incontrolável que vivia dentro de mim. Podia passar semanas sem aparecer e, segundo o psicólogo a que meu irmão tinha me levado no ano anterior, crises leves e comuns eram algo normal que acometia muita gente no dia a dia, mesmo pessoas que não tivessem vivido nenhum episódio que as desencadeasse. A ansiedade ficava adormecida em um canto qualquer e acordava sem aviso prévio, deixando braços e pernas dormentes, fazendo com que dizer qualquer coisa coerente se transformasse em uma tarefa complicada.

Segui Kevin até a cozinha da casa, que estava cheia de garrafas abertas e copos plásticos. Ele era o cara em quem eu tinha dado meu primeiro beijo e com quem, anos mais tarde, eu havia perdido a virgindade. E mesmo assim eu não sentia nada. Nem um arrepio de leve. Nada. Aceitei o refrigerante e tomei um gole.

— Obrigada. Blair já chegou?

— Sim, está lá na sala. Quanto a nós... Ela me disse que vocês conversaram. Eu queria ter certeza de que isso não é um problema para você. Você passou por uma fase difícil, e eu não queria que isso complicasse as coisas...

Segurei a vontade de dar um abraço nele.

Kevin, com seu sorriso sincero e seu bom humor de sempre. Tão leal, sempre tão disposto a se colocar no lugar do outro. Eu lembro da postura dele quando confessei que achava que ainda gostava de outra pessoa e que não queria machucá-lo. Ele concordou, entendeu a situação e, depois de algumas semanas um pouco tensas, ele se reergueu e voltou à minha vida como se nada tivesse acontecido, como o amigo que sempre foi.

— Eu fico muito feliz por vocês estarem juntos.

Ele deixou escapar o ar que estava segurando.

— Obrigado, Leah.

— Vamos para a sala?

Algumas pessoas estavam em pé, mas a maioria estava sentada em dois longos sofás. Blair se levantou e correu em minha direção. Ela me deu um abraço. Depois me apresentou a uns caras que eu não conhecia e abriu um espaço para eu me sentar ao lado dela. Tomei um gole de refrigerante, nervosa.

— Fazia tempo que a gente não te via — disse Sam.

— É, eu estive... eu não tenho saído muito.

— Não precisa se explicar. — Maya deu uma cotovelada em Sam.

Coloquei uma mecha de cabelo atrás da orelha e consegui dizer:

— Não tem problema. É normal.

Blair me deu um apertão na mão e isso me acalmou.

Ninguém mais prestou atenção em mim, então, mais relaxada, tentei aproveitar a noite, a conversa corriqueira e a sensação de não pensar em nada muito profundo ou relevante, apenas passar o tempo na companhia de outras pessoas. Terminei meu refrigerante em goles pequenos e, quando alguns deles começaram a fazer uma brincadeira que consistia em responder uma pergunta ou tomar um shot e tirar uma peça de roupa, eu fiquei um pouco afastada, na companhia de Blair.

— Certeza que não quer brincar, Leah?

Neguei com a cabeça e Sam deu de ombros.

— Tá bom, então vamos lá. Maya, você já fez um *ménage*?

Ela ficou vermelha.

— Um shot e uma peça de roupa!

Blair me perguntou se eu queria dar uma volta e tomar um pouco de ar. Eu disse que sim e saímos para a varanda. O vento da noite estava fresco e agradável.

— Estou feliz por você ter vindo, como está sendo a experiência?
— Está legal. Tudo está... tudo está como antes.
— Algumas coisas sim. Como vão as coisas com Axel?
— Não muito bem, na verdade.
— Quer me contar?

Peguei uma folha da trepadeira que subia pela parede e comecei a picá-la em pedacinhos pequenos que o vento ia levando embora. Acabei contando a ela tudo que tinha acontecido duas semanas atrás. Contei do beijo, da noite seguinte, do almoço na casa dos Nguyens e da semana difícil que passamos, em que quase não conversamos. Essa situação me deixava triste, porque... porque Axel tinha me decepcionado. Eu não estava irritada com ele... estava decepcionada, o que era pior.

— Putz, e o que você vai fazer? — Blair passou a mão no meu braço.

Fiquei olhando esse gesto dela, como sua mão me tocava, me consolando.

— Não sei. Eu nunca sei o que fazer quando se trata dele.
— Sabe, isso me faz lembrar de *antes*. Falar sobre Axel.
— Meu Deus, eu devo ser insuportável. — E comecei a rir.

Blair riu também, e ficamos tanto tempo rindo sem motivo que minha barriga chegou a doer.

— É... é inacreditável — comentei, tentando me recompor. — Por metade da minha vida fiquei presa no mesmo lugar. Sempre por causa dele. Eu adoraria saber como evitar isso e não sentir... e não sentir nada quando se trata de Axel. — Fiquei séria. — O que você acha?

— Acho que, infelizmente para você, já se passaram vários anos desde que você se apaixonou por ele, mas para Axel não é a mesma coisa. São duas percepções diferentes da mesma história, Leah. É provável que até alguns meses atrás nem passasse pela cabeça dele te olhar dessa forma, enquanto você já arrasta essa história há muito tempo.

— É, eu sei. Pelo menos serviu para alguma coisa.

Não precisei dizer em voz alta que queria seguir em frente. Naquele momento, eu já sabia qual caminho tomar. Estava ciente de que seria difícil e que *voltar a sentir* não significava sentir apenas as coisas boas, mas também as ruins, as dolorosas, mas eu estava disposta a tentar.

— E me conta... como têm sido os encontros com Kevin?

Os olhos de Blair brilharam.

— Os melhores que eu já tive. Lembra quando eu achava que ninguém superaria o Frank? Bom, é verdade que o nível de exigência não estava muito alto depois que o convidei para jantar e ele pediu metade do cardápio do restaurante, mas com Kevin, tudo foi... perfeito. Não sei como eu não tinha olhado para ele antes. Por que a gente fica tão cega, às vezes?

— Acho que, às vezes, a gente não olha direito.

— E é engraçado como isso acontece com as coisas mais óbvias, que estão debaixo do nosso nariz todos os dias. Espero que dê tudo certo com Kevin, mas às vezes fico com medo.

— Por quê? — perguntei.

— Porque eu poderia me machucar.

Concordei, com um nó na garganta. Era instintivo. Evitar a dor...

— Vai ser ótimo, você vai ver. Aliás, que horas são?

— Três e quinze.

— Merda!

— O que foi?

Não respondi e saí correndo da varanda, descendo os degraus de dois em dois até chegar no térreo. Como eu temia, Axel já estava ali, de pé no meio da sala de jantar, de braços cruzados, me esperando.

— O que você está fazendo aqui? — reclamei, brava, mas ele nem sequer se mexeu.

— Preciso responder? — Ele se virou para a minha amiga: — Oi, Blair. Prazer em ver você de novo.

— Igualmente.

— Eu te ligo amanhã — me despedi dela.

Acenei para os outros e segui Axel até o carro, andando rápido. Não abri a boca até nos distanciarmos da casa.

— Você quer me matar de vergonha?

— Não tenho culpa se você se sente assim.

— Não precisava ter entrado daquele jeito.

— Existe um jeito adequado?

— Sim, um que não pareça "chegou o irmão mais velho".

Axel parou em um sinal vermelho.

— É ótimo que você esteja começando a perceber isso, Leah.

Eu perceberia, se o olhar dele não dissesse exatamente o contrário.

Eu sabia que ele estava esperando uma resposta, mas também sabia que nada incomodava Axel mais do que o meu silêncio, então segurei a língua e me limitei a olhar pela janela, observando as ruas que ficavam para trás. Eu o ouvi bufando algumas vezes, mas ignorei.

Quando chegamos em casa, fui direto para o meu quarto.

59

Axel

Tem coisas na vida que você consegue prever e outras que te pegam de surpresa. Naquele sábado eu ainda não tinha ideia de que aquele seria o dia em que eu me condenaria por dizer palavras... palavras que eu não poderia apagar nunca mais.

Levantei cedo, como sempre.

Não chamei Leah antes de ir para a praia. Acho que estava cansado das negativas dela, da cara fechada, do mal humor, dos silêncios e das complicações. Eu queria voltar àquela vida simples que tinha me esforçado tanto para conseguir.

Horas mais tarde, eu a vi tomando uma daquelas sopas instantâneas.

Passamos o dia inteiro nos evitando. Mas eu não conseguia tirá-la da cabeça, não conseguia...

Estava quase anoitecendo quando decidi que era hora de resolver a situação porque estava ficando fora de controle. Quando ela saiu para a varanda, levantei da mesa em que estava trabalhando, deixando uma ilustração pela metade, e fui atrás dela.

— Você vai continuar brava para sempre? Espero que saiba que não tem motivos para ficar assim e que está se comportando como uma merda de uma pirralha.

Apertei a tecla certa. Leah ficou tensa.

— Você nem sabe o que está acontecendo.

— Ah, não? Surpreenda-me então, vamos lá.

— Você acha que estou brava por acreditar que aquele beijo significou alguma coisa e porque, na noite seguinte, você transou com outra, não é? Mas não é por isso, Axel. Não é.

Tentei deduzir... procurei entendê-la, mas não consegui. Leah escondia muito bem seus pensamentos, não importava quais fossem. Ou era eu que estava vendo apenas a superfície, sem conseguir enxergar além.

— O que está acontecendo, então?

Ela apoiou a mão no guarda-corpo.

— O que está acontecendo é que você é um covarde, Axel. Estou brava por isso. Brava e decepcionada. — Ela levantou o queixo. — Eu sempre... sempre fui apaixonada por você. E acho uma idiotice a gente continuar ignorando esse fato.

— Leah, não fala isso, merda...

— Mas, até onde sei, eu me apaixonei pelo cara que eu conhecia. O cara corajoso, que era sempre sincero, mesmo que isso significasse ser politicamente incorreto. Que nunca se reprimia. Tudo isso me fascinava, a forma como você vivia, sempre tão presente... — Ela umedeceu os lábios secos e eu baixei meus olhos até eles. — Não vou dizer que não doeu saber que você transou com outra, mas isso eu posso suportar. Já aconteceu antes. O que me deixou brava foi que você agiu assim por covardia, porque aquele beijo significou, sim, algo para você, e você pensou que resolveria dessa forma, que cortaria o mal pela raiz. E é isso que eu não perdoo.

Fiquei paralisado. Ela entrou em casa.

Caralho. Fiquei todo arrepiado. Uma parte de mim queria poder voltar atrás e não fazer aquela maldita pergunta, porque deixar as janelas fechadas era quase melhor do que permitir que ela me desnudasse daquela forma tão visceral, tão certeira.

Desci as escadas da varanda para fugir.

Andei pela praia, para longe daquela casa que estava se tornando um lugar que começava a ser cada vez mais dela, mais nosso, e não apenas meu. E a cada mês, parecia que mais um tijolo era acrescentado.

Não sei quanto tempo caminhei. Confuso. Irritado. Repetindo as palavras dela mentalmente: "Sempre fui apaixonada por você", "Você é um covarde". A reprovação dela me destruiu por dentro. Porque Leah estava certa. Eu sempre acreditei que era preciso enfrentar as coisas. Mas com ela eu não conseguia.

Já estava escuro quando voltei.

Leah estava de costas em frente ao micro-ondas, ouvindo música. Caminhei até ela e, quando estava quase colado ao corpo dela, passei os braços por sua cintura e a apertei contra mim. Ela se assustou. Tirei os fones do ouvido dela e me inclinei, tocando o lóbulo de sua orelha. Senti que ela estremeceu e engoli em seco. Tudo muito tenso. Respirei o aroma suave da pele dela.

— Não se mexe. — Eu a segurei. — Você tem razão. Significou algo sim. Significou que eu fiquei morrendo de tesão e precisei me segurar para não arrancar a sua roupa ali mesmo. Significou que eu precisei tomar um banho frio e não dormi a noite inteira. Significou que eu não sabia que um beijo podia ser desse jeito e, desde então, não consigo parar de olhar para a sua boca. Mas, Leah, isso não pode acontecer. Nunca poderá. Você entende, querida?

E é horrível viver assim, com você tão distante... então, por favor, não deixe a situação pior do que já está.

Soltei-a bruscamente. Porque ou era isso, ou eu jogava por terra tudo o que tinha acabado de dizer e pulava em cima dela, beijando-a da cabeça aos pés... Respirei fundo, me afastei e me fechei no meu quarto. Caí na cama, ainda com o coração saindo pela boca. O que eu tinha acabado de fazer? Ser como ela. Saltar sem pensar. Sem antes conferir se lá embaixo havia água ou pedras pontiagudas.

É isso. Tem coisas na vida que você consegue prever e outras que te pegam de surpresa. E aquelas palavras que eu tinha acabado de dizer no ouvido dela... aquelas palavras seriam a minha ruína.

Uma hora depois, ela bateu na porta. Falei para entrar e ela abriu devagar. Nossos olhares se cruzaram por alguns segundos e foi como se algo eletrizante tomasse conta do ambiente. Algo novo. Algo palpitante.

— Eu vim... hmmm... eu preparei uns tacos. Pensei que podíamos jantar juntos.

Sorri enquanto me levantava.

Olhei para ela quando passei a seu lado e sussurrei um "obrigado" bem baixinho antes de ir para a cozinha, que estava com cheiro de especiarias e legumes assados. Coloquei a comida nos pratos, liguei o toca-discos e saí para a varanda depois dela.

E foi assim que Leah e eu voltamos a ser amigos.

60

Leah

Um dia, pensei que, já que a cor vermelha estava aberta, eu deveria usá-la antes que começasse a secar. Então peguei o tubo Carmín de Granza. Era uma cor intensa, púrpura, de um tom escuro parecido com o que se usava antigamente nos selos de cera para fechar cartas.

Coloquei um pouco de óleo na paleta e olhei de relance para as outras cores, todas intactas e tão bonitas, com milhares de tonalidades e possibilidades...

Peguei um pincel macio e, assim que toquei na lâmina com a ponta, me deixei levar e afastei os pensamentos. Dois perfis desfocados recortados entre as sombras. Dois rostos respirando o mesmo ar. Dois lábios avermelhados quase se encontrando, mas sem se tocar. E um quase-beijo congelado no tempo.

61

Axel

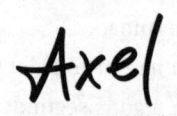

Naquela tarde, tive que ir a uma cidade vizinha conversar com alguns clientes. Quando cheguei em casa, Leah estava guardando as tintas. Olhou para mim do outro lado da sala e pegou a folha em que estava desenhando.

Deixei na mesa os cadernos que estava carregando.

— Ei, o que você está fazendo? Posso ver?

As palavras dela me frearam.

— Não. Esse... não. Esse é meu — explicou.

Maldita Leah, ela sabia que eu era como um gato curioso e que não suportava não saber de tudo. Fiquei ali fascinado olhando para o rosto dela. Estava com uma mancha de tinta vermelha na bochecha direita e eu tive que me segurar para não limpá-la com os dedos. Fui até a cozinha, dizendo a ela que ia preparar o jantar.

Havia se passado uma semana desde que tínhamos feito as pazes.

Leah não tocou mais no assunto do beijo, embora isso não me fizesse pensar menos nele. Era complicado, porque ela estava mais bonita, mais viva, mais ela. E... ou eu estava ficando louco, ou ela estava usando camisetas cada vez mais curtas e vestidinhos que me faziam perder a cabeça. E eu não estava acostumado a me conter, a me reprimir. Eu tinha passado a vida inteira fazendo o que me dava vontade, sem pensar demais. Ter que pisar no freio era frustrante.

Necessário, mas frustrante.

Relaxei enquanto preparava o jantar, apesar de não ter conseguido parar de imaginar o que ela teria desenhado à tarde enquanto eu estava fora. Era muito bom saber que ela estava começando a sentir necessidade de pintar. Eu tinha inveja disso. Do fato de que ela tinha tanto para mostrar ao mundo, enquanto eu tinha tão pouco. De que as emoções, para ela, transbordavam, enquanto, para mim, era difícil encontrá-las e mantê-las em um local bem seguro.

— O que está fazendo? — perguntou.

— Tofu frito com molho de tomate.

— Hummm... poderia ser pior — brincou.

Ela pegou os pratos e eu servi a comida antes de sairmos para a varanda. Ela disse que estava "muito gostoso" e não falamos muito mais enquanto comíamos. Depois preparei meu chá, coloquei uma música e, com um livro na mão, deitei na rede.

Leah quebrou o silêncio depois de um tempo.

— O que você está lendo? — perguntou.

— Um ensaio. Sobre a morte.

Segurei a vontade de me levantar, ajoelhar ao lado dela e abraçá-la. Isso era o que talvez eu tivesse feito durante os dois ou três primeiros meses. Agora a ideia de tocá-la me parecia distante, quase impossível.

— E por que você quer ler isso?

— Por que não? — respondi.

— Ninguém quer falar sobre isso...

— E você não acha que é um erro? — Eu estava pensando nisso havia meses...

— Não sei.

Deixei o livro de lado.

— Também tenho lido sobre a morte em outras culturas. E fico me perguntando se a maneira como lidamos com as coisas é algo que aprendemos ou se ela nasce de forma instintiva. Você entende o que quero dizer? — Leah negou com cabeça. — Estou falando das diferentes maneiras que as pessoas têm de encarar e experimentar um mesmo fato. Por exemplo, alguns povos aborígenes australianos colocam os cadáveres em uma plataforma, cobrem-nos com folhas e galhos e os deixam lá. Quando há alguma celebração importante, eles untam a pele com o líquido do cadáver apodrecido ou pintam os ossos de vermelho para usá-los como ornamentos, para lembrar sempre de seus entes queridos. Em Madagascar, os *magalches* tiram os corpos dos túmulos a cada sete anos, os enrolam em mortalhas e dançam com eles. Depois passam um tempo conversando com eles ou tocando-os, antes de enterrá-los de novo por mais sete anos.

— Porra, Axel, isso é nojento. — Leah fez uma careta.

— É exatamente daí que vem a minha dúvida: por que algo é horrível para nós enquanto para outros é reconfortante e faz com que eles se sintam bem? Sei lá, imagina se fôssemos ensinados, desde crianças, que a morte não é uma coisa triste, apenas uma despedida, algo de que se fale naturalmente...

— A morte é natural — ela concordou.
— Mas a gente não vê dessa forma. A gente não aceita.
O lábio inferior de Leah estremeceu.
— Porque dói. E é assustador.
— Eu sei, mas é sempre pior ignorar uma coisa e fingir que ela não existe. Especialmente quando todos nós vamos passar por isso, não acha? — Levantei da rede e me agachei diante dela. Segurei o queixo dela entre meus dedos. — Você tem consciência de que eu vou morrer?
— Não fala isso, Axel...
— O quê? A realidade mais óbvia de todas?
— Eu não consigo nem pensar nisso...

Abri a boca, disposto a continuar apertando a corda, mas desisti quando vi a expressão dela. Eu me perdi em seu olhar assustado e não segurei o impulso de me inclinar e dar um beijo em sua testa antes de me afastar rapidamente. Voltei para a rede e peguei o livro de novo. Fiquei lendo até tarde, até depois que Leah se despediu e me deu boa noite, e fiquei pensando, pensando em tudo...

Era curioso e ilógico que durante anos aprendêssemos matemática, literatura ou biologia, mas não a lidar com algo tão inevitável como a morte...

62

Leah

Eu tinha tomado uma decisão, um caminho.

Voltar atrás. Sentir. Para me encontrar. Para me recompor.

Era uma sexta-feira à tarde quando abri o armário da cozinha e revirei as sacolas até encontrar um pirulito em forma de coração. Eles foram minha perdição durante anos. Meu pai sempre os comprava para mim. Abri a embalagem e olhei para ele sem pressa, observando a cor intensa. Coloquei-o na boca, degustando o sabor de morango. Fechei os olhos. E então eu o vi, meu pai, sempre tão sorridente e bem-humorado.

As lembranças são assim. Faíscas. Nascem quando você menos espera. *Chrrs*. O toque meio áspero na bochecha, como uma blusa de lã grossa com um desenho natalino bem no meio, tricotada por sua avó. *Chrrs*. Aquela palavra que seu pai usava para se dirigir a você e somente a você, te diferenciando de todos os demais, "coração, me dá um beijo de boa noite". *Chrrs*. O sol. A luz. Uma luz específica. A luz do meio-dia, a dos domingos na varanda de casa logo após o almoço, quando parecia que os raios estavam preguiçosos e mal esquentavam. *Chrrs*. O cheiro de amaciante, o perfume suave de rosas, a sensação de levar uma roupa limpa ao nariz e aspirar devagar. *Chrrs*. O som rouco de uma risada conhecida. *Chrrs*. Toda uma vida em imagens, texturas, cheiros e sabores passando diante de seus olhos em um segundo.

63

Leah

Arrumei a mala no sábado à tarde para que estivesse pronta quando Oliver viesse me buscar na manhã seguinte. Quando terminei, vesti a roupa que tinha deixado para fora. Um vestido cor de pêssego e sandálias baixas de tiras marrons. Peguei a bolsa da mesma cor e saí. Axel já estava na sala; vestia jeans e uma camisa meio ridícula, que teria ficado horrível em qualquer outro cara, mas que nele ficava bem e fazia com que ele se destacasse ainda mais.

Seus olhos me percorreram e eu estremeci.

— Já está pronta, né? Vamos?

Axel tinha proposto que saíssemos para jantar e dar uma volta. Faltou pouco para eu pular de emoção e me atirar nos braços dele, mas me contive. Estava feliz porque ele tinha me pedido isso. Quase implorando. Eu não conseguia tirar da cabeça o "não pode acontecer" que ele tinha sussurrado no meu ouvido naquele dia na cozinha e queria gritar que não era verdade, mas não suportava a ideia de ficarmos mal e distantes de novo. Estava conformada com o fato de ele ter admitido, embora isso também deixasse a situação mais difícil.

Fomos a uma cidade próxima, a uns vinte minutos de carro, e jantamos em um restaurante do qual Axel gostava e que servia todo tipo de prato vegetariano. Pedimos várias porções para petiscar e fomos pegando uma coisa daqui e outra dali, compartilhando a comida. Ele me olhou enquanto comia.

Ele estava tão bonito sob aquela luz alaranjada...

E eu, completamente encantada por ele...

— Estava pensando que um dia podíamos ir a Brisbane.

— Para quê? — Tomei um gole de água.

— Sei lá, dar uma volta, sair por lá e visitar a universidade, por exemplo.

Coloquei o copo de lado e ficamos em silêncio.

— Eu nem tenho certeza se quero ir.

— Por que não? Me conta...

— É que... tenho a sensação de que estou começando a respirar... E fico apavorada com a ideia de afundar mais uma vez, de ficar sozinha lá e ter que conhecer gente nova. Não sei se consigo. Um ano atrás isso era o sonho da minha vida, mas agora... me assusta.

— Mas o medo não é ruim, Leah.

— Não quero falar sobre isso hoje.

Axel se reclinou na cadeira.

— Tá bom, o que quer fazer?

— Ser normal, pelo menos uma noite. Sem pensar no futuro. Também não quero falar de morte, nem de emoções, nem nada relacionado com pintar.

Ele inclinou a cabeça sem tirar seus olhos claros de mim.

— Quero apenas estar aqui nesse momento, não foi isso que você me ensinou um tempo atrás?

— Foi. Vamos nos divertir então.

Axel pagou a conta e saímos do restaurante. Caminhamos pelas ruas pouco iluminadas em direção à área mais próxima à praia, onde se concentrava a maioria dos bares. Escolhemos um com mesas baixas e poltronas com almofadas coloridas. Pedi uma piña colada, e Axel, uma dose de rum.

— Já vim aqui algumas vezes com Oliver.

— Gostei do lugar. — Sorri. — Eu gosto disso.

Axel continuou com os olhos fixos nos meus até que o garçom trouxe nossas bebidas. Peguei minha taça e depois relaxei conversando com ele, olhando para ele, desejando estar mais perto, poder senti-lo, ter outro momento com ele...

Ao fundo tocava "Lost stars".

— Posso te fazer uma pergunta? — perguntei.

— Conhecendo você como eu conheço, sei que eu deveria ser cuidadoso e dizer que depende.

— Não é nada muito pessoal.

— Tá bom. Manda.

— O que você fazia antes, quando morava sozinho?

— Antes? — Encolheu os ombros. — O mesmo que agora. Mas sem você.

Alguma coisa no tom com que ele pronunciou o final da frase me deu um arrepio. Coloquei o canudinho na boca e tomei um gole da minha bebida. Tentei não ficar vermelha.

— E era melhor?

— Não. — Ele foi firme.

— Você vai sentir minha falta quando eu for embora?

— Leah... — ele reclamou.

— Responde. Basta ser sincero.

Axel deixou escapar o ar que estava segurando.

— Eu já sinto a sua falta na semana em que você não está.

Meu coração bateu mais rápido. Tomei outro gole. Eu não deveria... mas as palavras simplesmente saíram.

— Por que "não pode acontecer", Axel?

Ele me entendeu sem eu precisar explicar.

— Você sabe. As coisas são assim.

— E se não fossem? — insisti.

— O que você quer, Leah?

— Não sei. Saber como seria em uma outra realidade. Se nada nos impedisse... se fôssemos dois estranhos que acabaram se esbarrando aqui, neste mesmo lugar, você teria olhado para mim? — Axel fez que sim com cabeça, lentamente. Seu olhar intenso me disse que ali existia desejo e mais. Algo mais. — E o que você teria feito?

Axel se mexeu inquieto, desconfortável e prudente.

— Às vezes é melhor deixar as coisas como estão.

— Prefiro saber. Eu preciso saber — sussurrei.

Ele se recostou e baixou a guarda. O muro se desfez e as palavras surgiram após a nuvem de poeira que acabou nos engolindo.

— Eu iria falar com você. Perguntaria o seu nome.

— Só isso? — Umedeci os lábios.

— Depois dançaríamos juntos e eu te beijaria devagar.

— Parece romântico — admiti, insegura.

Um músculo se contraiu em sua mandíbula quando ele apoiou os braços na mesa que nos separava e se inclinou para mim.

— Depois, sem ninguém perceber, eu te colocaria contra uma parede, meteria a mão por baixo desse vestidinho que você está usando e te foderia com os dedos.

— Axel... — Meu coração quase saiu pela boca.

— E te faria repetir meu nome assim, desse jeito.

Abri a boca para falar qualquer coisa, mas não saiu nada. Ficamos em silêncio, os dois com a respiração ofegante, alheios à música e às pessoas ao nosso redor. Axel inspirou com força e esfregou o rosto com as mãos.

— Vamos voltar para casa — disse ele.

— Já? Ainda é cedo e...

— Leah, por favor.

— Tá bom.

64

Axel

Oliver pegou a garrafa de cerveja e sorriu relaxado. Estávamos sentados nos degraus da entrada da minha casa e a brisa do mar balançava os arbustos que cresciam em volta.

— Então a história com a Bega continua...

— Parece que sim. Eu gosto dela. Bastante.

— Estou vendo... — Tomei um gole de cerveja.

— Pensei que eu nunca me sentiria assim...

— E eu, que nunca te veria desse jeito — dei risada.

Oliver mexeu no cabelo.

— É que, não sei, no começo eu só gostava dela, mas depois foi ficando complicado. Ela é... diferente. Eu sei que, para você, estou falando grego, mas é sério, Axel. Você acha que nunca vai acontecer, e um dia você acorda e não consegue tirar essa pessoa da cabeça.

— Preciso pegar um cigarro.

Fui até a cozinha pegar o maço. Voltei ainda me sentindo desconfortável, como quando tem uma pedrinha minúscula dentro do seu sapato e, mesmo que não esteja machucando, não dá para ignorar que ela esteja ali. Acendi o cigarro.

— Como vão as coisas por aqui?

Oliver me deu um tapinha nas costas e eu tossi, soltando a fumaça.

— Bem, como sempre, acho.

— Eu não diria isso. A Leah está diferente. Nos últimos dois meses tenho notado ela quase parecida com a garota que era antes.

Engoli as palavras que me queimavam a garganta porque, do meu ponto de vista, ela não estava se parecendo em nada com a garota de antes. Algumas coisas continuavam iguais, mas muitas outras eram novas. A Leah que morava comigo era mais enigmática, mais intrigante e, para a minha desgraça, mais mulher. Tinha um lado frio, distante, que pintava em preto e branco e passava horas trancada no quarto com o fone no ouvido ou com um lápis carvão entre os dedos. E havia a outra: a espontânea, a que me pegava de surpresa e fodia um pouco a minha vida, a que aparecia sem roupa no meio da minha sala em uma noite qualquer. E, puta merda, eu gostava das duas, de tudo, de alguma forma estranha que eu não conseguia decifrar.

— Sim, ela vai voltar aos poucos. — Dei uma tragada longa. — Ei, quando você começou a trabalhar, não comentou algo sobre a possibilidade de o período em Sidney ser mais curto do que o previsto?

— Estava pensando em pedir sim, acelerar as coisas...

— Você pode fazer isso?

— Por quê? Leah está dando trabalho?

— Não, não é isso... — Esfreguei o rosto. — Esquece.

— Ei, agora fala.

Oliver esperava uma resposta, impaciente. Senti meu coração bater mais rápido. Porra, tínhamos passado a vida inteira juntos. Até uns anos atrás eu não sabia fazer nada sem ele. Ele era o único amigo de verdade que eu já tinha tido, quase um irmão. E eu estava me comportando como um idiota.

— Estava falando só para organizar as datas. A ideia é que ela vá para a universidade, certo? Dependendo de quando começarem as aulas, vai precisar procurar apartamento. E, por falar nisso, pensei em levá-la a Brisbane qualquer dia, apresentar o campus a ela... Talvez isso a motive. Queria falar primeiro com você.

— Porra, ótima ideia.

— Podemos ir no final do mês que vem.

— Você acha que vai dar certo?
— Do que está falando?
— Se vai valer a pena. A história de Sidney. Se acha que Leah vai para a universidade e vai seguir com os planos que ela tinha antes... de tudo acontecer.
— Do acidente — eu disse com todas as letras.
— Sim, você sabe do que estou falando.
— E por que você não faz isso?
— O quê? — Oliver franziu a testa.
— Falar claramente. Você fala com Leah sobre seus pais?
— Não. — Ele pegou um cigarro. — Também não acho que seja a melhor coisa a fazer nesse momento. Ela ficou muito mal, Axel, ela não assimilou bem, foi difícil...
— Se ela nunca encarar o problema, nunca vai superar.
Oliver sacudiu a cabeça, um pouco bravo.
— O que você quer que eu faça? Passo três semanas por mês a centenas de quilômetros daqui, e agora que ela está melhor, a última coisa que quero fazer é afundá-la de novo na merda. Há alguns meses ela não suportava nem chegar perto de qualquer coisa que a fizesse se lembrar deles. Por isso, não, não quero nem os mencionar, não quero que ela se sinta mal nem que ela sofra mais.
— Mas, Oliver...
— Você não estava naquele carro.
— Nem você.
— Exatamente. Essa é a diferença. Ela estava.
Oliver se levantou e eu o segui pela varanda. Não estava acostumado a discutir com ele; pelo menos não por coisas sérias. Uma vez, na faculdade, bêbados, trocamos uns socos até ficarmos os dois com o nariz sangrando. Na manhã seguinte nem lembrávamos o motivo da briga. Acho que foi por causa de uma garota ou por algo com os porta-copos da balada onde estávamos. A questão é que não era importante, porque, se fosse, lembraríamos.
— Espera, Oliver! — Segurei-o pelo ombro.
— Desculpa. É que eu não sei...
— O que está acontecendo?
— Está tudo tão diferente... — Ele passou a mão pelo cabelo. — Não é só a Leah. A minha vida também. Não sei nem o que fazer quando terminar o trabalho em Sidney e voltar para cá...
— Como assim?
Ele mordeu o lábio.

— Bega vai ficar em Sidney. E, se tudo der certo, Leah vai morar em Brisbane. Não sei se faz sentido eu voltar para Byron Bay assim, sem mais nem menos. Não sei se consigo ser o mesmo de antes...

Eu quis dizer "nós somos a sua família", mas as palavras ficaram entaladas. Entendi a sensação de que talvez ele já não fizesse mais parte de nenhum lugar específico. Antes que eu conseguisse falar qualquer coisa, Oliver estalou a língua, me deu um rápido abraço e se despediu depois de roubar outro cigarro e colocá-lo atrás da orelha.

Eu estava tenso, inquieto. Sentei de novo nas escadas e acendi o segundo cigarro. Fiquei olhando para a fumaça absorto em meus pensamentos, lembrando do que eu tinha falado para a irmã dele uns dias atrás. Que eu a foderia com os dedos. Que eu só conseguia pensar em sua boca. Fechei os olhos e respirei fundo. Eu estava perdendo a cabeça. Era isso.

Eu estava perdendo a cabeça por ela.

65

Leah

Era uma noite quente de outono e eu não conseguia parar de pensar na palestra a que havíamos assistido naquele dia no colégio, sobre tomar decisões, escolher caminhos, desenhar futuros. O ano escolar ainda estava só começando, mas eu já sabia o que queria fazer havia muito tempo.

Meu pai me olhou sorridente, sentado em sua poltrona colorida.

— Tem certeza de que é isso mesmo? Porque se você tiver vontade de fazer qualquer outra coisa...

— Como o quê? — dei risada.

— Sei lá... ser astronauta, por exemplo.

Saboreei o pirulito que estava na minha boca.

— Ou degustadora de doces. Eu seria boa nisso.

— Instrutora de mergulho... você gosta de mergulhar, não gosta?

— Sim, muito. Mas já está decidido. Quero pintar. Vou estudar Belas-Artes.

Meu pai tirou os óculos e limpou as lentes com o tecido da camiseta. Percebi uma pitada de orgulho naqueles olhos pequenos, mas brilhantes.

— Você sabe melhor do que ninguém que é um mundo difícil e complicado, mas você é boa, Leah, e sua mãe e eu te apoiaremos em tudo que você precisar, você sabe disso, né?

— Eu sei. — Levantei e o abracei com muita, muita força.

66

Axel

SILÊNCIO. TUDO ERA SILÊNCIO. TANTO QUE PARECIA OUTRA CASA. EU ME SENTIA CANsado e deixei de lado a ilustração em que estava trabalhando. E não sei por que fiz isso, eu sabia que não era certo, mas mesmo assim... mesmo assim me levantei, abri a porta do quarto de Leah e vasculhei, tentando encontrar o caderno que ela carregou debaixo do braço o mês inteiro. Eu queria vê-lo. Eu precisava vê-lo.

Ignorei o sentimento de culpa em meu peito ao revirar as gavetas. Mas não encontrei nada. Só um papel meio amassado. Peguei-o e sentei na cama olhando para o desenho de Leah que eu tinha feito anos atrás no envelope onde havia colocado os ingressos que eu tinha dado a ela de presente de aniversário. Foi uma das poucas vezes que eu desenhei algo sem que alguém me encomendasse, sem que fosse um trabalho. Olhei para as bochechas redondas e vermelhas, os olhos enormes, a trança que caía sobre o ombro da caricatura e o pincel que ela segurava na mão enquanto sorria.

Confuso, voltei a colocá-lo na gaveta.

Agosto

[INVERNO]

# 67

Axel

Leah voltou. E com ela, os olhares esquivos, os silêncios cheios de palavras ditas que pareciam se embrenhar entre nós, a tensão, a distância prudente. Pelo menos assim era como eu estava vivendo. Inquieto. Alerta. Tentando entender o que estava sentindo, o que estava acontecendo...

O problema era que, por mais que eu tivesse passado metade da vida vendo-a como uma criança, quase uma irmã mais nova, eu não podia ignorar que ela já não era mais uma menininha. Que, se eu tivesse cruzado com ela na rua um dia qualquer, teria olhado para ela ou feito alguma gracinha sem me importar com os dez anos que nos separavam. Porque essa não era a real barreira que existia entre nós. Era muito mais que isso; era tudo que sabíamos um do outro, era a vida que tínhamos compartilhado até então, era o fato de que desejá-la fazia eu me sentir culpado. Porque eu não podia negar: eu a desejava. E a amava também.

Eu sempre a amei, desde o dia em que ela nasceu. Leah poderia ter me pedido qualquer coisa que eu teria feito de olhos fechados. Não era só algo físico, impulsivo. Era mais. Era sentir saudade quando ela não estava comigo e querer conhecer a mulher que ela era agora, não apenas a memória que eu tinha da menina de anos atrás. Era enlouquecer um pouco tentando separar as coisas: a vontade de morder sua boca, em contraste com a calma que eu sentia nas noites que passávamos juntos na varanda conversando ou ouvindo música. A silhueta de Leah nua e a curva de seus quadris em contraste com a imagem dela ainda menina e correndo pelo jardim gritando meu nome com aquela voz aguda e infantil...

Em que momento tudo mudou? Qual foi o segundo exato em que ela deixou de ser invisível aos meus olhos e acabou invadindo cada canto, cada esquina da minha cabeça?

— Você está bem? — Ela se sentou na rede.

Não, eu não estava bem. Nada bem. Respirei fundo.

— Sim. Já volto, vou fazer chá. Vai querer?

Ela me olhou divertida e levantou uma sobrancelha.

— Até quando você vai me perguntar isso? Já faz meio ano.

— Não sei, talvez até você responder que sim.

— Tá bom, então faz um para mim. Vamos acabar com isso.

Entrei em casa sorrindo e balançando a cabeça. Coloquei a chaleira no fogo e esperei a água ferver. Saí mais inteiro, mais eu, e me sentei em frente a ela no chão de madeira. Leah enrugou a testa quando percebeu a distância que eu tinha acabado de marcar. Tomou um gole do chá.

— Até que não é ruim. Um pouco amargo.

Acendi um cigarro.

— Como vão as aulas?

— Bem, como sempre.

— Que bom.

— O que foi? Você está estranho.

— Só um pouco cansado. Não vou dormir tarde hoje. — Dei uma tragada longa e depois terminei o chá. — E você? Você parece... diferente.

— Pode ser que eu esteja — respondeu.

— Em que sentido?

— Lembra quando eu te falei, uns meses atrás, que eu tinha medo de não voltar a ter vontade de viver?

Claro que eu me lembrava, porque eu tinha sido o suicida emocional que tinha dito a ela: "Viva para mim, Leah", como se algo assim não fosse me trazer problemas. Fiz que sim com a cabeça.

— Bem, agora eu não tenho mais esse medo. E é libertador. Como se tudo estivesse começando a se encaixar...

Franzi a testa e ela captou o gesto.

— Qual o problema? Você não concorda?

— Sim e não.

— Por quê?

— Porque é um passo, mas você não deveria parar por aí. Me diz uma coisa, Leah, o que você acha mais fácil: ignorar algo que dói, afastar o problema e fingir que ele não existe para conseguir acordar todas as manhãs com um sorriso no rosto ou enfrentar essa dor, interiorizá-la, compreendê-la e conseguir continuar sorrindo pouco a pouco?

Acendi outro cigarro só para manter as mãos ocupadas e não correr para consolá-la como eu fazia antes e confortá-la com um abraço.

— Você é muito duro — sussurrou.

— Eu seria se fizesse o contrário, se eu te dissesse que sim, que já está tudo bem...

— O que você quer, Axel? — Ela levantou a voz.
— Você sabe...
— Não sei.
— Que você aceite.
— Que eu aceite o quê?
— Que eles morreram, Leah. E que, embora eles não estejam mais aqui, não precisamos fingir que nunca estiveram. Podemos, ou melhor, devemos continuar falando deles, nos lembrando deles. Você não acha?

Leah conteve as lágrimas e se levantou. Fui rápido e a segurei pelo pulso antes que ela pudesse entrar em casa.

— Sabe aquele quadro em que seu pai pintou um gramado cheio de flores e vida? No canto direito tinha uns besouros com as barrigas abertas, e, dentro, ele desenhou umas margaridas. Há anos eu tento entender o significado desse quadro. Uma vez eu pedi para ele me explicar e ele desandou a rir. Estávamos bem aqui, sabia? Nessa varanda, tomando uma cerveja, em uma noite que ele apareceu para me ver e conversar um pouco.

— Por que você está me contando tudo isso?
— Não sei. Porque eu me lembro deles o tempo todo, todos os dias, mas não posso falar deles com ninguém. E eu gostaria que fosse você, Leah, a pessoa com quem eu pudesse dizer qualquer coisa que me passasse pela cabeça sem antes ter que medir cada palavra.

O lábio inferior dela estremeceu.

— Por que continua doendo tanto?
— Vem cá, querida.

E então eu a abracei.

Abracei-a com força enquanto ela soluçava contra o meu peito. Pedi para ela chorar, para deixar sair, para não engolir a dor. E ela compartilhou aquele instante comigo, agarrando-se às minhas costas. Fechei os olhos e pensei que aquele estava sendo um dos momentos mais reais da minha vida.

68

Leah

UMA VEZ, NO COLÉGIO, UMA GAROTA QUE ESTAVA ALGUNS ANOS À MINHA FRENTE tentou tirar a própria vida porque uns colegas faziam bullying com ela, e a menina que até então era sua melhor amiga começou a chamá-la de "vadia" pelos corredores e escreveu exatamente isso na carteira dela. Lembro que isso me chocou, talvez por causa da idade dela, talvez porque reuniram todos os estudantes no auditório para explicar o que tinha acontecido. Naquele dia, enquanto a diretora falava de respeito, companheirismo e empatia, ouvi uma menina sentada atrás de mim dizer à outra que "não era para tanto". Eu virei e a fuzilei com os olhos. Ela abaixou a cabeça e não teve coragem de me enfrentar, o que me mostrou que muitas pessoas que julgam os outros fazem isso para mascarar suas próprias inseguranças.

Anos depois pensei naquela história. Nas diferentes maneiras que o ser humano tem de reagir a um mesmo fato. Algumas meninas, quando provocadas, respondiam mostrando o dedo do meio ou fazendo algum gesto de desprezo. Outras apenas choravam ou tentavam se esconder. Algumas não conseguiam suportar e mudavam de colégio.

Acho que é impossível saber como lidar com uma emoção até o momento em que ela te atinge e você passa a vivenciá-la na própria pele. Se alguém tivesse me perguntado, algum tempo atrás, eu teria respondido que eu era forte, que enfrentaria o processo de luto de forma natural, que nunca me tornaria um fantasma que mal abria a boca e que andava com fones de ouvido o tempo todo, vendo o mundo em preto e branco.

Mas às vezes a gente se engana. A gente cai.

Às vezes a gente não se conhece tão bem quanto imagina.

Às vezes... às vezes a vida é imprevisível...

Axel

No primeiro fim de semana de agosto Leah marcou de sair à tarde com uns amigos e me perguntou se eu poderia levá-la até o calçadão da praia. Parei em frente à sorveteria que ela indicou e analisei os três caras que a esperavam ao lado de Blair. Dois deles ainda tinham as espinhas típicas da idade. Ela saiu do carro e atravessou a rua. Fiquei ali como um idiota, olhando para ela até perceber que eu estava parecendo mais criança do que todos eles juntos, e pisei no acelerador com força.

Parei no café dos meus pais. Justin me cumprimentou.

— Que cara de enterro é essa?

— Está falando comigo? — resmunguei.

— Não, com o cliente invisível que entrou atrás de você. Claro que estou falando com você, Axel. Você está com uma cara de prisão de ventre ou algo assim. Está tudo bem?

— Tudo certo. Não vai me servir café?

— Depende do seu tom.

— Por favor, Justin.

— Assim está melhor.

Ele foi até a máquina e um minuto depois voltou com uma xícara e uma fatia de cheesecake. Peguei a colher e coloquei um pedaço na boca.

— Olha só quem está aqui. Que bom te ver, parceiro. — Meu pai saiu da cozinha e me deu um aperto no ombro. — Como vai o trabalho? Muitas encomendas?

— É melhor não puxar conversa porque hoje ele está de mau humor — interveio Justin.

— Quer calar a boca?

— Ei, vamos, energia positiva. — Meu pai sorriu.

Ele estava usando uma camiseta que dizia: "Sou virgem, juro por meus filhos". Tive que me segurar para não rir quando ele se sentou no banquinho ao meu lado e passou um braço pelas minhas costas.

— Você está com olheiras, não tem dormido bem?

— Tive umas noites ruins.

— Quer falar sobre isso com seu velho?

— Pai... — Revirei os olhos.

— Tudo bem, parceiro. Não tem problema.

Ele se levantou sem deixar de sorrir e disse a Justin que ia comprar umas coisas e que voltaria em algumas horas. O sininho da porta tocou quando ele saiu.

— A mãe não está? — perguntei.

— Ela tinha uma reunião sobre a feira que vai acontecer daqui a duas semanas. Ela se voluntariou para fazer e levar uns vinte ou trinta bolos. Como sempre.

— Você tentou falar com ela?

— Sim, mas não adianta. Ela não me ouve.

— E o pai? — Terminei minha torta.

— O pai... ele vai fazer o que ela disser.

— Não entendo isso.

— Axel, um dia você vai entender. — Justin limpou o balcão com um pano e retirou o prato vazio. — Ele a ama. É louco por ela. Quando você está apaixonado por alguém, é capaz de fazer por essa pessoa coisas que você sabe que não são certas, ou mesmo colocá-la à frente de seus próprios interesses. É difícil.

— Por que você tem tanta certeza disso?

— Do que, exatamente?

— De que eu nunca me apaixonei.

— Porque eu te conheço. E sei que nunca aconteceu.

— Que caralho você sabe? Eu saí com várias garotas e...

— E nenhuma fez você deixar de olhar para o próprio umbigo — me cortou. — É diferente, Axel. Estar com alguém, o compromisso, passar juntos os momentos complicados... o que você sabe disso? Casamento é complicado, são muitas etapas. Não é tudo como no primeiro ano, quando você está apaixonado e a vida parece perfeita.

— Você está com problemas com a Emily?

— Não, claro que não — hesitou. — Bem, os normais. Pouco tempo só para nós. Muito estresse com as crianças. O normal, acho.

— Você pode deixar eles comigo de vez em quando, se quiser.

— Para você deixar eles pintarem as paredes? — brincou.

— Eu sou o tio legal, não posso fazer nada!

Justin ficou sério.

— E, aliás, você deveria prestar mais atenção no papai.

— Prestar atenção em que?

— É sério que você não percebe? Faz muito tempo que ele vem tentando chamar sua atenção. Quando Douglas estava vivo... bem, ele aceitou a situação e se colocou de lado.

— Aceitou qual situação?

— Que você parecia se dar melhor com outra pessoa. Que você tratava Douglas como se ele fosse o pai que você sempre desejou ter.

Não era verdade. Não exatamente. Senti um calafrio. É que com Douglas parecia que bastava um olhar para a gente se entender, tínhamos uma sintonia incrível.

— Eu nunca substituiria o papai.

Meu irmão fez uma careta e disse que tinha que ir à cozinha preparar umas coisas. Fiquei mais um minuto ali, assimilando as palavras dele, e depois fui para o carro. Passei o dedo pelas costuras do volante, pensando naquela expressão de Justin que eu nunca tinha visto até então, mas no fim acabei tirando-a da cabeça quando girei a chave e dei a partida.

Dirigi sem pressa pelas ruas de Byron Bay e voltei para a sorveteria onde tinha deixado Leah mais cedo. Ela ainda estava lá, sentada em uma das mesas na calçada. Parecia concentrada no que o rapaz ao lado dela dizia. Fiquei ali observando-a por um minuto antes de tocar a buzina. Ela se virou quando buzinei pela segunda vez e sorriu quando me viu. Um sorriso enorme, daqueles que antes preenchiam seu rosto e que agora enchiam meu peito de alguma forma estranha e incompreensível.

— E aí, se divertiu? — perguntei quando ela entrou no carro.

— Sim, o sorvete de pistache é a minha perdição.

— Vai pensando no que você quer fazer no fim de semana.

— Hmm, planos? Acho que o de sempre. Surfe pela manhã e depois um cochilo; sim, isso seria bom, a gente nunca faz isso. Quero pintar à tarde ouvindo música na varanda e relaxar antes da prova de segunda-feira. O que você acha?

Era o plano mais perfeito do mundo.

— Ótimo. Então é isso que vamos fazer.

70

Leah

Os reflexos do sol estavam me cegando e tive que proteger os olhos com a mão para ver Axel se mover entre as ondas, deslizando por elas antes de deixá-las para trás e cair na água. Ele subiu uns segundos depois e ficou boiando de costas com os olhos fechados. Fiquei olhando para ele ali, no meio do mar, sob a luz morna do amanhecer, e isso aqueceu meu coração. Ele se encaixava tão bem ali. Era como se tudo tivesse sido feito para ele; o lugar, a casa, a vegetação selvagem que rodeava a praia...

Eu me aproximei remando em cima da prancha.

— O que está fazendo? — perguntei.

— Nada. Só... procurando não pensar.

— Como se faz isso?

— Solta a prancha e vem aqui.

Cheguei mais perto de Axel. Muito mais perto. Mais perto do que tínhamos estado naquela semana, quando ele passou a me evitar e eu a permitir que ele me evitasse, dando a ele um pouco de espaço. Gotinhas de água brilhavam em seus cílios e em seus lábios molhados e entreabertos.

— Agora deita, faz posição de morto.

Obedeci e fiquei boiando diante dele. O céu estava intensamente azul, sem nuvens.

— E pensa só no que está em volta, no mar, na minha voz, no movimento da água... Fecha os olhos, Leah.

Fechei. E me senti leve, etérea.

Senti a calma, a ausência de medo...

Pelo menos até a hora em que Axel me tocou. Então estremeci, perdi a concentração e me mexi na água. Foi só um toque na bochecha, mas um toque sem razão, inesperado.

Axel respirou fundo.

— Vamos para casa?

Concordei com a cabeça.

Não fizemos muita coisa o resto do dia. Como planejado, tirei uma soneca depois do almoço, deitada na rede. Acordei quando ouvi o miado insistente da gata, que estava sentada no chão de madeira sem tirar os olhos de mim. Levantei bocejando e fui pegar comida para ela. Fiz companhia enquanto ela terminava de comer, depois ela se lambeu um pouco e foi embora pelo matagal que crescia em volta da casa de Axel. Levei o material para a varanda e peguei as tintas. O pote preto, o cinza, o branco. E o vermelho.

Axel acordou um pouco depois, quando eu já estava concentrada. Ele me observou por um instante, sentado por perto enquanto fumava um cigarro e bocejava, ainda com o cabelo despenteado e as marcas do lençol na bochecha. Tive vontade de beijá-lo exatamente ali. Apagar aquelas linhas com meus lábios e depois... depois desviei o olhar porque ele dizia que *não podia acontecer* e eu entendia isso, embora sentisse cada vez mais medo de acabar fazendo uma loucura, porque eu queria... eu o queria.

— O que está desenhando? — Deu uma tragada.

— Não sei ainda.

— Como não sabe?

— Porque eu só... eu só me deixo levar.

— Não consigo entender — disse ele, num sussurro, enquanto observava as linhas sem sentido que eu desenhava, apenas pensando em como era bom remexer a tinta, misturá-la, senti-la. Ele cruzou os braços, frustrado. — Como você faz isso, Leah?

— É abstrato. Não tem segredo.

Axel esfregou o queixo e, pela primeira vez, pareceu não gostar do que viu. Mas acho que não foi pelo quadro, mas por seu próprio bloqueio, por não conseguir entender a si mesmo. Fiquei pintando um pouco mais, sem limites nem pretensões, apenas pintando e curtindo o entardecer que começava a escurecer o céu. Quando os grilos começaram a cantar, limpei os pincéis e entrei em casa para ajudá-lo a preparar o jantar.

Cozinhamos juntos, lado a lado. Uma torta de batata, soja e queijo feita no forno, um dos pratos preferidos de Axel. Comemos em silêncio na sala, sentados na mesa feita de prancha de surfe, falando de vez em quando sobre coisas sem importância, do tipo "a gata passou por aqui hoje à tarde" ou "temos que ir ao supermercado esta semana".

Tirei os pratos enquanto ele preparava o chá.

Naquela noite, em vez de sair para a varanda como quase sempre fazíamos, Axel se sentou no chão em frente ao toca-discos e pegou uma pilha de vinis. Eu me acomodei ao lado dele com as pernas cruzadas, também descalça.

Ele deixou alguns de lado e sorriu.

— Essa é a melhor capa do mundo.

Ele me mostrou o disco e eu engoli em seco quando vi a ilustração colorida, os quatro integrantes da banda desenhados logo acima do título amarelo: *Beatles. Yellow Submarine*.

Axel o colocou o disco para tocar e o ritmo infantil começou a soar, a voz em meio ao som das ondas. Ele moveu os dedos seguindo o ritmo da música. Sorriu divertido e cantou junto quando chegou o refrão, sem saber o que aquela canção significava para mim, que cada "todos nós vivemos em um submarino amarelo" era um "eu te amo" que tinha ficado preso na minha garganta.

Eu sentia que meu coração ia pular para fora do peito, mas mesmo assim não pude deixar de rir quando ele se deitou no chão e continuou cantando o refrão.

— Você canta mal para cacete, Axel.

Ainda estava rindo quando me deitei ao lado dele. Ele virou a cabeça em minha direção. Estávamos tão próximos que podia sentir sua respiração. Seu olhar desceu até a minha boca e permaneceu ali por alguns segundos cheios de tensão. Então ele se sentou bruscamente e voltou a mexer nos discos até encontrar e me mostrar um.

— Abbey Road? — decidiu.

— Não! Esse não. É que...

— Vai, é o meu preferido.

Analisei com outros olhos a lendária capa em que os Beatles apareciam atravessando a rua na faixa de pedestres. Eu também adorava aquele disco, mas a música sete... eu não tinha voltado a escutá-la e não pretendia voltar a escutar, nem naquele momento, nem nunca. A sete eu sempre pulava, sempre. No fim, concordei com a cabeça, decidindo que faria exatamente isso, e "Come together" inundou a sala antes de "Something" tocar na sequência.

Ficamos conversando, deitados muito próximos. Eu escutava, fascinada, ele falando de Paul Gauguin, um de seus pintores favoritos, todo cheio de cores com seu estilo sintetista. Sua obra-prima foi *De onde viemos, o que somos, para onde vamos*, que ele pintou pouco antes de tentar se suicidar. Axel também gostava de Van Gogh e, enquanto tocava "Oh! darling" e ele continuava cantando feito bobo, me dei conta de que nenhum desses dois artistas teve sucesso em vida e que ambos estavam um pouco ligados à loucura.

— E você? De quem você gosta? — Axel perguntou.

— De muitos. De muitos mesmo.

— Vai, me fala de um em particular.

— Monet me transmite algo especial e tem uma frase dele que eu amo.

— Qual?

— "O motivo para mim é totalmente secundário; o que eu quero representar é o que existe entre mim e o motivo" — recitei de cabeça.

— Uma boa frase.

— Mas você sempre quer saber o motivo! Fica o tempo todo perguntando: "O que significa isso, Leah?" — imitei sua voz grave e rouca. — "O que é aquele ponto vermelho ali? O que você está tentando dizer com essa linha?".

— Não consigo evitar. Sou curioso.

Fiquei calada, relaxada, sem tirar os olhos das vigas de madeira do teto, pensando que aquilo era perfeito; estar ao lado dele, passar o sábado no mar, curtir a tarde entre pintura e música, cozinhando juntos, fazendo o que nos desse vontade... Desejei que fosse eterno.

E logo em seguida começaram a tocar os primeiros acordes. Eram fracos, sutis, mas eu os reconheceria em qualquer lugar do mundo. "Here comes the sun". Fiquei tensa imediatamente. Eu me apoiei no chão para me levantar o mais rápido possível e tirar a agulha daquela faixa, mas Axel entrou na minha frente. Me assustei quando ele colocou cada uma de suas mãos em um lado do meu corpo. Tentei escapar, mas ele me abraçou para me segurar, me deixando totalmente colada nele.

— Me perdoa, Leah.

— Não faz isso comigo, Axel. Eu não vou te perdoar.

As notas subiram e ecoaram ao nosso redor.

O abraço dele se fez mais acolhedor.

Eu me mexi tentando sair, tentando fugir...

71

Axel

Eu a segurei com mais força no chão e estremeci ao vê-la daquele jeito, tão ferida, tão destruída, como se aquelas emoções também me atravessassem de alguma forma, como se eu pudesse senti-las em minha pele. Leah tentou me afastar com todas as forças enquanto a música parecia girar em torno de nós.

Uma parte de mim só queria soltá-la. A outra, a parte que pensava que eu estava fazendo a coisa certa e que isso seria para o bem dela, me fez apertá-la, decidido, contra meu corpo. Afastei o cabelo do rosto dela e ela se sacudiu com um soluço.

— Pronto. Tranquila — sussurrei.

As notas foram diminuindo e Leah chorou do fundo da alma. Eu nunca tinha visto ela chorar dessa forma, como se a dor estivesse nascendo de dentro dela e saindo, finalmente.

"Here comes the sun, here comes the sun."

Afrouxei o abraço quando a música terminou. O corpo dela continuava tremendo debaixo do meu e as lágrimas escorriam por suas bochechas. Eu as limpei com os dedos e ela fechou os olhos. Não sabia como explicar a ela que nem sempre era possível esconder as memórias dolorosas em vez de enfrentá-las, nem como convencê-la de que era possível aprender com a dor e que às vezes era necessário fazer isso...

Eu me afastei e Leah se levantou.

Ouvi o som da porta do quarto dela se fechando.

Então fiquei sozinho enquanto o disco que ela não tinha conseguido parar continuava girando. Acho que eu deveria ter saído para fumar um cigarro na varanda e me acalmar antes de ir dormir, por exemplo. Ou deveria ter ficado um pouco mais ouvindo música até conseguir pegar no sono.

Deveria, mas não fiz nada disso.

Levantei e fui até o quarto dela. Entrei sem bater. Leah estava na cama, encolhida entre os lençóis, e eu fui adiante até me deitar ao lado dela. Seu cheiro suave e doce me abalou. Ignorei o bom senso quando levantei um braço e o passei em volta da cintura dela. Apertei-a contra meu corpo, odiando que ela estivesse de costas e que eu não pudesse vê-la.

— Querida, me perdoa...

Ela soluçou de novo. Mais fraco dessa vez.

Mantive minha mão na barriga dela e seu cabelo despenteado fazia cócegas no meu nariz. Eu só queria que ela parasse de chorar e, ao mesmo tempo, que continuasse chorando, queria que ela se esvaziasse completamente...

Fiquei com ela no escuro até ela se acalmar. Quando a respiração dela ficou mais tranquila, percebi que ela tinha dormido e pensei que eu tinha que soltá-la e sair dali. Pensei... mas não fiz. Continuei acordado ao lado dela durante o que me pareceram horas e, em algum momento, devo ter pegado no sono, porque quando voltei a abrir os olhos, a luz do sol já estava entrando pela pequena janela do quarto.

Leah me abraçava, com as pernas entrelaçadas nas minhas e as mãos no meu peito. Meu coração disparou. Olhei para ela, adormecida em meus braços. Olhei para o seu rosto tranquilo, as bochechas arredondadas e as sardas desbotadas pelo sol em volta de seu nariz arrebitado.

Senti uma fisgada no estômago.

Eu só queria beijá-la. Só isso. E fiquei assustado, porque não tinha nada a ver com desejo. Eu me imaginei fazendo isso. Inclinando-me e tocando os lábios dela, cobrindo-os com os meus, lambendo-os com a minha língua devagar, sentindo o seu sabor...

Leah se remexeu inquieta. Pestanejou e abriu os olhos. Não se afastou. Só levantou um pouco o queixo e olhou para mim. Prendi a respiração.

— Diz que você não me odeia.

— Eu não te odeio, Axel.

Dei um beijo na testa dela e ficamos ali, no silêncio da manhã, abraçados na cama dela sem dizer nada, com a bochecha dela apoiada em meu peito e meus dedos afundando-se em seus cabelos enquanto eu me esforçava para manter o controle.

72

Leah

Fazia um dia ensolarado, com apenas algumas nuvens no céu. Sei disso porque, na estrada rumo a Brisbane, eu estava com a cabeça colada na janela do banco de trás, pensando em como era bonito o céu azul-cobalto. Tentei imaginar quais tintas eu teria que usar para recriar aquela cor, quais as tonalidades exatas...

— Muito nervosa, querida? — perguntou minha mãe.

— Não muito. — Coloquei as mãos no pescoço e percebi que tinha deixado o fone de ouvido em casa. Deslizei os dedos pelo cinto de segurança. — Pai, pula essa música?

Ele avançou e "Octopus's garden" começou a tocar.

Estávamos a caminho da galeria de um amigo dos meus pais que tinha ido à nossa casa duas semanas antes e se interessado por um quadro meu que estava pendurado na parede da sala. Ele havia comentado que estavam pensando em fazer uma pequena exposição de jovens artistas promissores, com entrada gratuita, e sugeriu que fôssemos a Brisbane para conhecer seus outros sócios e ver se algum dos meus trabalhos poderia ser utilizado.

— A gente pode almoçar depois que sair de lá, conheço um lugar perto da galeria onde fazem os melhores mexidos, de tudo que você pode imaginar: champignon, camarão, bacon, aspargos... — Meu pai riu quando minha mãe disse que ela já tinha conseguido captar o conceito de "tudo" e eu pedi para ele mudar para a música seguinte.

"Here comes the sun. Here comes the sun."

— Eu amo essa música — eu disse. E cantarolei animada.

— O bom gosto é de família — respondeu meu pai.

Sorri quando ele me olhou pelo retrovisor e piscou para mim. E um segundo depois, apenas um, o mundo inteiro congelou e parou de girar. A música cessou de repente e o barulho ensurdecedor da carroceria se despedaçando invadiu os meus ouvidos. O carro capotou algumas vezes e, com um grito entalado na garganta que nunca cheguei a dar, eu só consegui perceber uma mancha verde desfocada, que mostrava que tínhamos saído da pista. Depois... apenas silêncio. Depois... apenas um vazio imenso.

Meu corpo inteiro doía, meu lábio estava cortado e eu sentia um sabor metálico de sangue na boca. Não conseguia me mexer. Engoli a saliva. Era como se tivesse uma pedra na garganta. Não consegui ver minha mãe, mas vi meu pai, o rosto todo ensanguentado, o ferimento na cabeça...

— Pai... — sussurrei, mas ninguém respondeu.

73

Axel

Naquela semana deixei Leah com suas dores, curando suas feridas.

Ela estava calada. Ia para o colégio de manhã e eu ficava apoiado no guarda-corpo de madeira observando-a pedalar até desaparecer no final da rua. Depois eu tomava o segundo café, trabalhava e contava os minutos até ela voltar. Almoçávamos sem conversar muito; ela um pouco ausente, eu prestando atenção em cada um de seus gestos.

O problema com Leah era que eu não precisava falar para entendê-la mais e mais a cada dia, bastava observá-la se recompor pouco a pouco, recolher seus pedaços, guardá-los nos bolsos e depois ver como ela se esforçava para juntá-los e encaixá-los novamente. Eu a teria ajudado se ela tivesse me pedido, mas eu sabia que alguns caminhos precisam ser percorridos a sós.

74

Leah

Foi libertador. E duro. E doloroso.

Foi voltar atrás, àquele momento, lembrá-lo, enfrentá-lo, deixar de vê-lo como algo irreal ou distante, e aceitar que ele tinha acontecido. Para mim. Para nós. Que, um dia, uma mulher dormiu no volante depois de sair de um turno de doze horas num hospital e bateu em nosso carro, tirando-o da rodovia. Que meus pais tinham morrido na hora. E, principalmente, que eles não iam mais voltar. Essa era a realidade. Essa era a minha vida agora.

75

Leah

—O que você acha de irmos a Brisbane no sábado?
—Para quê? — Olhei para Axel, que estava na rede.

— Já falamos disso; a gente pode ver a universidade, o campus, dar uma volta...

— Não sei... e domingo o Oliver vem me buscar.

— A gente volta cedo. Vai, diz que sim.

Ele sorriu e eu não consegui negar, então, três dias depois, estávamos os dois no carro a caminho da cidade. Eram quase duas horas de viagem, por isso, relaxei, tirei as sandálias e liguei o rádio, deixando em um programa de notícias locais. Axel dirigia tranquilo, com um braço apoiado na janela e o outro no volante. Estava usando óculos escuros e uma camiseta de algodão com o desenho de uma palmeira no meio do peito. Lembrei da sensação de dormir exatamente ali, encostada nele, abraçada ao calor daquele corpo. Quem dera pudesse acontecer...

Desviei o olhar e comecei a notar as cores que deixávamos para trás: o verde das folhas das árvores, o cinza desfocado do asfalto e o pedaço de céu azul que aparecia no retrovisor. O mundo era bonito demais para não querer pintá-lo.

— Em que você está pensando? — Axel abaixou o volume do rádio.

— Em nada. Nas cores. Em tudo.

— Uma resposta um pouco ambígua.

Ele riu. Eu adorava o som da risada dele.

Não conversamos muito até chegarmos a Brisbane. A cidade nos recebeu com suas ruas largas e cheias de vegetação. Axel dirigiu até a universidade e eu comecei a sentir uma sensação estranha no estômago, porque me dava nervoso olhar para aquilo tudo e pensar que talvez, em meio ano, eu poderia estar ali, sozinha e longe de tudo que eu conhecia e amava.

— Preparada? — Ele já tinha estacionado.

— Não sei.

— Vamos, eu sei que está. — Axel saiu do carro, deu a volta e abriu a porta do passageiro. Estendeu a mão para mim. Eu a aceitei e ele puxou com delicadeza. — Mente aberta, Leah. E pensa em tudo que você queria fazer antes, tá bom? Você deve isso a você mesma.

Eu o segui em silêncio. Percorremos o campus. Os olhos de Axel brilharam quando ele começou a se lembrar dos anos em que ele era estudante naquele lugar. Ele me mostrou onde costumava sentar com os colegas para comer em uma cafeteria e o gramado debaixo de uma árvore onde ele escapava para ler um pouco e fumar um cigarro quando não ia a uma ou outra aula. Me contou histórias divertidas sobre os professores que teve e coisas que aconteceram com ele naquele lugar cheio de histórias.

Cruzamos com pessoas que pareciam tranquilas, e havia muitos alunos com material de desenho entrando e saindo das salas ou andando pelos corredores. Engoli em seco, me lembrando da quantidade de vezes que me imaginei exatamente assim, estudando naquele lugar, com uma vontade imensa de devorar o mundo, de criar, de sentir e mostrar...

— Tudo bem, Leah?

Fiz que sim com a cabeça.

— Vamos comer alguma coisa.

Sentamos em uma das cafeterias e pedimos dois sanduíches vegetarianos e dois refrigerantes. Comemos em silêncio. Eu não conseguia parar de olhar ao redor, de me embebedar de tudo aquilo, das risadas na mesa ao lado, do garoto que desenhava alheio ao mundo, sentado em um canto com seus fones de ouvido, da independência que eles pareciam ter.

— Eu adoraria ter estado aqui há dez anos — sussurrei. — E ter vivido isso com você, compartilhar tudo... Por que a vida é tão injusta?

Axel sorriu, inclinando a cabeça.

— Você não faz ideia de como você parece uma menininha falando assim.

— Não precisa zombar de mim, foi só um pensamento.

Axel segurou meu pulso por cima da mesa, desenhando pequenos círculos na minha pele com o polegar. Senti um arrepio.

— Não quis dizer nesse sentido. Você nunca ouviu falar que a gente precisa manter sempre viva a criança que existe em nós? Bem, não perca isso nunca, porque, no dia em que perder, uma parte de você terá ido embora também. — O olhar dele desceu até nossas mãos unidas. — Eu teria gostado, também... de compartilhar isso com você. Apesar de que ia ter o lado ruim também, claro.

— E qual seria o lado ruim?

— Você teria sido a nerd da sala, a melhor. Eu teria tentado colar de você em alguma prova depois de ter faltado às aulas um mês inteiro e você provavelmente teria me mandado à merda.

Dei risada. Mexi os dedos e rocei nos dele. Ele respirou com mais força, mas não se afastou. Ele tinha a pele macia, as unhas curtas e masculinas.

— Não é verdade. Eu teria te passado cola.

— Que boazinha. E mais nada? Você teria aceitado sair comigo?

Estava com um nó na garganta e não conseguia tirar os olhos dele.

— Depende de quais fossem suas intenções.

— Você sabe que as piores possíveis, querida.

— Existem coisas ruins que valem a pena.

Um músculo se contraiu em sua mandíbula e ele me soltou de repente. Deslizou a mão pela mesa até apoiá-la no encosto da cadeira.

Levantamos logo depois e retiramos as bandejas de comida. Caminhamos um pouco mais pelo campus antes de dar um passeio por South Bank. Andamos pela margem do rio, passando pela Ponte Victoria e chegamos ao GoMa, a maior galeria de arte moderna e contemporânea da Austrália. O pavilhão foi projetado para harmonizar natureza e arquitetura, aproveitando a localização próxima ao rio. E a atmosfera era maravilhosa.

Não sei quantas horas ficamos lá dentro, mas o tempo passou voando. Observei e admirei cada obra, prestando atenção às cores, às texturas e aos volumes, analisando os mínimos detalhes. Às vezes Axel desaparecia ou eu o encontrava sentado em outra sala, pensativo e paciente. Ele não me apressou. Até que eu disse que já tinha visto o suficiente para aquele dia e que podíamos ir embora.

Voltamos caminhando até o carro. Ele colocou as mãos no volante.

— Quer dar uma volta ou prefere ir direto para casa?

— Qual é a proposta?

— Que você se deixe levar.

— Acho que nada pode dar errado, né?

— Espero que não — sussurrou baixinho.

Seus olhos percorreram meu rosto e pararam na minha boca. Meu coração disparou. Ele balançou a cabeça e ligou o carro. Pensei num artigo que eu tinha lido um tempo atrás, que reunia palavras que definiam conceitos que não existem em nossa língua. *Mamihlapinatapai*, em yámana, significava "um olhar entre duas pessoas, em que cada uma delas espera que a outra comece uma ação que ambas desejam, mas nenhuma se atreve a iniciar".

76

Axel

Dirigi em silêncio por aquela cidade que eu conhecia tão bem e onde tinha vivido tantas coisas. Fui tomado pelas lembranças. Em todas estava Oliver, o melhor amigo que eu poderia ter desejado, que nunca se importava com minhas loucuras ou minhas idiotices, que simplesmente as ignorava ou não dava importância.

E lá estava eu. Com a irmã dele no banco do passageiro, tentando reprimir o desejo que eu tinha por ela, tentando ignorar como eu me sentia quando estava ao lado dela.

Começava a anoitecer quando parei na movimentada área da Stanley Street Plaza, onde nos fins de semana acontecia uma feira com barracas de roupas originais e ecléticas, de estilistas iniciantes, joias feitas à mão, arte, antiguidades, fotografias...

Uma banda tocava ao vivo enquanto Leah e eu caminhávamos pelas ruas. Ela parecia feliz parando em cada barraca, olhando qualquer bugiganga que lhe chamasse a atenção. E eu não pensava em qualquer outra coisa porque estava ocupado demais olhando para ela.

Não conseguia parar de me perguntar como era possível que eu não tivesse reparado nela antes. Ela. Na mulher que ela havia se tornado. Ou talvez... talvez eu tenha optado por não vê-la.

— O que você acha? — Leah provou um anel.

— É bonito, compra!

Ela pagou e demos mais uma volta, até que meu estômago começou a roncar e decidimos jantar. Fomos a um restaurante que fazia o melhor hambúrguer vegetariano do mundo.

— É muito bom mesmo — admitiu ela, enquanto comia.

— Claro que é. Mas me fala, o que achou de tudo isso?

— Da universidade? De Brisbane?

— Sim. O que achou?

— Eu sempre gostei, mas...

— Continua com medo.

— É inevitável.

— Olha só. — Deixei o hambúrguer no prato. — Você acha que as outras pessoas também não passam pela mesma coisa, Leah? Todo mundo tem seus medos. Vai ter um monte de estudantes como você começando a faculdade no ano que vem, assustados porque é a primeira vez que saem de casa e porque vão ter que aprender a ser independentes e a se virar sozinhos.

Ela não me contradisse, só ficou comendo seu lanche com uma expressão ausente e pensativa.

— Por que antes você pintava e agora não pinta mais, Axel? Enquanto estava na faculdade...

— Você ainda não adivinhou? — fiquei tenso.

— Não, eu não entendo. Você... você tinha talento.

— E nada mais. Esse era o problema. Ainda é.

— Me explica, por favor — suplicou.

Eu me inclinei para ela.

— No dia que você me entender, vai enxergar melhor você mesma.

Resmungou contrariada e eu fiquei com vontade de rir. Esperei tranquilo enquanto ela acabava de comer e depois caminhamos até passar por uma balada que já estava cheia de gente. Já era tarde, mas a ideia de entrar no carro e deixar que aquele dia terminasse não me entusiasmou muito. Então nem pensei, apenas continuei agindo como se ela fosse uma garota qualquer e não Leah. Sentamos em uns bancos em frente ao balcão. Pedi só uma cerveja, porque ia dirigir depois, e disse a ela que podia pedir o que quisesse. Leah escolheu um drinque com morango e um toque de limão.

As luzes da pista eram discretas e as LEDs azuis do balcão não chegavam a iluminar bem as pessoas que estavam dançando.

Tomei um gole de cerveja e lambi os lábios. Olhei para Leah até que ela começou a corar.

— O que foi? — perguntou, envergonhada.

— Estava pensando...

— Em quê? Surpreenda-me.

— Em você. Em mim. Em nossas diferenças.

— Eu acho que a gente tem mais em comum do que você pensa — sussurrou Leah.

— Pode ser. Mas entendemos o mundo de formas diferentes. Você olha para um céu com nuvens e vê uma tempestade. Eu olho para um céu com nuvens e vejo um céu aberto.

Leah engoliu em seco. Vi a garganta dela se movendo.

— E qual é a melhor opção?

— Curiosamente, acho que nenhuma.

Ela deu risada e duas covinhas se formaram. Fiquei com vontade de mordê-las. Tomei um gole longo de cerveja, porque ou eu fazia isso ou ia ceder à tentação, ao desejo...

— Dança comigo? — perguntou.

— Sério?

— Por que não? Vamos, eu não mordo.

Caralho, você não, mas eu sim.

Leah me estendeu a mão e eu acabei aceitando. Nos perdemos no meio da pista, rodeados de desconhecidos. Foi uma sensação estranha perceber que ninguém ali sabia quem era ela ou quem era eu, que naquele anonimato tudo parecia ter menos importância.

Mantendo uma distância segura, deslizei as mãos pela cintura dela até chegar em seus quadris. Começou a tocar uma música lenta, da qual anos mais tarde eu me lembraria toda vez que pensasse nela, "The night we met". Era quase doloroso acariciá-la apenas com o olhar, porque só isso já não era mais suficiente.

— Axel, deixa eu curtir esse momento... só esse.

Leah passou os braços pelo meu pescoço e me abraçou, bem colada a mim. Apertei-a contra meu corpo, me movendo devagar, quase parado no meio da pista, sentindo a respiração dela fazer cócegas em meu pescoço e suas mãos se emaranharem no meu cabelo.

Abaixei um pouco a cabeça e dei um beijo na orelha dela, quase no lóbulo, e continuei devagar pela linha da mandíbula até chegar em sua bochecha. Fechei os olhos, apenas sentindo a suavidade de sua pele, sentindo o cheiro dela, o calor de sua respiração, como era perfeito aquele abraço, aquela música, aquele momento, tudo.

Eu ia beijá-la. Ia fazer isso. Foda-se todo o resto.

E, no momento em que toquei em seus lábios, soube que seria um desastre, mas também que seria o melhor desastre da minha vida.

Eu a segurei pela nuca antes de cobrir seus lábios com os meus. Foi um beijo de verdade. Não houve dúvida nem recuo, apenas minha língua entrando em sua boca e procurando a dela, meus dentes prendendo seu lábio inferior, minhas mãos subindo até suas bochechas como se eu temesse que ela se afastasse. Apreciei cada toque, cada segundo, o sabor de morango que ela tinha.

Pensei que aquele momento valia as consequências.

Leah ficou na ponta dos pés e se apoiou em meus ombros quando eu me apertei mais contra ela, como se precisasse se segurar em algo sólido. Pressionei de novo meus lábios sobre os dela e achei que beijá-la me acalmaria, mas foi exatamente o contrário. Eu precisava tocá-la em todas as partes. Desci as mãos e apertei sua bunda, colando-a ainda mais ao meu corpo, me esfregando nela.

— Axel... — A voz dela foi quase um gemido.

Aquilo era a última coisa de que eu precisava. Aquele som deliciosamente erótico no meu ouvido.

Tomei fôlego entre um beijo e outro, ansioso, e comecei a me mover pela pista sem soltá-la até que avançamos alguns metros e paramos na entrada dos banheiros. Abri a porta com um empurrão, ignorando um cara que tinha acabado de sair, e nos metemos lá dentro. Leah estava com os olhos fechados, entregue, como se confiasse em mim cegamente, tremendo cada vez que eu a tocava. Nós nos trancamos em um dos cubículos. Ela gemeu quando peguei em um de seus seios e o apertei, a respiração ofegante com aquele beijo intenso e molhado.

O que eu estava fazendo? Eu não tinha a menor ideia.

Eu só sabia que não queria parar. Que não conseguia parar.

— Estou perdendo o controle — murmurei.

— Para mim está ótimo — disse Leah ofegante, aflita, procurando por mim.

Se eu estava esperando que ela fosse pisar no freio, estava fodido. Apoiada na parede de azulejos, Leah passou as mãos pelo meu pescoço e me puxou para ela, mais e mais perto, até que voltamos a nos esfregar por cima da roupa. E foram movimentos intensos, cheios de desejo. Da forma como eu teria trepado com ela se não estivéssemos os dois de calças jeans. Eu nunca tinha ficado tão excitado. Procurei na minha cabeça algum resquício de bom senso, mas desisti quando ela mordeu meu lábio inferior e me machucou.

— Puta merda, Leah. — Dei um passo para trás para poder deslizar a mão por entre suas pernas e acariciá-la por cima da calça. Forte. E rápido. Porque eu precisava ver a expressão dela enquanto ela gozava e guardar aquela lembrança para sempre.

Ela gemeu e eu a segurei pela cintura com a mão que estava livre, enquanto ela arqueava as costas e se deixava levar com os olhos fechados e os lábios entreabertos.

Lábios que eu fechei com um beijo. E então a soltei devagar.

Leah olhou para mim, respirando ainda agitada. Suas bochechas estavam em brasa, e seus olhos cheios de perguntas que eu não sabia responder. Respirei fundo tentando me acalmar e a abracei, apoiando o rosto em sua cabeça. O barulho do lado de fora voltou, como se até aquele momento a música e as vozes das outras pessoas nunca tivessem existido.

— Vamos para casa, Leah.

Peguei na mão dela e a puxei para fora do banheiro. O vento fresco me arejou um pouco a cabeça enquanto descíamos a rua. Eu continuava excitado e meu coração ainda batia acelerado e nervoso dentro do peito, como se estivesse me alertando sobre o que tinha acabado de acontecer, me mostrando a linha que eu tinha acabado de cruzar. Eu sabia que não havia como voltar atrás, que aquilo não tinha mais conserto, nem para mim, nem para ela.

Quando entramos no carro, o silêncio ficou mais denso. Coloquei as mãos no volante e respirei fundo.

— Você está se arrependendo — ela sussurrou. Havia dor em sua voz.

Segurei o queixo dela entre meus dedos e a beijei devagar, ficando com o sabor salgado de suas lágrimas na minha boca. Me afastei para limpar o rosto dela.

— Juro que não. Mas eu preciso de algumas horas para organizar minha cabeça.

— Tá bom. — Ela sorriu para mim. Só para mim.

Dei outro beijo nela antes de sair com o carro.

A ausência me acompanhou durante toda a viagem de volta: ausência de luzes na estrada e de vozes também; nada além da respiração pausada de Leah quando ela pegou no sono ao meu lado. Então tive tempo de ficar sozinho com meus pensamentos, mas, quando chegamos e estacionei na rua ao lado de casa, continuava igualmente confuso e fodido. A única coisa que estava muito clara era que eu sentia algo por Leah e que, àquela altura, negar isso seria uma idiotice.

Talvez por isso abri a porta de casa, depois voltei para o carro, soltei o cinto de segurança dela e a peguei nos braços. Leah entreabriu os olhos e me perguntou onde estava. Eu só falei para ela voltar a dormir e a deitei na minha cama. Voltei para o carro, peguei sua bolsa e a larguei no sofá antes de pegar o maço de cigarros e sair para fumar na varanda. Contemplei o céu enquanto fumava e voltei para ela.

Eu me deitei ao lado dela e a abracei. Leah acordou de novo e se virou para apoiar a cabeça em meu peito. Fiquei ali minutos, horas, sei lá, acariciando o cabelo dela e olhando para o teto do meu quarto, me convencendo de que aquilo era real, de que minha vida ia mudar. Alguns riscos valiam a pena. Alguns...

77

Axel

Batidas. Batidas na porta. Abri os olhos.

Merda, merda, merda. Leah estava abraçada a mim. Eu a chacoalhei para acordá-la e consegui na terceira sacudida. Ela me olhou confusa, ainda sonolenta.

— Levanta. Vai. Rápido! — Ela obedeceu assim que me entendeu. — Vai para o banheiro.

Tentei me preparar mentalmente antes de abrir a porta, mas em vão, porque a imagem de Oliver sorrindo para mim fez meu estômago revirar. Abri passagem para deixá-lo entrar. Ele parecia feliz. Foi até a cozinha e se serviu de um café.

— É de ontem? — perguntou.

— É, a gente estava dormindo.

— Ah, é? Por quê? — Procurou o açúcar.

— Voltamos tarde. Fomos até Brisbane, eu não tinha te falado? — Esfreguei o queixo, mas parei quando me lembrei de que isso era um sinal de que a pessoa estava mentindo: tocar no próprio rosto, gesticular com as mãos. Eu estava paranoico. — Passamos pela universidade e pela galeria de arte. — "E depois, para terminar o dia, eu a masturbei no banheiro de uma balada. Foi a cereja do bolo."

— É verdade. Como foi o passeio?

— Tudo bem. — Leah apareceu na cozinha.

— O que achou da universidade?

— Interessante. — Ela ficou na ponta dos pés para dar um beijo na bochecha do irmão, e ele a abraçou antes de ela escapar. — Tenho que arrumar a mala.

— Ainda não está pronta? Não brinca. Eu vim direto do aeroporto e preciso tomar um banho urgente, ou vou me transformar em alguma coisa bem estranha.

— Ontem não deu tempo. Não vou demorar.

Leah foi para o quarto e eu me esforcei para me manter calmo, mas por dentro estava prestes a ter um infarte. Oliver se apoiou no balcão e eu consegui fazer pelo menos dois neurônios funcionarem para preparar um café, porque eu precisava de uma dose de cafeína na veia imediatamente.

— Como estão as coisas em Brisbane?

— Tudo igual, como sempre. Poucas mudanças. Aonde vocês foram?

— Jantamos no Guetta Burger.

— Ainda está aberto? — Sorriu animado. — Quantas lembranças... Nunca vou esquecer aquela vez que a gente ficou bêbado e tentou entrar na cozinha. O dono era gente boa.

— Não sei se ainda é o mesmo...

— Verdade. E o campus? Tudo igual?

— Mais ou menos. E você, como vai?

— Bem. Um mês tranquilo.

— Transar com a chefe deve ter alguma vantagem.

Oliver tentou me dar um soco no ombro, eu me esquivei e, por um segundo, senti que tudo estava voltando ao normal entre nós. A sensação evaporou assim que Leah saiu do quarto arrastando a mala e o irmão dela se adiantou para pegá-la.

Segurei no batente da porta depois de abri-la. Oliver já estava a caminho do carro quando me inclinei e dei um beijo na bochecha dela. Um beijo que durou alguns segundos a mais do que o normal. Ela me olhou hesitante antes de se virar e ir embora.

Fechei a porta, me apoiei na parede e esfreguei o rosto.

Tentei me focar na rotina para não pensar muito. Surfar e ficar no mar até me acabarem as forças. Depois, trabalhar. E no final da tarde, quando eu achava que acabaria subindo pelas paredes de tanto pensar no mesmo assunto, resolvi dar uma volta. Cheguei no Cavvanbah e tomei umas cervejas com Tom, Gavin e Jake. Mais escutei as histórias deles do que falei, para não ouvir a mim mesmo. Era quase de madrugada quando Madison se aproximou e me perguntou se eu a esperaria até que o bar fechasse, mas neguei com a cabeça, peguei as chaves que eu tinha deixado em cima da mesa e voltei para casa caminhando.

Não sei por que fiz isso, como também não soube da outra vez, mas entrei no quarto de Leah. Dessa vez, fiquei paralisado na porta. Em cima da cama, colocado ali cuidadosamente, ela tinha deixado o bloco de desenhos que tanto me intrigara no mês anterior. Ao lado, uma folha. Deduzi que era a folha em que ela estava desenhando no dia em que não me deixou ver e disse que aquele desenho era dela.

Eram duas silhuetas, duas bocas, dois lábios.

Um beijo. O nosso beijo. Eternizado no papel.

Prendi a respiração enquanto me sentava na cama, apoiando as costas na cabeceira de madeira. Peguei o caderno e comecei a virar as páginas. Leah estava em todas e em cada uma delas. A raiva. A dor. A esperança. A expectativa. Observei os contornos de alguns desenhos, todos feitos em lápis carvão, todos com um ar melancólico, mesmo os que representavam lábios próximos respirando-se, mãos unidas tocando-se timidamente.

E, quando terminei de vê-la, nua daquela forma tão visceral, só consegui pensar que o amor tinha gosto de morango, tinha dezenove anos e os olhos da cor do mar.

78

Leah

Deitada na cama, fechei os olhos e me lembrei do beijo. Os lábios macios e ansiosos dele, a boca quente, as mãos se movendo pelo meu corpo, me segurando junto a ele. Era azul e vermelho e verde. A respiração acelerada, o gosto dele, a voz rouca e sensual no meu ouvido. E dali surgiam o ciano, o magenta e o amarelo. De alguma forma éramos uma mistura perfeita, como quando algo parece caótico, mas de repente, em um beijo, tudo se encaixa; não importava se eu visse céus de tempestade, e ele, céus abertos.

No final, éramos branco. Nós.

79

Axel

Passei a semana inteira fechado em casa trabalhando, tentando voltar à rotina que eu tinha meio ano atrás, antes de ela colocar os pés naquela casa e mudar tudo para sempre. Assim, terminei a maior parte das encomendas. E apesar de eu não ter nada para fazer, quando Oliver me chamou para tomar uma cerveja na sexta à noite, disse a ele que não estava muito bem. Estava sendo um babaca covarde? Provavelmente. Mas confessar a ele o que estava acontecendo não era uma opção, a não ser que eu quisesse morrer enquanto contava.

E tinha a outra alternativa.

Não continuar. Parar tudo.

Mas eu não conseguia. Poderia até tentar, se eu não morasse com ela, se eu não gostasse dela um pouco mais a cada dia, se eu não estivesse começando a precisar dela mais e mais. Porque o amanhecer, quando Leah não estava, perdia um pouco do encanto, e as noites sem ela na varanda eram frias e silenciosas.

No sábado liguei para o meu pai.

Liguei por ligar. Talvez por ter pensado demais no que meu irmão tinha me falado. Talvez porque eu estava me sentindo sozinho e confuso, e não estava acostumado a isso.

Combinamos de jantar em um restaurante italiano. Ele já estava lá quando cheguei, sentado numa mesa de canto com um olhar ausente, mas que se iluminou quando me viu e me recebeu com um abraço.

— E aí, parceiro! Vem, sente-se!

— Já pediu alguma bebida?

— Não. Quer uma taça de vinho?

— Melhor uma garrafa — respondi, e peguei o menu.

— Está tudo bem? — Pela primeira vez em muito tempo, o sorriso do meu pai estremeceu. — Sua mãe ficou preocupada quando você me ligou. Disse que só poderiam existir três motivos para você combinar um encontro a sós comigo.

— Sério? Vamos lá, me conta quais são esses três motivos.

— Você sabe como é a sua mãe — me advertiu antes de começar. — Ou você engravidou uma turista, ou está metido em algum problema com as leis, ou está morrendo por alguma doença e não quer contar nada para não preocupá-la.

— A mamãe está doida — assegurei, dando risada.

— Sim, mas não podemos negar que não é normal você me ligar — sondou, inquieto.

Eu me senti um pouco culpado. Suspirei.

— É, eu deveria ter feito isso mais vezes.

O garçom voltou com a garrafa de vinho e pedimos o jantar.

— Axel, se estiver acontecendo alguma coisa...

— Está tudo bem, pai. É que outro dia Justin me fez perceber algumas coisas. Coisas que não gostei. — Franzi a testa, incomodado. — Alguma vez você... você se sentiu deixado um pouco de lado por causa da minha relação com Douglas?

Meu pai pestanejou, surpreso.

— Seu irmão te falou isso?

— Sim, algo assim.

— Axel, sempre que se ouve alguma coisa, é preciso tentar entender mais do que a informação básica, é preciso ir um pouco além da superfície. Palavras são enganosas, mascaram coisas. Eu nunca me senti deixado de lado por causa da sua amizade com Douglas. Você tinha uma relação diferente com ele. Não era ele quem tinha que te dar uma bronca cada vez que você fazia algo errado, não era ele quem te deixava de castigo. Ele não era seu pai.

Serviram meu prato de espaguete.

— Então por que Justin me disse isso?

— Já te falei, é preciso olhar além... — Meu pai se limpou com o guardanapo e me olhou antes de decidir falar. — Talvez ele não assimile bem o fato de você considerar Oliver seu irmão, um irmão de verdade, como você já comentou uma ou outra vez.

— Caralho, mas eu não... não estava falando sério... — Ou estava. Balancei a cabeça.

Lembrei da careta que Justin fez outro dia quando me disse que tinha coisas para fazer e foi para a cozinha. E como o meu apoio pareceu ser importante para ele mês passado na casa dos meus pais. Suas tentativas fracassadas toda vez que ele tentava se aproximar e eu o provocava, brincando. Nunca fiz de propósito, mas é que em algumas relações a gente acaba criando alguns hábitos com o passar dos anos.

— Mas eu amo aquele engomadinho — admiti.

— Eu sei, rapaz, eu sei. Deixa eu provar seu espaguete. — Esticou a mão e enrolou alguns fios com o garfo.

— Pai, posso te fazer uma pergunta?

— Depende, se for sexual, não.

— Caralho! Não quero nem imaginar algo assim.

— Melhor assim, seria um pouco constrangedor. Pode não parecer, mas sua mãe é bastante fogosa.

— Pelo amor de Deus, eu não quero ouvir nem meia palavra sobre isso!

— Beleza, bico fechado. O que quer saber?

— Por que você é tão tolerante com ela?

Meu pai me olhou muito sério.

— Axel, sua mãe não está bem. Quando algo assim acontece, algo inesperado, é como um dominó, sabe? Uma peça cai. Nesse caso, duas. E essas peças provocam uma reação em cadeia, em maior ou menor medida. É complicado.

— Por que ela não fala com ninguém?

— Ela fala sim. Comigo. Todas as noites.

Assenti, distraído, com o olhar fixo no meu prato.

— Mas você a ama... — sussurrei. — Não era uma pergunta.

— Sua mãe e vocês são o meu mundo.

Tinha uma pitada de orgulho na voz do meu pai que eu não entendia porque não conhecia aquela sensação, a sensação de ter uma família própria, com suas regras e tradições, escolher a pessoa com quem você quer passar o resto da vida; os anos bons e os ruins também, os difíceis. Ver seus filhos crescendo, envelhecendo... Tudo isso me parecia muito distante, talvez porque eu nunca tinha cogitado algo assim para mim.

Mas eu tinha cogitado muitas outras coisas que tinham passado despercebidas para o meu pai, porque, se você está dentro do problema, enxerga a situação de uma forma, mas, se está fora, enxerga de outra maneira. Bati com os dedos na mesa.

— Acho que sei como você pode ajudar a mamãe.

Ele me olhou interessado, mas neguei com a cabeça e disse que contaria logo mais. Ele concordou, como sempre, e depois terminamos de jantar falando de tudo um pouco. Apontei para as pulseirinhas de couro trançado que ele estava usando no pulso direito, dessas que vendiam nas banquinhas de artesanato e que os surfistas locais costumavam usar.

— Ficam legais em você. — Tentei não rir.

— São muito legais. Quer uma?

— Não, na verdade...

— Vamos, rapaz, assim a gente fica combinando.

Sorri, enquanto ele tirava uma e a colocava no meu pulso. Depois, colocou o braço dele ao lado do meu.

— *Maravilindo.*

— Hein?

— Você está por fora. É *maravilhoso* e *lindo* em uma só palavra.

— *Maravilindo* — repeti, desconcertado.

— É isso aí, garoto.

**

No domingo, o almoço na casa dos meus pais foi um inferno. Meus sobrinhos tentaram me fazer brincar com eles, mas eu estava tão esgotado que acabei me sentando na poltrona à espera de Oliver e Leah. Minha mãe me perguntou de novo se estava acontecendo alguma coisa, porque era a segunda vez na vida que eu não chegava atrasado. Emily se sentou ao meu lado enquanto os meninos brincavam no quarto com Justin.

— Como vão as coisas no café? — perguntei.

— Como sempre. O Justin não tem paciência.

— Eu achava que ele tinha de sobra.

— Que nada... ele também tem seus dias ruins, embora não pareça. Ele me contou que falou com você sobre o problema.

— Sim, falou meio por cima. Tudo vai se resolver.

Bateram na porta e eu me levantei em um pulo.

Cravei os olhos em Leah assim que abri a porta e fiquei olhando para ela como um idiota, pelo menos até Oliver entrar na minha frente e me abraçar, batendo nas minhas costas com tanta força que quase me fez cuspir um pulmão.

— Ei, babaca, você me deu um bolo na sexta! — gritou.

— Shhh, as crianças! Nada de palavrão — advertiu Emily.

— Estava resfriado — menti.

— Era só levar uns lenços de papel.

— Muito engraçado — resmunguei.

Evitei cumprimentar Leah com um beijo na bochecha como eu costumava fazer, porque chegar tão perto dela... Não tinha certeza se seria uma boa ideia.

Percebi de relance seu olhar decepcionado.

Minha mãe veio com a comida e nos chamou à mesa. Sentei no meu lugar, ao lado de Leah. E passei o almoço inteiro com vontade de passar minha mão por baixo da toalha de mesa e tocar a dela. Ou, pior ainda, deslizá-la entre suas pernas. Eu estava atordoado e a situação só piorava com Oliver bem na minha frente falando sem parar e lembrando de histórias antigas. Não comi quase nada; apenas me levantei antes da sobremesa e avisei que estava de saída

— Mas já? Por quê? — Minha mãe parecia horrorizada.

— Eu tenho... que terminar um trabalho que preciso entregar amanhã.

Meu irmão foi o único que franziu a testa quando eu menti, como se soubesse que não era verdade. Me despedi rápido depois de combinar com Oliver que ele deixaria Leah em casa mais tarde, antes de ir para o aeroporto.

Algumas horas. Só isso. Horas.

Peguei a prancha e me perdi entre as ondas.

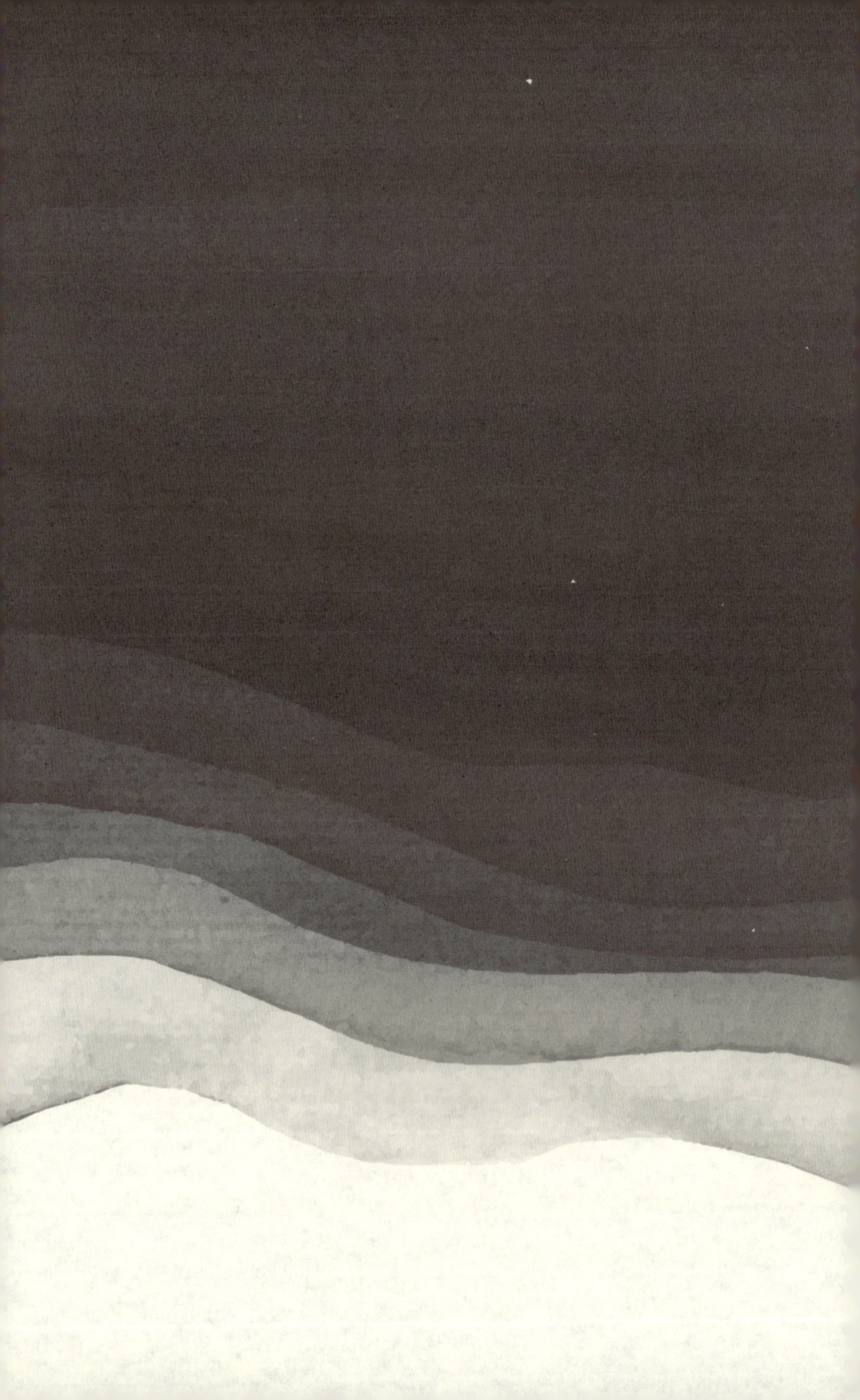

Setembro

[PRIMAVERA]

80

Leah

Oliver estava atrasado para o aeroporto, por isso só desceu do carro para pegar a mala no banco de trás. Me despedi com um beijo e com a promessa de ligar para ele pelo menos quatro vezes por semana. Segui pela ruazinha até a casa de Axel enquanto o carro se distanciava. Bati na porta, mas, como ninguém abriu, acabei procurando as minhas chaves. Entrei. Estava tudo quieto. Fui até o meu quarto e vi que Axel tinha folheado o caderno de desenhos que eu tinha deixado à vista para ele.

Sorri, mas estava tremendo por dentro.

Tremendo porque eu tinha medo de que Axel me dissesse de novo que não existia nada entre nós. Tremendo porque eu não podia mais fingir que não estava apaixonada por ele. Tremendo porque eu tinha voltado a sentir como antes, com toda força, e não suportaria ficar em casa uma noite mais enquanto ele beijava outra pessoa.

Deixei a mala em cima da cama, comecei a tirar as roupas e a guardá-las no armário. Ainda não tinha terminado quando o ouvi chegar.

Estava com os nervos à flor da pele. Saí e perdi o fôlego ao vê-lo de sunga enquanto colocava a prancha de lado. Ele levantou a cabeça e seus olhos me atravessaram.

— Oi — consegui sussurrar.

— Oi — Ele deu um passo em minha direção.

— Eu... acabei de chegar.

— Hmm. — Ele se aproximou mais.

Mordi o lábio.

— Quer conversar?

— Conversar? — Ele parou na minha frente e seus olhos desceram até minha boca. — Acho que conversar é a última coisa em que estou pensando.

— E o que você acha que...?

Não consegui terminar. Seus lábios cobriram os meus e foi um beijo implacável, um beijo diferente em meio ao silêncio daquela casa. Real. Intenso. Duro. Fechei os olhos, memorizando aquele momento que tantas vezes eu tinha sonhado.

A pele dele estava fria, o cabelo e a sunga ainda molhados, mas não me importei com isso quando o abracei como se nunca mais fosse soltá-lo. Eu só queria estar cada vez mais perto dele. E, apesar de todas as dificuldades, aquilo parecia tão natural quanto respirar, a forma como sua boca se encaixava na minha...

Axel me levantou e eu passei as pernas por sua cintura. Seguiu para o quarto dele e trombamos no batente da porta. Ele me apertou contra a parede. Então eu soube que ninguém nunca mais me beijaria daquela forma, tão selvagem, tão emocional, tão entregue àquele momento.

Ele me colocou no chão devagar, deslizando as mãos por cada curva do meu corpo. Eu tremia. De desejo. De poder tê-lo assim. De amor. Então me enchi de coragem e tirei a camiseta. Axel respirou fundo quando a peça caiu no chão. E ficou parado sem me tocar enquanto eu tirava também o sutiã.

Seus olhos se perderam em minha pele...

Meus joelhos estremeceram. Estava quase implorando para ele dizer ou fazer alguma coisa, mas então o olhar dele cruzou com o meu e eu não precisei mais de palavras, porque ali pude ver tudo. Vi o medo, mas também a determinação. O desejo.

Ele deu um passo à frente. Nossos peitos nus se tocaram quando ele apoiou sua testa na minha. Suas mãos acariciaram minha barriga e subiram até cobrir um dos meus seios. Seu polegar acariciou meu mamilo com um movimento leve, e o arrepio fez com que eu me agarrasse a seus ombros.

— Abre os olhos, Leah. Abre.

Abri. Axel abriu o botão dos meus shorts e o deixou cair. Deslizou o dedo indicador pelo elástico da minha calcinha, me matando lentamente, e a abaixou sem pressa até chegar em meus pés. Podia não ser a primeira vez que ele me via sem roupa e, na verdade, andar de biquíni era algo normal para mim, mas eu nunca tinha me sentido tão descoberta diante de seus olhos, completamente exposta. Naquele momento, se quisesse, Axel poderia ter estendido a mão e tirado o que quisesse de mim. Seria impossível negar qualquer coisa a ele, porque seria como negar a mim mesma.

— Agora você. Por favor — pedi.

Ele olhou nos meus olhos e se agarrou em mim. Pegou minhas mãos e as levou até o cordão que amarrava sua sunga. Meu estômago revirou enquanto a desamarrava. Ele me observava com a cabeça abaixada e a mandíbula contraída. Quando consegui tirá-la ficamos ambos nus, frente a frente.

Axel me beijou. Nossas línguas se enroscaram, nossas bocas se acariciaram. Chegamos até a cama e eu me deixei cair nela. No colchão, ele apoiou uma mão em cada lado do meu corpo e me olhou durante alguns segundos que pareceram uma eternidade.

— Eu quero te tocar — disse.

— E eu quero aguentar mais do que um minuto.

Eu ri e ele me beijou, silenciando o som da minha risada.

— Axel, por favor. Deixa.

Toquei nele e senti sua ereção. Pensei que tudo em Axel era perfeito. Ele respirou entre dentes enquanto eu o acariciava; depois fechou os olhos com força e se afastou. Sua mão deslizou pela minha barriga me fazendo cócegas, e então se perdeu entre as minhas pernas. Ele me beijou e colocou um dedo dentro de mim. Me contraí. Com a boca na minha boca, ele falou:

— Quer saber no que eu estava pensando antes?

Assenti. Estava com tanta vontade dele que meu coração ia sair do peito.

— Peguei a prancha para me acalmar porque eu queria conversar com você como uma pessoa normal. Mas quando cheguei em casa, quando te vi, fiquei louco. Só conseguia pensar que eu queria transar com você bem devagar, que eu queria te lamber e que você me lambesse, e que eu não conseguiria ficar um segundo mais sem te tocar. — Deslizou outro dedo, me fazendo gemer.

— Vem, Axel, agora — pedi, com a boca seca.

Ele esticou a mão até a mesa de cabeceira, pegou um preservativo e se colocou em cima de mim. Nossos lábios se encontraram e se fundiram em um beijo intenso e molhado. Senti que ele estava se segurando. Que estava tentando ser gentil. Que estava sendo delicado. Eu quis pedir que ele se soltasse, mas as palavras ficaram presas na minha garganta quando o senti dentro de mim, deslizando até que seus quadris se encaixaram com os meus e eu fiquei sem ar.

Ele me beijou inteira: nas bochechas, nas pálpebras, no nariz... e depois começou a se mexer devagar e eu me agarrei a seus ombros e o abracei com tanta força que fiquei com medo de machucá-lo. Porque eu já tinha me convencido de que ele nunca se interessaria por mim. Porque eu já tinha quase desistido dele. Porque, agora que eu sabia como era sentir as mãos dele na minha pele, achava que tinha valido a pena todos aqueles anos de espera sendo invisível.

Puxei o ar com força quando senti uma sacudida de prazer. Axel percebeu que eu me contraí e aumentou o ritmo, mordendo minha boca, respirando no meu pescoço, pressionando minha bunda como se precisasse penetrar mais fundo, mais rápido, mais intenso. Tudo mais. Eu não sabia que fazer amor podia ser assim. Arrebatador. Mais.

— Axel... — terminei sussurrando o nome dele.

Ele gemeu e se afundou em mim uma última vez antes de acabar, cravando os dedos nos meus quadris. Depois ficamos ali deitados no silêncio do quarto, respirando exaustos. Axel roçou minha orelha com os lábios e eu estremeci, ainda ofegante.

— Você vai ser a perdição da minha vida — sussurrou.

81

Axel

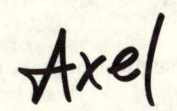

Abri os olhos devagar. A luz do sol entrava pela janela e o cabelo de Leah me fazia cócegas. Esfreguei o nariz na bochecha dela antes de dar-lhe um beijo. Ela se espreguiçou sem pressa de um jeito tão adorável que eu tive que me segurar para não tirar uma foto.

— Ei, acorda. A gente perdeu a hora.

— Humm... — Ela virou para o outro lado.

— Leah, você está atrasada para o colégio.

Ela virou e entrelaçou suas pernas entre as minhas. Ainda estávamos nus. Eu, excitado. Ela, com a pele tão macia que eu tinha vontade beijá-la inteira.

— Bem que eu podia não ir hoje — sussurrou.

— Em teoria, eu sou a pessoa que tem ideias erradas, e você, a pessoa que deveria me impedir.

— O mundo não vai acabar se eu faltar um dia.

— Nada disso. Eu tomo meu café da manhã e você vai embora.

— Seu café da manhã?

Ela deu risada quando eu a virei e a segurei debaixo do meu corpo. Prendi um mamilo com a boca e puxei com cuidado, arrancando dela um gemido sufocado.

— Axel, o que você vai...?

Antes que ela pudesse terminar a pergunta, respondi separando seus joelhos e descendo mais e mais. Mergulhei a língua em seu sexo e lambi e acariciei, matando a vontade que eu estava dela.

Segurei as pernas dela quando ela ficou nervosa e começou a tremer. E fui mais duro e mais intenso cada vez que a tocava com os lábios. Ela fechou os olhos com força e não me olhou enquanto seu corpo se contraía e suas mãos se agarravam aos lençóis amassados... e eu a beijava com a língua, respirando em sua pele. Acho que eu nunca quis tanto dar prazer a outra pessoa, conseguir fazê-la derreter em meus braços.

Ela se sacudiu e gritou quando o orgasmo chegou.

Subi por seu corpo, trazendo na boca o gosto dela; quando ela me olhou, lambi meus lábios bem devagar. Leah ficou vermelha. Isso me fez rir, divertido.

— Ficou com vergonha? — Fiz um carinho na bochecha dela com o polegar.

— Não. Sim. É que eu... nunca...

— Não me sacaneia.

Leah desviou o olhar, mas segurei o queixo dela fazendo com que ela me olhasse de novo. Dei-lhe um beijo.

— Olha, meu plano é que você seja o meu café da manhã todos os dias. E da próxima vez, você vai ficar me olhando. — Ela concordou, com as bochechas ainda coradas. — Vai, levanta e vai aprender alguma coisa boa e útil antes que eu te ensine todas as erradas que eu conheço. — Belisquei seu traseiro quando ela se levantou e me deu um tapa, entre risadas, antes de entrar no chuveiro.

Segurei a vontade de ir atrás dela, porque nesse ritmo ela não chegaria nem para a última aula. Senti no peito uma estranha sensação de plenitude e me levantei para fazer o café. Quando ela saiu, já vestida e com o cabelo preso em um rabo de cavalo, passei para ela uma torrada com abacate e uma xícara de café, que ela tomou em um gole só.

— Não quer mesmo que eu te leve?

— Não. Eu gosto de ir de bicicleta.

— Ei, segura, não vai esquecer seu lanche! — Passei para ela uma maçã. — Não falta mais nada?

— A mochila! — exclamou.

— E um beijo, caralho. Vem aqui.

Ela ficou vermelha de novo. Segurei-a pela nuca para dar um beijo longo e lento antes de soltá-la e sair até a varanda para me despedir dela. Fiquei olhando ela se distanciar enquanto pedalava, com seu rabo de cavalo balançando sob o sol da manhã. Respirei fundo, calmo e preocupado ao mesmo tempo, se é que isso era possível. Porque por um lado eu estava feliz, feliz para caralho, mas por outro eu sabia que estava me metendo em um caminho cheio de pedras e buracos, mas mesmo assim não conseguia parar de caminhar e caminhar...

Acendi um cigarro e preparei outro café.

Depois de uma manhã meio preguiçosa e cheia de pensamentos embaralhados, Leah voltou e, quando subiu os degraus da entrada com um sorriso nos lábios, senti que tudo voltava a se encaixar de novo. As dúvidas e os erros desapareceram com o primeiro beijo e depois apenas fiquei ali, no nosso presente, com ela.

À noite, depois do jantar, deitei na rede e ela se acomodou ao meu lado; nossos corpos aconchegados enquanto balançávamos. Ali éramos apenas a música tranquila que vinha da sala, as estrelas que brilhavam no céu e o cheiro do mar que o vento trazia.

— Você sabe que a gente precisa conversar, né?

— Não tem por que a gente fazer isso — respondi.

— Quero saber o que te preocupa tanto. — Levantou a cabeça e, com os dedos, alisou o espaço entre as minhas sobrancelhas. — Isto aqui... não gosto disto. Você está tenso demais.

Coloquei a mão por baixo do vestido dela e dei um apertão no traseiro direito antes de beijá-la.

— Conheço um método muito eficaz para dissipar a tensão.

— Axel, por favor. Não brinca com isso.

Ela fez uma carinha de tristeza e eu quis morrer. Porque nunca pensei que eu pudesse me envolver tanto e tão rápido com alguém. Porque eu não estava acostumado a sentir aquilo ou a ficar derretido por causa de gestos bobos. Porque eu achava que essas bobagens não combinavam comigo, mas, naquela época, eu poderia até ter composto uma música para ela. Ela, a última garota do mundo por quem eu achava que poderia perder a cabeça. A menina que eu conhecia desde sempre. Que sempre estivera ao meu lado, invisível aos meus olhos.

Esfreguei o queixo e suspirei.

— Tá bom, vamos conversar.

— O que a gente vai fazer?

— Não tenho a menor ideia.

— Mas... em alguma coisa você deve ter pensado.

— Espera. Preciso de um cigarro.

Fui buscar o maço na cozinha. Quando voltei, Leah estava sentada na rede se balançando e me olhando um pouco apreensiva. Acendi e dei uma tragada longa antes de encontrar as palavras certas, se é que elas existiam.

— Acho que a gente precisa esperar um pouco... para ver como essa história vai se desenrolar. E depois, sei lá, não tenho nenhum plano e nem pensei de verdade em um, por enquanto. Estou só improvisando e tentando não pensar demais para não enlouquecer.

— Tá certo, então não vamos pensar — falou com a expressão um pouco fechada.

— Para, não fica com essa cara. — Apaguei o cigarro e me aproximei. Me coloquei entre pernas dela e desenhei um sorriso em seu rosto, puxando suas bochechas com os dedos. Funcionou, porque ela começou a rir. — Leah, você sabe que essa situação é foda para mim, né? Eu me sinto culpado. Errado. Não é algo normal. É difícil.

— Sinto muito — sussurrou e apoiou a cabeça no meu peito.

Dei um beijo nela e ela se pendurou no meu pescoço.

Ficamos ali um tempo, nos beijando sem pressa. Não sei como eu não tinha percebido antes que um beijo podia ser tão mágico. Tão íntimo. Um gesto tão pequeno, tão bonito. Com ela eu só queria fechar os olhos e sentir cada toque e cada suspiro.

82

Leah

ATÉ ENTÃO EU ACHAVA QUE O AMOR ERA COMO FÓSFORO, QUE SE ACENDE DE UMA vez só e queima reluzente. Mas não. O amor é aquela faísca discreta que vem antes dos fogos de artifício. Era a barba dele no meu queixo pela manhã, antes de o sol nascer. Era o frio na barriga que eu sentia quando o tocava. Eram seus movimentos lentos quando fazíamos amor e sua voz rouca sussurrando meu nome. Era o sabor do mar na pele dele. Era a vontade que eu tinha de congelar a cada momento que passávamos juntos. Era seu olhar malicioso e intenso.

O amor era sentir tudo isso em apenas um beijo.

83

Leah

Blair começou a rir quando terminei de contar as últimas novidades. Estávamos deitadas na cama do quarto dela, olhando para o teto cheio de estrelas fluorescentes que brilhavam no escuro.

Dei uma cotovelada nela.

— Do que você está rindo?

— Não sei. De você. Da situação.

— Muito engraçadinha. — Virei na cama, peguei um ursinho de pelúcia e o apertei. — Estou com medo, Blair.

— Tenta não ficar assim. Agora é hora de aproveitar o momento. É o que você sempre quis, não é? E finalmente está acontecendo. O cara inalcançável, que você dizia que jamais te olharia com outros olhos.

— Eu achava que nunca iria mesmo.

— A vida é tão imprevisível...

— Pois é. Mas... — Coloquei uma mecha de cabelo atrás da orelha e pensei no que ia dizer, no medo que rondava a minha cabeça. — É bonito demais para ser verdade. E complicado demais, também. Ninguém sabe, só você. Não gosto disso, de ter que esconder, mas eu entendo... entendo que pode ser um problema. Não consigo nem imaginar como meu irmão reagiria se descobrisse.

— Você é maior de idade, Leah.

— É, acho que sim.

— Bem, já está feito. Talvez ele tenha razão em falar para esperar e ver como as coisas vão ficar entre vocês antes de envolver suas famílias. Não pensa mais nisso, vocês vão decidir quando chegar a hora.

A campainha tocou e Blair se levantou para abrir a porta. Apareceu com Kevin no quarto alguns minutos depois. Eu o cumprimentei com um sorriso.

— Tarde das meninas com direito a fofocas? O que eu perdi? — Sentou na cadeira da escrivaninha.

— Se a gente te contasse, teríamos que que te matar. — Blair deu um beijo nele antes de se sentar ao meu lado na cama.

Dei risada, contente por vê-los tão felizes. E porque quase parecia uma tarde qualquer como nos velhos tempos.

Um pouco depois me despedi deles e voltei para casa caminhando. Parei na cafeteria dos Nguyen e cumprimentei Justin da porta. Ele me olhou surpreso.

— Uau, que surpresa.

— Estava de passagem.

— Quem está aqui? — Georgia saiu da cozinha e sorriu quando me viu. Limpou as mãos cheias de farinha no avental e me deu um abraço tão forte que quase me deixou sem ar. — Como você está bonita, querida.

— Quer tomar alguma coisa? — perguntou Justin.

— Não, mas tinha pensado em levar para casa um pedaço de cheesecake.

— Claro. Vou colocar para viagem.

Ela me penteou com os dedos e esfregou minha bochecha como se tivesse encontrado uma mancha na minha pele ou algo assim.

— Tem algo errado aí? — perguntei, assustada.

— Não, é só um arranhão — sorriu.

Então eu a abracei de novo, do nada, e parece que isso a pegou um pouco desprevenida. A mim também, na verdade. Foi um impulso. Não sei se por ver o quanto ela sempre se preocupou comigo, com todos nós, mesmo sabendo que ela exagerava nos cuidados, mas gostei da sensação de afeto e familiaridade. Quando eu a soltei, vi que ela tinha lágrimas nos olhos e estava tentando enxugá-las.

— Desculpa, é que... não sei...

— Ah, não, não se desculpe, querida. Sabe de uma coisa? Eu estava mesmo precisando de um abraço. Ainda mais seu, sempre tão carinhosa. Vem, me dá outro apertão — disse, enquanto ria e chorava ao mesmo tempo.

Deixei ela me abraçar de novo e fechei os olhos tranquila. Nos separamos quando um cliente entrou no café.

— Vem, vem comigo até a cozinha.

Fiquei um pouco ali com a mãe de Axel, apenas fazendo companhia, sem conversar muito. Lembrei das tardes que eu passava com ela e minha mãe na cozinha de casa, sentada em um banquinho enquanto elas cozinhavam e eu as ouvia falar de suas coisas, do dia a dia, das bobagens que seus maridos às vezes faziam e dos planos para o fim de semana seguinte. Eu adorava poder ouvir as conversas dos adultos, porque era como abrir uma janela para um mundo diferente daquele que eu tinha com Blair e os colegas da escola.

84

Axel

Eu sabia que Leah estava entrando em casa pelo barulho da porta, mas continuei onde estava. Fiquei ali no terraço com os cotovelos no corrimão, fumando um cigarro, vendo a fumaça subir antes de ser dissipada pelo vento.

E depois senti os braços dela me abraçando por trás. Fechei os olhos. Cada vez que ela saía de casa eu me sentia um merda e o peso da culpa estava me deixando louco. Mas era só ela voltar e me cumprimentar com um daqueles sorrisos que preenchiam tudo e eu me sentia feliz e pleno novamente.

— Como foi a tarde? — perguntei.

— Tudo bem, fiquei um pouco com Blair e Kevin, depois passei pelo café e trouxe um pedaço de torta para você — disse, enquanto vinha para o meu lado e me dava um beijo. — A sua favorita.

Apertei-a contra meu corpo, devorando-a até ficar sem fôlego. Acariciei a língua dela devagar, como se fosse o nosso primeiro beijo, porque com Leah tudo era um pouco assim, como se todos os beijos que eu já tinha dado na vida tivessem sido um ensaio para quando ela chegasse. Eu não queria pensar por quê, nem quando, nem como, porque eu tinha medo do que poderia descobrir: que talvez eu sempre tivesse sentido algo por ela. Não amor. Não desejo. Mas uma conexão, como aquilo que existia em suas pinturas que me puxava como se fosse um fio invisível, prendendo-me a ela de algum modo que eu não entendia.

— O que foi? — Me olhou preocupada quando se separou.

— Nada. Estava com saudade.

— Eu também.

— Vamos fazer o jantar.

Não pensei mais no assunto. Só nela ao meu lado, nas covinhas que apareciam em seu rosto quando ela sorria, no dedo que ela colocou na boca para provar o molho que me deixou excitado na mesma hora, no brilho em seus olhos cada vez que ela me olhava...

Jantamos despreocupados na varanda e depois ela lavou a louça enquanto eu esquentava a água para o chá. Sentei no meio das almofadas e Leah se sentou entre as minhas pernas, com as costas no meu peito. Acendi um cigarro e afastei um pouco a mão para a fumaça não incomodá-la. A música vinha da sala até nós. Tudo era perfeito, e fiquei com a sensação de que aquela não era a primeira noite que estávamos tão perto, como se já tivessem existido muitas outras antes, mas com outras formas, ou com cores e texturas diferentes. Me parecia natural pegar na cintura dela com a mão que estava livre e puxá-la para mais perto de mim. Ela respirou fundo, tranquila.

— Dá para ouvir o seu coração daqui — disse.

— E o que você está ouvindo? — Dei um trago.

— Não sei. Você. Coisas. Eu adoraria poder pintá-lo.

— Pintar um som... — sussurrei. — Boa sorte com isso.

Leah sorriu e voltamos a ficar em silêncio. Para mim não era preciso falar se ela estivesse por perto. Fechei os olhos enquanto tocava "Pepperland". Pensei que aquela noite era como todas as que eu tinha passado sozinho naquela varanda durante anos, só que mais... muito mais.

— Do que você gosta em mim?

— De você inteira. — Sorri, porque até então eu não lembrava de alguém ter me feito uma pergunta tão infantil. Mas eu gostei.

— Vai, fala!

— Da sua bunda, dos seus peitos, da sua...

Ela me deu um beliscão no braço, emburrada, e então eu falei, com a minha boca sobre a dela.

— Eu gosto do som da sua risada. Gosto das suas contradições. De ver como você é intensa, que chega quase a transbordar. Eu gosto da sua forma de sentir, e fico tentando adivinhar o que você vai fazer ou falar, apesar de eu nunca acertar. Gosto dessa casa quando você está dentro dela...

Ela me calou com um beijo. Separei as pernas dela, colocando-a sentada sobre mim, e deslizei a língua em sua boca. Leah afundou os dedos no meu cabelo enquanto nos esfregávamos por cima das roupas. Minha temperatura subiu e eu só conseguia pensar em estar dentro dela, como se aquele fosse o meu lugar desde sempre.

— Você está me matando — falei, ofegante.

— E você a mim. Há anos.

Eu estava cego. Só conseguia sentir o cheiro dela, a pele macia, ouvir aquela voz doce sussurrando meu nome. Desci as mãos até as coxas dela, puxei para o lado o shortinho de algodão e a calcinha, fiz o mesmo com as minhas roupas e entrei nela de uma só vez. Sem camisinha. Prendi a respiração com a mandíbula contraída, segurando para não me mexer. Gemi quando ela começou a se mover, dançando sobre mim, cravando as unhas nas minhas costas.

— Espera... caralho, espera, espera...

Mas ela parecia não me ouvir e eu perdi a razão quando ela me olhou nos olhos enquanto me fodia naquela varanda onde eu tinha começado a me apaixonar por ela. Eu a segurei pelos quadris, sentindo-a ofegante, querendo arrancar o que ainda lhe restava de roupa para acariciar com a ponta dos dedos cada pinta de sua pele.

Fiquei sem ar ao vê-la chegar ao orgasmo sob aquele céu estrelado. Tão poderosa sobre mim, tão presente, tão entregue àquele momento. Cerrei os dentes quando não consegui segurar mais e saí de dentro dela antes de gozar com um gemido.

Ela me abraçou. Tentei recuperar o fôlego.

— Leah, isso não... nunca mais... — consegui dizer.

— Eu me previno — sussurrou, agitada.

— Você poderia ter me avisado.

— É que... eu não consegui pensar em nada.

Fiquei mais calmo e dei-lhe um beijo na bochecha.

— A gente precisa de um banho — disse, levantando-a.

Tirei a roupa suja enquanto passávamos pela sala e tirei a roupa dela depois de colocar a tampa na banheira e ligar a água quente. Olhei para ela, olhei de todos os ângulos, atento a cada linha, cada curva, cada marca em sua pele. Leah corou.

— O que você está fazendo?

— Nada. Vem, entra na banheira.

"Memorizando você para poder te desenhar", disse a mim mesmo; mas afastei a ideia logo depois, porque eu jamais faria isso, nunca a pintaria, eu não seria capaz de captá-la.

Sentei atrás dela, abracei-a e fechei a torneira quando a água tocou na borda. Éramos apenas nós, as gotas que caíam e a música que continuava tocando na sala. Apoiei o queixo no ombro dela e fechei os olhos.

Começou a tocar "Yellow Submarine". Ela se agitou.

— Lembra daquela noite quando você me perguntou se alguma música já tinha tocado na minha cabeça indicando que eu teria encontrado a minha alma gêmea e eu te disse que sim?

Fiz que sim, com o rosto na bochecha dela.

— Bem, foi com você. E com essa música. Já faz tempo.

As notas flutuavam à nossa volta.

— Hmmm me conta — pedi, falando baixinho.

— Eu tinha acabado de fazer dezesseis anos. Você não veio para a festa porque tinha ido a Melbourne com uns amigos, mas apareceu na minha casa uma semana depois e me deu de presente uma caneta de desenho. Disse que era "para eu continuar criando coisas mágicas".

— Eu lembro disso... — Dei nela um beijo carinhoso.

— E então essa música começou a tocar na minha cabeça. E senti... senti o impulso de te dizer algo importante, mas não consegui. Estava com um nó na garganta.

— Querida... — abracei-a mais forte.

— Você só ouviu "todos nós vivemos em um submarino amarelo", mas para mim vai ser sempre a primeira vez que eu te disse "eu te amo" olhando nos seus olhos, mesmo eu tendo dito outras palavras.

Meu coração se revirou dentro do peito. E compreendi que éramos um quebra-cabeça que se ia se encaixando ao longo dos anos. A diferença era que Leah sempre teve todas e cada uma das peças, e eu tinha levado muitos anos para encontrá-las.

85

Leah

EU AMAVA AXEL DESDE SEMPRE. MAS ANTES EU O AMAVA DE LONGE, OLHANDO PARA ele do alto de um pedestal e sem poder tocá-lo; porque as coisas inalcançáveis ou que não podemos ter sempre acabam adquirindo um certo valor agregado, como aqueles quadros em que ninguém presta atenção até descobrirem que são de um artista famoso que está na moda e que custam uma fortuna. Durante anos eu tinha idealizado Axel, eu sabia disso. Sabia que olhava para ele extasiada. Que beijava o chão que ele pisava. Que a aprovação dele cada vez que eu pegava no pincel me enchia de vida.

E agora não. Agora ele estava na minha frente e, de alguma forma meio complicada, ele finalmente era de carne e osso. Real. Tão real. Com seus defeitos e suas sombras, completo, mil vezes melhor e mais interessante do que o Axel perfeito que eu tinha criado em minha cabeça.

E amá-lo adquiriu outra dimensão.

Com mais nuances. Mais cores. Mais tudo.

86

Axel

Se os sentimentos que Leah despertou em mim tivessem sido mais amenos, talvez eu pudesse tê-los evitado, eu poderia ter tentado frear aquilo antes de acontecer, manter uma barreira sólida e segura. Mas não, porque foi como um furacão que chega e atropela tudo. Como algo que está adormecido há muito tempo e que desperta de repente. Como a maçã que dizem que você não pode provar, mas ela é brilhante, tentadora e perfeita. Como o inesperado.

Eu poderia dizer que foi o acaso. Que o acaso fez com que Leah fosse parar na minha casa e que eu me esforçasse em despi-la camada por camada. Que eu me apaixonasse por ela quando vi o que encontrei, quando só restou a pele dela em meus dedos...

Eu poderia dizer...

Mas estaria mentindo para mim mesmo.

87

Leah

Eu tinha tirado dois 10 e um 9 nos últimos três exames e cheguei em casa supercontente. Axel me abraçou e disse que tínhamos que comemorar. Era uma sexta-feira de primavera e fazia calor. Coloquei um vestidinho solto e umas sandálias. Fomos até Nimbin, uma vila a oeste da Byron Bay, o paraíso de artistas e ambientalistas, a cidade mais alternativa da Austrália, em que predominava o movimento hippie.

Passeamos pelas ruas olhando as fachadas coloridas e cobertas de desenhos. Estávamos caminhando havia alguns minutos quando os dedos de Axel me tocaram e acabaram se entrelaçando aos meus. Então, ao ver a expressão dele, entendi: ele tinha decidido que devíamos ir comer em algum lugar mais afastado para não nos preocuparmos com nada. E eu gostei daquela sensação de poder andar com ele de mãos dadas como qualquer outro casal, pois era exatamente o que eu queria que fôssemos. Abri a boca para dizer isso a ele, mas ele adivinhou.

— Ainda não, Leah.

— Tá bom.

O sol do meio-dia nos acompanhava quando nos sentamos em um restaurante para almoçar. Estávamos tranquilos e passamos toda a viagem de carro falando bobagem. Axel me disse que era impossível tocar o próprio nariz com a ponta da língua. E eu fiquei tentando insistentemente.

— Esquece, não dá — revirou os olhos.

— Falou aquele que sempre tenta encontrar lógica em tudo, ou alguma prova que explique o contrário. Eu só queria ter certeza — brinquei.

— Eu não faço isso — ele se defendeu.

— Claro que faz. Você não suporta não entender algo.

— Como o quê?

— Os besouros do meu pai, por exemplo.

— E por acaso aquilo tinha algum sentido?

Eu não estava acostumada a falar sobre ele, sobre eles, se ninguém me forçasse. Se Axel não me forçasse, para ser mais exata. Fiquei triste ao perceber que sentia falta dos meus pais e que eu não me permitia nem a lembrança deles para mantê-los por perto e carregá-los comigo.

— Tinha um sentido sim — admiti. — Ele fez para a minha mãe. Ela amava besouros porque, quando era pequena, meu avô deu um amuleto para ela no formato de um; no Antigo Egito eles eram considerados símbolo de proteção, sabedoria e ressurreição. Quando ela se apaixonou por meu pai, antes de eles começarem a namorar, ela dizia que passava o dia colhendo margaridas no jardim da casa dela, tirando as pétalas e dizendo: "Bem me quer, bem me quer, bem me quer, bem me quer...".

— Ué, não era algo como "bem me quer, mal me quer..."?

— Exatamente, mas ela não queria nem imaginar a outra possibilidade, então mudou as regras do jogo e pronto. — Não pude deixar de sorrir ao pensar nela. — Ela contou isso para o meu pai no terceiro encontro. Então, para ele, o besouro era ela, a boa sorte, toda cheia de "bem me queres...".

Axel começou a rir.

— Porra, que sacana esse Douglas. Ainda lembro do dia em que perguntei de novo para ele sobre o quadro e ele me disse para pensar um pouco mais. Eu teria passado a vida inteira pensando e jamais adivinharia. Sabe? Ele adorava isso, tirar uma com a minha cara.

Ficamos em silêncio alguns minutos.

— Era bonito — sussurrei.

— Ele conseguia colocar na tela coisas que só eles entendiam. Talvez o resto do mundo olhasse para aqueles dois besouros partidos ao meio e achasse meio bizarro. E olha só, para ele aquilo era amor, uma das tantas formas que ele tinha de enxergar esse sentimento.

Axel suspirou fundo e sua expressão ficou sombria, mas não perguntei no que ele estava pensando porque sabia que ele não me diria. Já nas ruas de Byron Bay, ele fez um desvio.

— Onde a gente vai?

— Quero te mostrar uma coisa.

Parou em frente a uma galeria de arte contemporânea. Havia várias na cidade, mas aquela era a menor e mais especial, talvez pelo aspecto rústico da fachada, talvez porque tinha um certo charme. Ele parecia um pouco nervoso.

— Não te disse antes porque... porque não queria que você ficasse com medo ou que desistisse, mas uma vez fiz uma promessa para o seu pai. Disse a ele que, não sabia como, mas um dia eu conseguiria... fazer você expor nessa galeria.

— Por que você fez isso?

— Porque eu quebrei uma outra promessa.

— Que promessa? E não se atreva a mentir para mim.

— Que eu faria isso. Que eu ia expor aqui. Porque esse era um sonho meu, mas já faz tanto tempo que nem lembro como é a sensação de desejar algo assim. Quando eu te disse que precisava falar sobre eles com alguém, com você, estava falando sério. Não só por sentir saudade deles, Leah, mas porque seu pai... se eu o excluir das histórias da minha vida, você nunca vai conseguir me conhecer por completo, entende? Muito do que eu sou, eu devo a ele.

Eu me segurei para não chorar e os dedos dele deslizaram com carinho pela minha bochecha, mas ele tirou a mão quando percebeu algo do lado de fora do carro. Virei para olhar. Só vi uma garota de cabelo curto, que virou a cabeça assim que nossos olhares se cruzaram.

— O que foi, Axel?

— Nada, não é nada.

— Você a conhece?

— É uma amiga.

Ele ligou o carro e voltamos para casa. Olhei pelo retrovisor a porta da galeria que deixávamos para trás e não falamos mais sobre isso o resto do dia. Preparamos o jantar juntos. Colocamos um vinil. Fizemos amor na cama dele e depois ficamos abraçados no silêncio da noite.

Não consegui dormir. Estava com as pontas dos dedos queimando e conhecia aquela sensação, a conhecia muito bem, mas eram três da manhã e eu não queria acordá-lo. Saí da cama quando não consegui mais suportar. Caminhei descalça e na ponta dos pés até a sala, deixando a porta do quarto entreaberta. Acendi a luz alaranjada de um abajur e fui pegar o material de desenho. Abri uma folha no chão e me ajoelhei na madeira. Respirei fundo, sentindo a solidão do momento e considerando aquilo algo bom; então abri o estojo de tintas e deslizei os dedos sobre elas, acariciando-as, lembrando de cada uma delas...

Peguei uma amarela. E depois uma vermelho carmim.

Depois veio o azul petróleo, o malva, o roxo, o salmão, o marrom-chocolate, o turquesa, o âmbar-escuro, o laranja-damasco, o verde-menta...

Misturei todas. Senti todas. E me encontrei nelas.

88

Axel

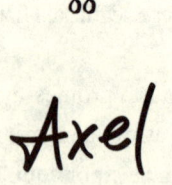

Douglas apareceu na minha casa com uma sacola de comida pronta e duas cervejas. Não falou nada e foi direto para a cozinha arrumar o que tinha trazido. Olhei para ele meio bravo. Não com ele. Acho que comigo. Sei lá. Coloquei atrás da orelha o cigarro que ia acender na hora que ele chegou.

— Dia ruim, hein? Você tem tido vários desses ultimamente.

— Nem me fala! — desabafei. — Por que veio aqui?

— Parece que temos um anfitrião antipático hoje.

— Não, é que... ah, deixa quieto.

Abri minha cerveja e tomei um gole. Douglas deu uma olhada geral e viu a bagunça da casa. Fazia dias que eu não arrumava nada. O chão estava cheio de telas sem acabar, de folhas que eram apenas tentativas, de manchas de tinta que eu não tinha me dado ao trabalho de limpar.

Eu só sentia frustração.

— O que está acontecendo?

— Eu simplesmente não consigo fazer isso. Não consigo.

— Não é verdade, Axel. Vai, olha para mim.

— Você tem razão, é pior. É que eu não quero mesmo.

Ele girou a cerveja entre os dedos enquanto me olhava. Vi em seus olhos que ele estava decepcionado. E, caralho, tive que me segurar para não chorar feito criança na frente dele diante de tudo o que eu sempre quis ser, que tentava imitar e que sabia que nunca ia conseguir.

— Se você me explicar, posso tentar entender.

Levantei e passei a mão pelo cabelo.

— É tudo. É... esta casa, este lugar. A ideia que eu tinha do que seria e que no final não foi. Isso me mata. É como estar com uma porra de uma corda no pescoço o dia inteiro. — Eu andava de um lado para o outro e pisei em algumas telas, mas nem me importei. — Eu não sei nem por que eu queria fazer isso. Pintar. Eu me esqueci. Como você pode se esquecer de algo que supostamente é o seu sonho, Douglas?

— Me diz só uma coisa: o que existe entre você e a tela?

— Eu, caralho. Eu. Eu não sinto nada. Não tenho nada para colocar no papel, nada para deixar registrado. Eu não quero fazer qualquer coisa. Para isso, prefiro nunca mais pegar em uma merda de um pincel o resto da vida. E quanto mais eu tento encontrar algo realmente importante para me dedicar, pior é, mais frustrado fico. Não consigo. Estou assim há meses e... não consigo. Em teoria eu estudei para isso e te prometi que ia pintar e que ia expor naquela galeria e que...

Coloquei uma mão no peito antes de Douglas se levantar e me abraçar. Agarrei-me a ele porque eu precisava daquilo, precisava saber que, mesmo se eu não conseguisse, mesmo se eu não riscasse aquela meta da minha lista, ele ainda estaria lá, comigo, porque a pintura era um dos elos mais fortes que nos unia desde que eu era criança, e eu morria de medo de que, se eu rompesse esse elo, ele se afastaria de mim ou algo mudaria entre nós.

— Está tudo bem, rapaz. Tudo bem — me deu um tapinha nas costas. — Você não precisa mais fazer isso, está me ouvindo? Ninguém está te obrigando. Você entrou em uma guerra contra você mesmo e nunca vai conseguir ganhar. Foda-se a pintura. Foda-se tudo, está entendendo? O mais importante é ser feliz e acordar todas as manhãs se sentindo tranquilo.

Caralho, eu só queria chorar de alívio.

Respirei fundo. Respirei, respirei, respirei...

Douglas apertou meu ombro e a decepção em seus olhos se transformou em orgulho. Não entendi a razão e também não perguntei, mas bastou olhar para ele para saber. A tensão se dissipou quando ele foi até a cozinha e voltou para a varanda com as duas caixas de talharim pronto que tinha trazido. Jantamos em silêncio, cada um perdido nos próprios pensamentos. Eu ia preparar o chá quando ele me parou com um sorriso.

— Espera, eu tenho uma coisa melhor.

— Ah não, não brinca! — Comecei a rir quando ele tirou um pacotinho do bolso e o balançou na minha cara. — Parece da boa. Me dá aqui!

A gargalhada dele ecoou no meio da noite quando peguei a erva e fui buscar papel para bolar. Meia hora depois estávamos os dois fumados e com uma garrafa de rum aberta, sentados nos degraus da varanda dos fundos com os pés na grama que crescia na areia. Ele deu mais uma tragada e tossiu.

— Estou velho demais para isto.

— Você nunca vai ficar velho para nada, Douglas. Os pensamentos podem envelhecer? Acho que não, acho que a gente sempre vai ser o que quiser ser.

— Não venha querer filosofar a esta hora, rapaz.

Tirei o baseado da mão dele. Ele me olhou de canto de olho enquanto eu deixava a fumaça escapar e observava os espirais que se perdiam na escuridão da noite.

— Então, foda-se a pintura!

— Foda-se! — repeti, eufórico.

— Eu sempre gostei disso em você, da sua maneira de se agarrar à vida e de se conectar a ela. Você se parece comigo, sabia? Às vezes só existem duas opções: subir ou descer, avançar ou recuar, pegar ou largar, fechar ou abrir... Os tons de cinza são bons, mas não funcionam sempre. Às vezes é preciso ir com tudo, tomar decisões arriscadas. Como no amor.

— Eu não estou nem aí para o amor — murmurei.

— Bem, não menospreze tanto. Você é um alvo fácil, você sabe disso, né? Caralho, me diz que sabe, Axel. É bom você estar preparado.

Olhei para ele de lado, levantando uma sobrancelha.

— Você já fumou demais.

— Não. É por você, pelo seu jeito. Acredite, eu sei do que estou falando — colocou uma mão no peito, rindo. — Axel, ou você pinta ou não pinta. E, um dia, ou você vai amar ou não vai amar, porque não sabe fazer as coisas de outra forma.

Deitei e fiquei olhando para o céu estrelado.

— Bem, está demorando muito para chegar...

— Tem coisas pelas quais vale a pena esperar.

— Como você soube que a Rose era A pessoa?

— Como eu não iria saber? — Ele franziu a testa desconcertado, como se não entendesse a minha pergunta. — Porra, eu olhei para ela e o mundo parou justo quando as notas de "I Will" começaram a tocar na minha cabeça. Eu nunca tive dúvidas.

— Você tem sorte — sussurrei e, de repente, tive uma ideia. Pode ter sido coincidência que ela tivesse surgido na minha cabeça enquanto falávamos de amor. Ou não. Eu nunca ia saber. — Quanto àquela promessa que te fiz, considerando que acabei de gritar "que se foda a pintura"...

— Não precisa se explicar, Axel.

— Não é uma explicação, é uma revelação do caralho que acabei de ter. — Sentei de repente e fiquei meio tonto. — Ela vai fazer isso. Leah. Sua filha. Faz sentido, não faz? Agora eu entendo que estava claro desde o início. Você já viu o que ela faz? Ela vai encher galerias. E eu acho... acho que meu destino não era esse, mas o dela sim. Porra, não pode ser outra coisa.

— Ela é muito boa, sim. E especial.

— Sabe de uma coisa? Pode ser que eu cumpra, sim, a minha promessa. Um dia vou fazer uma exposição lá, só que será com ela. Eu vou ser o organizador. Não vejo nenhuma diferença.

Douglas caiu na risada e eu também.

Já estava quase amanhecendo quando decidi entrar em casa e procurar o celular no meio da bagunça da mesa porque, se eu não estava enganado, eu o tinha deixado por ali havia uns dois dias. Encontrei-o e liguei para Rose. Disse para não se preocupar e que seu marido ficaria para dormir na minha casa, mas vinte minutos depois ela apareceu.

— Não acredito nisso — ela disse assim que eu abri a porta e ela viu Douglas no sofá.

— A culpa foi minha, juro. — Deixei-a entrar. — Café?

— Sim, porque ou é isso ou pegá-lo pelas orelhas.

— Já te falei, a culpa foi minha, ele nem se deu conta.

— Axel, para com isso, a gente se conhece. Faz logo esse café.

Disfarcei um sorriso e passei a xícara para ela. Rose levou-a aos lábios. Ela usava uma calça jeans meio larga e alguns cachos loiros escapavam de seu rabo de cavalo.

— Desculpa por ter ligado a esta hora.

— Não tem problema, você tinha que me avisar. O que vocês ficaram fazendo? Tentando consertar o mundo, como sempre?

— Tentando me consertar, na verdade — confessei.

— Não fale bobagem. Você é perfeito do jeito que é, Axel Nguyen. — Ela amoleceu e me beliscou uma bochecha. — Um dia você vai perceber isso, e então vai se aceitar com todos os seus defeitos e vai deixar outra pessoa entrar e fazer o mesmo.

— Muito bonito tudo isso — ironizei.

— Vai ser. — Ela me olhou com os olhos brilhantes e eu desviei o olhar um pouco incomodado, porque tive a sensação de que ela sabia algo sobre mim que eu não podia ver, e era uma sensação estranha e irritante.

— Acho que é melhor tentar acordá-lo.

Rose concordou e, juntos, conseguimos colocar Douglas no banco do passageiro do carro. Ela me deu um beijo na bochecha.

Depois comecei a pegar todas as tintas, folhas e o material espalhado no chão da sala. Quando terminei, levei tudo para o meu quarto e procurei a escada. Deixei as coisas em cima do armário de madeira, sem me preocupar com o pó que iria acumular. Foi um alívio. Felicidade. Paz.

Voltei para a varanda me sentindo mais leve, sem aquele peso nas costas. Acendi um cigarro e tomei um gole da garrafa de rum. Decidi que eu começaria o dia seguinte fazendo uma das coisas que eu mais amava no mundo: surfar. Descobri que a partir de então eu tentaria ser feliz, que faria coisas que eu desejasse e que me completassem, e descartaria as outras sem me sentir culpado por isso.

E foi assim que comecei uma nova etapa.

89

Leah

Eu continuava pintando quando os primeiros raios de sol apareceram no horizonte. Estava caindo de sono, mas não conseguia parar; cada vez que terminava um traço, precisava começar o próximo, cada vez que criava outro tom, precisava misturar mais...

Eu me virei quando ouvi um barulho atrás de mim.

Axel estava ali, com o cabelo bagunçado e tão bonito que perdi o ar quando vi que seus olhos estavam fixos na minha folha no chão de sua sala. Eu não teria conseguido decifrar a expressão dele nem em um milhão de anos; era alívio, mas também medo; era plenitude e, ao mesmo tempo, um vazio desolador.

— Axel. — Me levantei devagar.

— Não fala nada — sussurrou, e diminuiu a distância que nos separava com dois passos. Ele me pegou pelas bochechas e me beijou. Um beijo lento, suave, eterno.

Ele me abraçou e eu apoiei a cabeça em seu peito enquanto ele contemplava o desenho; a explosão de cores, as linhas delicadas, mas firmes, todo o conjunto.

Era ele. O coração dele. Seu coração cheio de cores vivas, vibrando no centro da folha; uma das artérias jorrava estrelas que brilhavam na parte superior. Abaixo estava a água em que ele flutuava. E havia raios de luz e respingos para cada batida do coração.

— É para você. — Levantei o rosto.

Abracei-o mais forte quando o senti estremecer.

90

Axel

Eu me despedi dela na última semana do mês com o coração apertado, como se temesse nunca mais vê-la novamente. Porque isso não era mais uma opção. Algumas coisas você consegue escolher em determinado momento, mas, quando elas se tornam um caminho sem volta, não consegue mais controlá-las. Ela era isso. Se eu retrocedesse, encontraria uma parede. Por isso, eu só podia seguir em frente.

Mas fazer isso tinha suas complicações.

Oliver. Cada vez que pensava nele, me sentia agoniado. Talvez por isso eu o estava evitando. Fiz isso no final de agosto e repeti a mesma fórmula quando setembro chegou ao fim. Eu não queria vê-lo. Não queria foder mais ainda a minha vida. Recusei todos os convites que ele me fez, inventei mil desculpas e passei a semana trancado em casa, no meu mar, me perdendo entre as teias de aranha da solidão que Leah tinha deixado com sua ausência. Uma pessoa era capaz de mudar a percepção de situações que não eram novas para mim, situações que antes eu apreciava, mas que agora me faziam sentir que faltava algo.

Eu deveria ter previsto que não era uma boa ideia faltar no almoço de família dizendo que estava doente porque, é claro, minha mãe apareceu em casa pela manhã carregada com um arsenal de comida e uma sacola da farmácia.

— Merda — resmunguei ao abrir a porta.

— Que boca imunda você tem, filho.

— Algumas pessoas gostam, acredite.

Minha mãe me deu um cascudo antes de ir para a cozinha e deixar tudo em cima do balcão. Começou a guardar os produtos frescos na geladeira e depois colocou uma mão na minha testa. Torceu a boca como só ela sabia fazer.

— Humm, não está com febre.

— É uma gripe nova. Especial.

— Está com dor de barriga? Cansado?

— Mãe, eu estou bem. Não precisava ter vindo.

— Alguém tem que cuidar de você se você estiver doente, meu amor. — Inspecionou meu rosto, levantando minhas pálpebras e puxando minhas bochechas. — Você não parece mal.

— É porque eu sou muito bonito.

— Achei que você estaria em frangalhos.

— É tão grave assim eu não aparecer em um almoço? Me deixa respirar um pouco.

— Respirar? Mas você mora aqui feito um ermitão, isolado do mundo.

Revirei os olhos e me joguei no sofá.

— Não gosto que você tente escapar! Sabe a quantidade de gente que daria tudo para poder estar com sua família? Lembra da sra. Marguerite? Bem, a filha dela mora em Dublin e eles só se veem uma vez por ano, você imagina isso?

— Imagino sim e deve ser muito bom.

Ela jogou uma almofada em mim.

— Você precisa começar a repensar sua vida.

— É engraçado que justamente você diga isso para mim.

— O que está insinuando? — Franziu a testa enquanto arrumava os punhos do pulôver fino que estava usando e se sentou na poltrona ao lado.

— Você sabe. Em algum momento você vai ter que tomar algumas decisões, não? Quanto tempo faz que vocês decidiram se aposentar e deixar o café para Justin? Parece uma eternidade.

— Isso não é assunto seu — respondeu, tensa.

— Mãe... — Sentei a contragosto, porque a última coisa que eu queria era começar uma conversa muito filosófica, principalmente porque minha vida estava um completo caos e eu não tinha a menor ideia de como lidar com a situação e desfazer os nós que eu tinha feito nos últimos meses. — Justin vai acabar indo embora, e com razão. Você prometeu que ele assumiria o negócio, que ele poderia administrá-lo da forma que quisesses, e você não está cumprindo sua palavra. Qual é o problema? Você deveria estar a fim de parar de trabalhar e curtir a vida com o papai.

O lábio inferior dela estremeceu.

— Não é tão simples assim, Axel.

— Me explica. Fala comigo.

E então ela desmontou. Olhou para mim com os olhos cheios de lágrimas e respirou fundo.

— Era para ter sido tudo diferente. Nós iríamos nos aposentar, Leah iria para a faculdade e nós viajaríamos o mundo com os Jones sem preocupações, sabendo que vocês já estariam seguindo suas vidas, mas então... então aconteceu. E nada vai ser como antes.

Nós, humanos, somos assim: fazemos planos, temos sonhos, ilusões, objetivos, e nos focamos em torná-los realidade sem pensar no que acontecerá se, no fim, não conseguirmos realizá-los. Anos atrás eu tinha decidido que me dedicaria à pintura, mas não parei para imaginar outro modo de vida até o momento em que me vi no fundo do poço. É mais fácil ignorar a parte negativa e ir direto para o objetivo. O problema... o problema é que, quanto mais tarde, mais difícil lidar com o golpe.

Estendi a mão para pegar a mão da minha mãe.

— Eu te entendo. E sei como você se sente. Mas você não pode ficar presa nesse momento para sempre, mãe. É difícil, mas a vida continua.

— Não é a mesma coisa. Você é jovem, Axel, e vê as coisas de outra forma. O que me resta agora? Rose e eu sonhávamos em passar as tardes cozinhando, tomando vinho e conversando no jardim de casa, mas agora... tudo o que me resta é o café. Ficar em casa é insuportável, eu preciso me manter ocupada para não pensar.

— Vou me vestir — disse, levantando-me.

— Obrigada, meu amor — minha mãe sorriu entre lágrimas.

Então, uma hora mais tarde eu estava na casa dos meus pais, sentado à mesa em frente a Oliver e ao lado de Leah, rodeado de comida e vozes e risos, embora eu só conseguisse pensar em como o cheiro dela era tão bom, que eu queria virar e dar um beijo nela como Emily e Justin faziam, que a única coisa que me impedia de agarrá-la, levá-la ao banheiro e despi-la era um resto de bom senso que eu ainda tinha.

Quem diria que eu terminaria assim?

Senti uma pontada de desejo quando sua perna tocou na minha por debaixo da mesa. Ela me olhou quando notou que eu me contraí, e me perdi por alguns segundos naqueles olhos turquesa, mergulhando e me encontrando neles...

— Já volto, vou fumar um cigarro — levantei com urgência.

— Espera, eu vou com você. — Oliver me seguiu.

Eu me apoiei na cerca de concreto por onde subiam algumas plantas e acendi um cigarro antes de dar um para ele. A rua estava tranquila. O sol do meio-dia refletia nos vidros dos carros estacionados do outro lado da rua. Traguei o cigarro.

— Tudo bem em Sidney? — Foi difícil pronunciar cada merda de palavra.

— Melhor do que aqui, acho. O que está acontecendo?

Encolhi os ombros. Fiquei com vontade de sair correndo.

— Uma fase estranha — consegui dizer —, mas vai passar.

— Espero que sim, porque é uma merda vir aqui uma vez por mês e não ver a sua cara, porra. Você não voltou a ficar encanado com aquela história de pintar, né? Ei, Axel, olha para mim.

Neguei e assoprei a fumaça. Estava me sentindo muito culpado.

— Lembra do que você me falou uns meses atrás? Sobre aquela moça, Bega. Que às vezes você não está procurando algo, mas simplesmente aparece... — Esfreguei o queixo e apaguei o cigarro. — Esquece, é bobagem.

— Não, porra, me conta. Estou ouvindo.

Olhei para a mão que ele colocou no meu ombro e senti o chão se abrindo sob meus pés. Eu podia ter contado tudo à queima-roupa e pronto, acabava logo com isso. Eu conhecia Oliver e sabia como ele reagia a situações complicadas, mas nenhuma delas consistia em "estou trepando com sua irmã mais nova, tudo bem?" e a incerteza e a covardia se misturaram dentro de mim. Mas me atrevi a dar um passo à frente, ou para trás, não sei.

— Eu conheci alguém especial.

Teoricamente eu a conheci havia dezenove anos, quando ela nasceu, mas não especifiquei isso. Analisei o olhar de incredulidade que passou pelo rosto de Oliver.

— Você? Caralho! Bem... não sei o que dizer. O único conselho que posso te dar é para ir com calma e não ficar louco nos primeiros meses, pois acho que é isso que você faria. Quer dizer, merda, não me olha com essa cara.

Pela primeira vez em anos, tive vontade de esmurrar o meu melhor amigo.

— Você sabe o que eu quero dizer. Você cansa até dos seus próprios sonhos, Axel.

— Nesse caso não é exatamente assim.

Falei de um modo frio, estranho. Oliver me olhou e balançou a cabeça. Jogou o cigarro no chão, deu um passo à frente e me abraçou. Maldito Oliver. Em partes eu queria ficar puto com ele, porque isso facilitaria as coisas.

— Estava tentando melhorar as coisas, não piorá-las. Lamento por não estar aqui esses meses, cara, mas sei lá, me liga se precisar de alguma coisa ou se quiser conversar. — Ele se afastou e me olhou, não como um amigo, mas como um irmão. — Vai, vamos entrar antes que sua mãe saia e nos atire a primeira coisa que ela vir na frente.

Ele me arrancou um sorriso e eu o acompanhei para dentro de casa.

Outubro

[PRIMAVERA]

91

Leah

— Eu ia morrer se ficasse mais um minuto sem te ver.

Axel riu e me levantou nos braços enquanto me beijava. Quando chegamos ao quarto, ele me jogou na cama, subiu minha camiseta para beijar minha barriga ao lado do umbigo e eu estremeci.

— Você é uma exagerada — brincou.

— Você não morre por mim?

— Morro por beijar você. Por te tocar. Por trepar com você.

— É a mesma coisa — me defendi fazendo um biquinho.

— Não é, e você sabe disso, não sabe, querida?

Fiz que sim com a cabeça, apesar de que na verdade não, eu não sabia, eu não entendia.

Portanto, não.

92

Leah

Eu tinha passado meses com um quebra-cabeça de quinhentas peças na minha frente sem saber como montá-lo, sem saber onde colocar cada uma. Mas pouco a pouco elas começaram a se encaixar. Acho que não houve um momento exato, mas foi pela soma das conversas com Axel, por começar a me olhar no espelho, a tomar decisões. Com o passar do tempo fui me vendo de forma mais clara, tirei a capa de chuva e, embora as feridas ainda doessem, deixei que cicatrizassem ao ar livre. Ele chegou, o amor puxando aquele fio invisível que tinha voltado a remexer em sentimentos que eu achava que não existiam mais. A rotina, as aulas, ouvir o que diziam as pessoas ao meu redor. A pintura, as cores, as emoções que eu queria passar para a tela. E no fim me vi falando de meus pais com Axel, na varanda de casa, lembrando deles e resgatando-os daquele lugar empoeirado onde eu os mantive escondidos durante o último ano.

Tudo voltou a ser... normal. A vida continuou.

93

Axel

Era o primeiro sábado de outubro e Leah não tinha tido aula nos últimos dias por causa das férias do terceiro trimestre. Então passamos o tempo nos beijando, conversando, ficando acordados até de madrugada ou testando novas receitas na minúscula cozinha de casa. À tarde ela estudava um pouco ou desenhava, e eu adorava a sensação de observá-la da minha mesa enquanto trabalhava, tão concentrada e perdida em seus pensamentos.

Naquele dia saí sozinho para surfar um pouco e, quando voltei, ela estava ajoelhada na varanda pintando com umas aquarelas que tinha ido comprar com Blair na quarta-feira. Eu gostava disto: vê-la saindo com a amiga, encontrando mais pessoas e voltando a ser a garota que tinha sido tempos atrás, mas com muito mais nuances.

Deitei-me ao lado dela, ainda molhado. O pôr do sol tingia o céu de cor de laranja.

— O que você está fazendo?

— Apenas misturando cores.

Ela tirou o pirulito em forma de coração da boca antes de se inclinar para me dar um beijo. Eu a segurei em cima de mim, trazendo para a minha boca seu sabor de morango. E ela continuou pintando. Suspirei e fiquei ali relaxado. Fechei os olhos e, em algum momento, cochilei. Quando acordei, ela estava sentada ao meu lado com as pernas cruzadas, deslizando um pincel de pontas finas pela minha mão.

— O que está fazendo? — perguntei, meio dormindo.

— Pintando. Você gosta?

— Claro, que cara não gosta que alguém encha sua mão de margaridas? — Leah riu. Era luz. Era felicidade. — Se isso te faz sorrir assim, eu gosto.

A curva de seus lábios ficou mais marcada; Leah deslizou o pincel pela pele do meu pulso, traçando o pequeno contorno de um coração logo acima de onde meu pulso batia cada vez mais rápido. Engoli em seco e cravei os olhos nela.

— Lembra do dia em que te perguntei se você estava consciente de que eu ia morrer? — Leah assentiu e continuou desenhando em silêncio. — Não consegui explicar bem o que eu queria dizer. A questão é que isso vai acontecer com todos nós. Morrer. Mas você sabe disso de verdade? Já pensou sobre isso? Está convencida disso? Eu acho que se pensássemos mais nesse assunto, se parássemos agora e repetíssemos para nós mesmos a verdade absoluta de que "eu vou bater a botas", talvez mudássemos algumas coisas em nossa vida, acho que eliminaríamos o que não nos faz felizes, seríamos mais conscientes de que cada dia pode ser o último. E você faz ideia do que eu tenho pensado? — Ela olhou para mim. O pincel tremeu na mão dela. — Que eu não mudaria nada, nem uma vírgula. Se alguém me perguntasse onde eu gostaria de estar neste momento, eu diria que exatamente aqui, olhando para você, deitado nesta varanda. — Vi seus olhos umedecerem quando ela me abraçou.

— E se eu te dissesse que sinto a mesma coisa? Eu só penso nisso. Em tudo isso que temos. Em estar com você. E que eu não quero ir para a universidade e me separar de você.

Sentei rápido. O momento mágico se rompeu.

— O que você está dizendo? Está brincando, né?

Ela franziu a testa e respirou fundo.

— É que eu não quero ficar longe de você.

— Porra, Leah, não é para você pensar assim. E nunca... nunca renuncie a algo seu por causa de ninguém. Você tem dezenove anos. Você vai para a faculdade e vai viver essa etapa, como eu vivi a minha. Eu não vou embora daqui, você está me ouvindo? — Segurei-a pelo queixo e ela fez que sim com a cabeça. Dei um beijo nela. — Vai ser divertido, você vai ver. Você vai a festas, vai conhecer gente nova, fazer novos amigos. E... quer saber? Hoje nós vamos sair. Deveríamos fazer isso mais vezes. — Estendi uma mão e ajudei-a a se levantar.

Ela não falou nada, mas eu conseguia ver através de seus olhos. Eu vi as dúvidas, as perguntas, os medos. Dessa vez eu não quis confrontá-los, apenas os ocultei e segui em frente. Não falamos mais nada; nos vestimos e saímos para jantar. Fomos naquele restaurante italiano em que eu tinha ido com meu pai semanas atrás. Leah ficou mais relaxada quando nos trouxeram o primeiro prato e eu comecei a brincar. Eu adorava vê-la sorrir. Meu peito se enchia de uma sensação única de aconchego. Então me dispus a isto a noite inteira: arrancar dela sorrisos e gargalhadas, falando bobagens só para aproveitar aqueles momentos com ela. Depois demos um passeio pela praia e terminamos em frente ao Cavvanbah quase sem perceber. Cumprimentei meus amigos, meio sem jeito, e logo eles perceberam que Leah era a irmã de Oliver e puxaram conversa para deixá-la à vontade. Relaxei um pouco depois da terceira cerveja.

— Você não vai sair daqui sem antes contar para a gente como você consegue morar com esse cara sem querer se jogar no rio com os bolsos cheios de pedras. — Tom já estava bêbado nessa hora.

— Ele tem algumas qualidades boas também. — Leah me olhou de relance.

— Não brinca! Essas a gente ainda não conhece. — Gavin riu.

— Bem, até que ele não cozinha tão mal — respondeu com um sorriso.

— E ele usa avental e tudo? — Jake brincou, e dei nele uma cotovelada com força.

— Sim, um rosinha da *Hello Kitty*. — Leah riu.

Ela tinha tomado duas cervejas e parecia tão bêbada quanto eu. Terminei minha cerveja em um gole quando Madison veio até a mesa. Seus olhos se cravaram em Leah e eu me remexi inquieto lembrando do dia em que ela nos viu em frente à galeria de arte dentro do carro. Não tinha sido nada demais, né? Apenas um toque no canto da boca, apenas um gesto carinhoso...

— Querem mais alguma coisa?

— Outra cerveja — pediu Leah.

— Acho que não — eu a cortei. — Traz a conta, por favor.

Madison lambeu o lábio e me olhou.

— Te espero quando terminar aqui?

Talvez tenha sido só impressão minha, mas o silêncio que se fez na mesa foi denso, e eu pude ler o pensamento de Leah através de seu olhar. Rezei para que ela não tivesse sido tão transparente também aos olhos dos outros.

— Não, a gente já vai — disse.

Madison olhou de novo para Leah quando trouxe a conta e foi atender outras mesas. Paguei essa última rodada, nos despedimos de meus amigos e seguimos pelo caminho até minha casa contornando a orla, caminhando entre a vegetação tropical. Peguei na mão de Leah quando nos afastamos um pouco. Ela estava distante, muito calada, muito pensativa.

— Ei, o que foi?

— Nada. É que... — Balançou a cabeça. — Esquece.

Parei e encostei a um lado do caminho quando a minha casa já estava aparecendo ao fundo. Eu a fiz parar também, segurando-a pelos quadris. Só se ouvia o barulho dos grilos.

— Fala o que você está pensando. Não quero que você me esconda nada.

— É que... foi constrangedor. Ver você com ela.

— Ela é só uma amiga — respondi.

— Uma amiga com quem você transava — adivinhou.

— Exatamente. A gente só trepava. Não existia mais nada.

— O que a gente tem é diferente... — reafirmou.

— Muito diferente. — Me inclinei e a beijei.

Passei a língua devagar em seus lábios e a fiz suspirar, depois deslizei as mãos por baixo de sua saia e brinquei com a borda da calcinha até puxar o tecido e sentir a umidade em meus dedos, na minha pele. Estávamos no meio do nada e não me importei com isso, ali não tinha mais ninguém. Apenas escuridão. Apenas nós. Afundei um dedo nela devagar e Leah se curvou, apoiando-se em meu peito. Passei o braço por sua cintura.

— Olha para mim, querida. Com você é sempre mais, muito mais. Diferente. Outra forma de viver algo que eu achava que já conhecia. Outro tudo. Você não sente isso também? — sussurrei e, quando ela concordou e soltou um suspiro, tive o impulso de mexer os dedos mais rápido, mais fundo; queria marcá-la com as mãos, desenhá-la; ela, o prazer, os dois conceitos juntos. — Vamos para casa...

Continuamos aos tropeços pelo caminho até chegar à porta de casa. Fechei-a com um golpe seco enquanto Leah desabotoava minha camisa e puxava o tecido pelos ombros. Arranquei a camiseta dela e a deixei no meio da sala antes de puxar a saia para baixo. Nos beijamos enquanto seguíamos para o quarto, tropeçando, nos abraçando, ofegando com ela pendurada em meu pescoço e grudada em meu peito.

— Que caralho você está fazendo comigo? — sussurrei.

Porque essa era a pergunta que rondava a minha cabeça o tempo todo. Em que momento exato eu tinha perdido a cabeça por ela, qual frase ou qual gesto fora decisivo, em que momento eu começara a ser um pouco dela, mesmo que eu nunca admitisse algo assim por puro orgulho?

— Eu quero te entregar tudo — ela me olhou, trêmula.

— Você já faz isso.

Quando nossos lábios se encontraram com mais ímpeto, ela se ajoelhou diante de mim. Prendi a respiração. Ela me tocou com a boca e eu achei que ia morrer. Respirei fundo, devagar, quase ao ritmo de seus movimentos, que no início eram lentos, contidos, e depois foram se tornando mais intensos. Intensos demais. Afundei os dedos no cabelo dela e... caralho. Os lábios. A língua. Eu ia enlouquecer. Tentei controlar, prolongar o momento um pouco mais, mas tive um arrepio de prazer quando ela cravou os olhos nos meus, sem deixar de me acariciar com a boca.

— Querida... Eu vou gozar...

Tentei me afastar, mas ela continuou. Apoiei as mãos na parede à minha frente e soltei um gemido rouco quando me deixei transbordar em sua boca. Foi avassalador. Foi de outro planeta ou algo assim. Fechei os olhos e respirei forte pela boca, tremendo feito criança. Esperei ela voltar do banheiro um minuto depois e então segurei suas bochechas e a beijei uma e outra e outra vez. Leah começou a rir e me abraçou.

— Uau, parece que você gostou.

— Não é isso...

Levantei-a nos braços e a levei para a cama.

— Então é o quê?

— Amor — sussurrei.

Eu sabia o que era o desejo, o prazer, a vontade de chegar ao clímax. Mas, até ela entrar na minha vida, eu não sabia nada sobre o amor, sobre a necessidade de satisfazer a outra pessoa e querer dar o meu melhor, entregar tudo pensando primeiro nela e depois em mim.

— Axel, o que você pensa sobre o amor? — perguntou, deitada entre os lençóis brancos.

— Não sei. Não penso nada de concreto.

— Você sempre tem uma resposta para tudo.

— Acho que penso em você.

— Isso não vale.

— Bem, essa é a única coisa que me vem à cabeça. Só sei que eu passaria a vida inteira assim. Conversando com você. Transando com você. Sonhando com você. Tudo com você. Você acha que isso é amor?

Leah sorriu com as bochechas coradas.

Estava tão bonita que eu desejei desenhá-la.

Leah

Quase nunca temos consciência de que somos felizes enquanto estamos sendo. Costumamos lembrar e dar valor depois, como aquele almoço de família em que você estava com preguiça de ir e que acabou sendo uma tarde cheia de risadas, histórias que, quando acontecem, você ainda não sabe que vai se lembrar delas para sempre; aquela tarde boba que você ri tanto com sua melhor amiga que chega a doer a barriga, ou um dia em que você pensa que tudo está perfeito enquanto está deitada na areia da praia e o sol quente acaricia sua pele. Esses momentos que você curte tanto que acaba não valorizando na hora porque está bem ali, vivendo-os, sentindo-os naquele presente.

Porém, com ele eu não conseguia parar de pensar nisso. "Felicidade" era a palavra que dançava na ponta da minha língua todas as manhãs quando eu acordava e dava nele um beijo lento. Acho que era porque uma parte de mim já sabia que isso não terminaria bem, que eu tinha que guardar com carinho todos aqueles momentos que estávamos vivendo juntos, porque eu me lembraria deles durante anos e eles seriam a única coisa que eu teria para me agarrar.

Axel

Notei algo. Um *crac* fraquinho, mas não dei muita importância até ouvir o som de passos na madeira na sala. Abri os olhos de uma vez só. Não sei como diabos consegui sair da cama e vestir uma sunga que peguei na primeira gaveta, porque de repente meu coração veio parar na garganta. Leah murmurou algo incompreensível ainda meio dormindo, mas nem prestei atenção.

Cruzei o quarto em dois passos e me segurei no batente da porta. E... merda. Caralho. Merda.

Justin me olhou com as chaves na mão e com cara de quem não estava acreditando no que estava vendo. Seus olhos se desviaram para as roupas que deixamos espalhadas a caminho do quarto na noite anterior, e depois pararam no quarto vazio de Leah antes de voltar para mim.

— Que merda você fez, Axel? Que porra é...?

Ele colocou as mãos na cabeça e eu fechei a porta, rezando para que Leah não saísse naquele momento, embora a situação não pudesse ficar pior do que já estava. A expressão de Justin bastou para eu entender que não tinha nada para explicar, que ele já sabia de tudo.

Engoli em seco, devagar. Eu mal conseguia respirar.

— Eu te falei que a chave era só para emergências.

— Puta merda! Isso é tudo o que você tem a dizer? Você enlouqueceu? Perdeu o juízo? De todas as coisas estúpidas que você já fez na vida, te juro que dessa vez... dessa vez você passou dos limites. Mas você não entende isso, né? Você está por cima de tudo e de todos, porque primeiro vem o seu umbigo e depois todo o resto.

— Fala baixo, caralho. Você vai acordá-la.

Justin me olhou em estado de choque. Eu também estava, porque, merda, de todas as coisas que eu poderia dizer naquele momento, não, aquilo não era o melhor; mas eu estava assustado e puto e mais travado do que nunca. Mordi a língua para não falar mais nenhuma idiotice e saí de casa pela porta de trás. Meu irmão me seguiu. O sol da manhã já brilhava alto no céu. Segui pela rua até que a grama deu lugar à areia. Então parei e respirei fundo algumas vezes, sem tirar os olhos do mar.

— Não é o que você está pensando, não é uma besteira...

O vento despenteava o cabelo castanho do meu irmão.

— Então me explica. Deixa eu entender isso, porque até agora não consegui assimilar, Axel. Nunca me passou pela cabeça...

— Nem pela minha. Sei lá, Justin. Simplesmente aconteceu. O que você quer que eu te diga? Eu me apaixonei por ela. Não queria, mas também não sei por que isso seria tão errado. Eu não sinto assim.

— Puta merda, Axel. — Ele se afastou alguns passos.

Dei a ele um pouco de tempo e espaço. Esperei em pé no meio da praia enquanto ele andava de um lado para o outro com a cara fechada e soltando uns palavrões de vez em quando. Eu teria dado risada em qualquer outra situação, mas naquele dia estava prestes a ter um infarte. Então me aproximei dele, quando minha paciência acabou.

— Justin, fala alguma coisa. Qualquer coisa.

— Você está apaixonado por ela? — Ele me olhou, firme.

— Preciso repetir?

— Hoje não é o melhor dia para você ser petulante, Axel. Tá certo, vamos aceitar que já foi, que essas coisas acontecem, mas isso não elimina a questão mais importante: você precisa falar com o Oliver. Imediatamente.

— Não consigo. Ainda não.

— Por que? — Cruzou os braços.

"Porra, porque eu vou perdê-lo. Porque eu odeio a palavra 'consequências'. Porque eu tenho medo do que vai acontecer."

— Preciso encontrar a maneira perfeita de contar para ele. Preciso fazer com que ele entenda, quando eu explicar. É só ver como você reagiu e multiplicar por mil. Não é tão fácil, entende? A princípio eu queria esperar e ver que rumo isso tomaria entre nós, mas agora... agora fodeu tudo de vez.

— Você está fodido e mal pago.

— Eu sei, Justin! Caralho! — gritei com raiva.

E então, em vez de responder com alguma idiotice careta que seria típico dele, ele se aproximou e me deu um abraço. Fiquei ali parado, duro e frio, porque não conseguia me lembrar da última vez que tinha abraçado meu irmão. Dei um tapinha nas costas dele, ainda surpreso, e prolonguei um pouco mais o contato ao lembrar do comentário do meu pai sobre o ciúme de Justin no dia em que saímos para jantar. Meu irmão me olhou e me deu um apertão no ombro.

— Vai ficar tudo bem, você vai ver. Quem mais sabe?

— Ninguém.

Ele levantou as sobrancelhas.

— O que você esperava? Porra.

— Tá bom. Bem... bom... sei lá...

— Você não tem que fazer nada — esclareci.

— Tá certo. Mas se você precisar conversar ou qualquer outra coisa...

— Eu te ligo. Obrigado, Justin. — Voltamos para casa. — Por falar nisso, você veio até aqui por algum motivo específico? Ah, e devolve a minha chave. Você quebrou as regras.

— Não pretendo devolver. Eu tinha um tempo livre, deduzi que você estaria surfando e queria, sei lá, pensei que poderia passar por aqui e te acompanhar, para você me dar umas aulas rápidas. Eu te liguei, mas você não atendeu, claro.

— Por que você iria querer aulas de surfe?

— E por que não? — Ele me olhou, desafiador.

— Porque você nunca fez isso em duas décadas, por exemplo.

— Nunca é tarde. Outro dia ouvi Emily dizendo que ela achava os turistas surfistas atraentes. Acho que estava falando com uma amiga no telefone. O problema é que não consigo tirar isso da cabeça. Ultimamente a gente tem transado menos porque é impossível com as crianças e, olha para mim, estou ficando barrigudo e acho que vou ficar careca em uns cinco anos, sendo bem otimista.

Comecei a rir. Ele me deu um soco no ombro.

— Você é sortudo para cacete. Para de besteira. Ela achar que os turistas são atraentes não tem nada a ver com o que vocês têm. São coisas diferentes, Justin. Você tem muita sorte de ter uma mulher que te adora e que também é divertida, inteligente e gostosa para caralho.

— Para de falar assim dela.

— Relaxa, cara.

Justin ficou meio paralisado quando encontrou Leah na cozinha fazendo café. Ela o cumprimentou, sorridente.

— Quer uma xícara?

— Não, obrigado, já estou indo embora.

Ele nos olhou como se estivesse tentando enxergar nós dois juntos pela primeira vez, respirou alto, despediu-se e saiu. Deixei escapar o ar que estava segurando e me aproximei de Leah. Abracei-a por trás. Beijei sua nuca.

— Precisamos conversar, querida.

96

Leah

Combinamos de contar a Oliver antes do primeiro dia de novembro. Gostaria de eu mesma poder fazer isso, porque me sentia preparada, forte e confiante, me sentia cheia de cores e uma parte de mim queria compartilhar aquilo com meu irmão. Axel sorriu quando me escutou e negou com a cabeça. Me deu um beijo no cantinho da boca. Disse que ele mesmo tinha que cuidar disso, que ele era seu amigo, que o amava... e eu respeitei. Depois me pediu um último favor, algo que estava adiando havia meses e que tínhamos que fazer antes. Ele me explicou devagar, falando baixinho, com cuidado. Eu sei que ele tinha medo da minha resposta. Sei que tinha medo de que eu começasse a chorar e que me fechasse novamente, mas, quando o escutei, só senti um frio incômodo na barriga, seguido de curiosidade. E depois... necessidade.

97

Leah

Fiquei olhando as cores desfocadas que deixávamos para trás enquanto seguíamos pela estrada. Fazia sol e não tinha nuvens. Virei a cabeça para olhar o perfil de Axel e quis memorizar aquela imagem: ele dirigindo tranquilo com um braço apoiado na janela, a pequena cicatriz na sobrancelha esquerda que ele tinha feito aos dezesseis anos quando bateu na borda da prancha de surfe, o queixo barbeado naquela manhã, quando eu insisti em raspar as partes que ele tinha deixado malfeitas, porque ele era assim desajeitado com tudo...

Ele estendeu a mão e a colocou no meu joelho. Eu estava muito nervosa.

— Lembre-se de que você não precisa fazer isso, Leah, só se você quiser. Se em algum momento você quiser desistir, basta me dizer. Eu dou meia-volta imediatamente e vamos fazer outra coisa, passar o dia por aí ou almoçar na praia. Eu só queria te dar todas as opções.

— Eu sei. Mas eu quero seguir em frente.

Não sei quanto tempo ficamos dentro do carro, porque meus pensamentos estavam em outro lugar, um lugar cheio de lembranças das quais eu estava tirando a poeira pouco a pouco. Talvez tenha sido uma hora. Talvez duas. Quando paramos no meio de um condomínio cheio de casinhas pintadas de branco, o nó na minha garganta mal me deixava respirar.

Ele me estendeu a mão e eu a aceitei.

— Preparada? — perguntou, inquieto.

— Acho que nunca vou estar — admiti —, então é melhor eu fazer isso o quanto antes.

Abri a porta do carro e saí. O ar estava úmido e só se ouvia o canto dos pássaros e o barulho dos galhos das árvores que o vento sacudia. Naquele lugar se respirava tranquilidade. Olhei para a caixa de correios com o número 13 e depois para a casa de dois andares, a cerca branca que a rodeava e o pequeno jardim com um gramado onde havia alguns brinquedos.

Avancei pelo caminho da entrada. Axel veio atrás.

Toquei a campainha. Meu estômago revirou quando ela abriu a porta. Era uma jovem mulher de uns quarenta anos, com um olhar doce e a pele pálida com as bochechas um pouco afundadas. A tensão pairava no ar.

— Estava esperando vocês. Entrem.

Vi que a mão dela estava tremendo quando ela a apoiou no batente da porta. Foi muito difícil pronunciar qualquer palavra, mas eu sabia que precisava fazer aquilo sozinha, por mim mesma, porque ele tinha estado ao meu lado desde o início, me ajudando a me levantar, a continuar, a ficar mais forte. Tentei controlar a angústia.

— Não precisa... não entre... — sussurrei.

Axel pareceu surpreso, mas deu um passo atrás e colocou as mãos nos bolsos da calça.

— Tranquila, te espero aqui fora. Sem pressa.

Segui a mulher para dentro da casa e meu coração acelerou quando ela fechou a porta. Observei a sala, as fotografias emolduradas em que sorriam duas crianças com os dentes um pouco separados, os desenhos pendurados nas paredes e o sofá de aspecto confortável e familiar em que acabei me sentando.

Ela me perguntou se eu queria tomar alguma coisa e, quando neguei com a cabeça, ela se sentou em uma cadeira na minha frente. Esfregou as mãos.

— Estou um pouco nervosa — começou a dizer.

— Eu também — admiti, com um sussurro rouco.

Olhei para ela. Para a mulher que tinha mudado a minha vida; aquela que um dia, após um turno de doze horas no hospital, fechou os olhos por um instante enquanto dirigia, perdeu o controle do carro e invadiu a pista contrária; a pista por onde estávamos passando no momento em que começaram a tocar as primeiras notas de "Here comes the sun". Pensei que eu sentiria ódio, raiva e mais dor ainda, mas, quando revirei bem fundo dentro de mim e procurei por tudo isso, o que encontrei foi compaixão e um pouco de medo por ver como a vida às vezes podia ser imprevisível. Porque naquele dia eu tinha estado do lado oposto, mas em qualquer outro eu poderia me encontrar na pele dela, porque é impossível prever algo assim, e muito menos se esquecer de algo assim. E quando ela me disse, entre lágrimas, o quanto ela sentia pelo acontecido, eu soube que não tinha mais nada para fazer dentro daquela casa.

98

Leah

É ENGRAÇADO COMO AS COISAS MUDAM. ALGUMAS MUDANÇAS LEVAM ANOS, UMA VIDA inteira, outras acontecem em apenas alguns minutos. Quando entrei naquela casa, eu era uma pessoa diferente da que saiu meia hora depois. E bastaram meia dúzia de palavras. Muitas vezes vemos tudo através de filtros, até que um dia conseguimos tirar um e depois outro e outro mais, até que, no final, resta só a realidade.

Quando saí e vi Axel encostado na lateral do carro com os braços cruzados, minhas pernas bambearam. Porque eu o vi de forma mais clara. Mais meu. Mais dele. Mais perfeito. Mais tudo. E corri até ele com o coração na boca, como se ele fosse a única coisa sólida, o ponto sobre o qual girava o resto do mundo, do meu mundo.

Eu o abracei. Agarrei-me ao corpo dele tremendo, mas consciente de cada detalhe: da maciez de sua pele, de como ele era cheiroso, de como eu o amava, de como ele seria sempre tão importante para mim. Encaixei a cabeça em seu pescoço e ficamos ali, balançando-nos abraçados no meio da rua, fechando juntos um baú cheio de dor no qual agora só restavam belas lembranças que eu não queria esconder nunca mais.

— Meses atrás você me disse que eu devia te achar um babaca insensível porque você parecia gostar de meter o dedo nas minhas feridas. E você estava certo. Eu achava isso mesmo. — Respirei fundo, me perdendo em seu olhar azul. — Mas você também disse... que um dia eu te agradeceria, e que era para eu me lembrar daquela conversa...

— Querida... — Estava com a voz rouca.

— Obrigada, Axel. Por tudo. Obrigada, obrigada, obrigada.

Abracei-o novamente, dessa vez mais apertado, quase derrubando-o em cima do carro. E ficamos ali alguns minutos em silêncio, agarrados um ao outro.

99

Axel

Aumentei o volume do rádio do carro quando começou a tocar "A 1000 Times" e coloquei os óculos de sol quando deixamos o condomínio para trás e seguimos em direção à costa. Olhei de relance para Leah por um segundo, guardando aquela imagem para mim, dela com os olhos fechados, cantando baixinho, com o sol da tarde acariciando seus cílios, a ponta do nariz e seu sorriso. E me lembrei de uma das primeiras coisas que Douglas me ensinou quando eu era jovem: que a luz era a cor, que sem ela não havia nada.

Paramos para comprar uns sanduíches e acabamos em uma praia. Estava vazia, tinha apenas alguns surfistas ao longe. Tirei uma toalha grande do porta-malas e a estendi na areia. Leah deitou com os braços para cima e eu segurei a vontade de cobri-la com meu corpo e acariciá-la por inteiro. Sentei ao lado dela e esperei ela se sentar para entregar sua comida. Quando ela terminou, se levantou, caminhou até a margem e deixou a água molhar suas pernas. Eu a observei, pensando em como ela parecia se encaixar com aquela paisagem, na beleza daquela cena, na paz que me aqueceu o peito ao vê-la assim, tão inteira, tão feliz, tão ela.

Ela se jogou em cima de mim com um sorriso quando voltou, e acabei deitado sobre a toalha com os olhos cerrados pelo brilho do sol. Leah me beijou no pescoço, no queixo, nas pálpebras e nos lábios. Soltou um gemido baixinho e eu fiquei excitado. Pressionei-a contra meu corpo.

— Você é minha pessoa favorita no mundo.

Dei risada.

— E você, a que vai acabar comigo — sussurrei.

Com a ponta dos dedos, Leah traçou espirais sobre meu ombro, descendo lentamente pelo meu braço. Então me pediu para fechar os olhos e tentar adivinhar as palavras que ela traçava na minha pele. Respirei fundo quando distingui um "eu te amo", "amor", "submarino". Gostei de sentir que aquilo fazia sentido para nós e para ninguém mais.

— Axel... você acha que... que você conseguiria me desenhar?

Abri os olhos e minha pulsação disparou.

— Não sei. Não, eu não conseguiria.

O rosto dela estava a poucos centímetros do meu.

— Por que? Me conta, por favor.

— Porque eu ficaria com medo de tentar e não conseguir. — Deitei-a ao meu lado. Com uma mão afastei o cabelo que estava no rosto dela antes de acariciar sua bochecha com o polegar. — Vou te contar sobre a noite em que decidi que não pintaria mais.

E contei tudo, sem esconder nada, sem ter que ser delicado cada vez que mencionava os Jones, deixando-a ver como o pai dela tinha sido importante para mim, como eu cheguei a ficar mal, como eu tinha sido infeliz durante aquele tempo.

— E você nunca mais tentou?

— Não. Ainda está tudo lá, em cima do armário.

— Mas Axel, como é possível...?

— Porque eu não sinto como você sente. E para não sentir, para fazer qualquer coisa, então é melhor não fazer nada e não me dar ao trabalho de sujar as mãos. Eu te disse que, no dia que você me entendesse, você se enxergaria melhor. Porque você, minha querida, tem magia. Você tem tudo.

— Mas isso é triste, Axel, muito triste.

— Não tem mais importância. — Me inclinei para beijá-la devagar.

— Então vou passar o resto da vida me perguntando como eu sou através dos seus olhos, como suas mãos me desenhariam... — sussurrou, enquanto me abraçava.

Não consegui responder, porque estava com um nó na garganta e porque as palavras dela despertaram em mim uma inquietação que eu pensava ter esquecido. Enterrei a sensação. Não muito fundo, simplesmente deixei-a ali. Só isso.

— Espera, já sei! Tive uma ideia! — Ela me deu um sorriso enorme.

Meia hora depois estávamos no carro discutindo os detalhes. Quando Leah decidiu, descemos e caminhamos até o estúdio de tatuagem na esquina, no final da rua. Expliquei os detalhes para o rapaz que estava atrás do balcão lendo uma revista. Ele aprovou e entramos no estúdio.

O cara me passou o marcador. Aproximei-me de Leah enquanto ela levantava a camiseta, deixando à mostra a borda do peito e toda a lateral. Respirei fundo. Sentei diante dela e deslizei os dedos pela pele que cobria as costelas e o lado direito de seu tronco.

— Vai fundo, Axel.

— É para a vida inteira...

— Tudo bem, é a sua letra.

Prendi a respiração enquanto a tocava com a ponta do marcador, e a pele dela se arrepiou com o toque. Deslizei-o para cima e depois para baixo e outra vez para cima conforme ia formando cada sílaba e cada vogal, só para ela.

Quando terminei, me afastei. E li:

"Let it be". Deixa acontecer.

A música que dançamos na varanda na primeira noite em que a beijei. A noite em que tudo começou a mudar entre nós.

— Gostou? — perguntei.

— É perfeito.

O cara terminou de preparar o material e se aproximou. Depois fiquei vendo, compenetrado, como minha letra se gravava na pele dela, como cada traço de tinta parecia nos unir para sempre em uma lembrança que era só nossa.

100

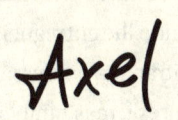

Axel

ERA O PENÚLTIMO SÁBADO DE OUTUBRO QUANDO ENTREI NA CASA DOS MEUS PAIS com o presente de aniversário de casamento deles na mão. Eles não iam comemorar até a sexta-feira seguinte, quando Oliver chegaria e iríamos jantar na casa de Justin e Emily, que estavam organizando tudo para que minha mãe não tivesse que cozinhar naquele dia. Então lá estava eu, às seis da tarde, tocando a campainha.

Meu pai abriu a porta e me abraçou.

— Como vai, garoto? Você está com uma cara boa.

— Você também. Gostei desse pingente.

— É uma árvore cabalística. — Sorriu, com orgulho.

Entrei com ele. Minha mãe veio me cumprimentar e perguntou se eu queria tomar alguma coisa; quando eu respondi que não, ela franziu a testa.

— Nada? Nem um chá?

— Não. Estou bem.

— Nem um suco de laranja?

Revirei os olhos e suspirei.

— Tá bom, aceito então.

— Eu sabia que você queria. — Piscou um olho para mim.

Meu pai sentou em sua cadeira e me perguntou sobre minhas últimas encomendas. Minha mãe me deu o suco logo depois e se sentou com as mãos cruzadas sobre as pernas, com um olhar curioso.

— Não quero ser grosseira, meu amor, mas você veio por algum motivo? Você está me deixando preocupada.

— Por que você associa tudo a algo ruim?

— Acredite, toda vez que me ligavam da sua escola, eu rezava para que fosse por uma boa razão, uma medalha esportiva, uma nota boa inesperada, sei lá, mas isso nunca aconteceu. Percebi que eu só acertava quando pensava em algo ruim. Você sabe que eu te adoro, querido, mas...

— Caralho, isso foi há uma eternidade.

— Olha a boca!

— Eu só queria trazer o presente de vocês.

Levantei para tirar o envelope meio dobrado do bolso da calça. Minha mãe ficou com os lábios trêmulos quando lhe entreguei o envelope. Esperei, nervoso, enquanto ela o abria, tentando decifrar sua expressão, mas era quase impossível porque ela estava emocionada e surpresa, mas também assustada e com o rosto tenso.

— Uma viagem a Roma... — Ela olhou para mim. — Você nos deu uma viagem a Roma?

— Sim. — Encolhi os ombros.

— Mas isso é... é muito dinheiro...

— É o seu sonho, não é?

Meu pai me olhou com gratidão.

— Não sei... eu não sei se podemos viajar... — Minha mãe deixou os bilhetes de avião no colo e levou a mão à boca. — Porque tem o café e... coisas... eu tenho o concurso de bolos...

Meu pai respirou fundo e eu vi a determinação em seus olhos quando ele se virou para ela e segurou seu rosto pelas bochechas. Eu quis levantar e ir embora, deixar aquele momento íntimo só para eles, mas não consegui me mexer.

— Amor, olha para mim. Nós vamos. E vai ser a primeira de muitas outras viagens. Vamos tirar algum dinheiro da poupança, entraremos naquele avião e começaremos uma nova etapa, você está ouvindo? Está na hora de seguir em frente, Geórgia.

Ela concordou hesitante, quase como uma criança pequena. Às vezes as emoções e a maneira como lidamos com elas têm pouco a ver com a idade. Pensei nisso e nas diferentes formas que cada um de nós tem de aceitar um mesmo acontecimento, a perda. Acho que, de alguma forma, a vida consiste em tentar saltar sobre os buracos que aparecem e passar o menor tempo possível deitado no chão sem saber como se levantar.

Levantei. Meus pais insistiram para eu ficar um pouco mais, mas me despedi com um beijo depois de dizer que nos veríamos na sexta à noite, porque eu sabia que eles precisavam ficar sozinhos, e eu... eu queria voltar para ela.

Talvez por estar com saudade dela. Talvez por eu ter me acostumado demais a compartilhar cada momento com ela. Talvez por saber que em poucos dias tudo poderia mudar.

101

Axel

Entrei em casa pela porta de trás e vi a prancha de Leah na varanda. Sorri ao perceber que ela mesma tinha sentido a necessidade de surfar um pouco sozinha, sem mim. Eu a vi através da porta. Estava de costas, ajoelhada no chão diante de uma tela enorme e a uma paleta cheia de manchas de tinta fresca. Ainda estava só de biquíni e, de onde eu estava, eu tinha uma vista espetacular da bunda dela.

Tirei a camiseta quando me aproximei dela. Leah me olhou por cima do ombro e sorriu.

— Não se mexe — pedi, antes de me ajoelhar ao lado dela. Abracei-a, deslizei as mãos por baixo do tecido que cobria seus peitos e rocei meu polegar em seu mamilo até ela ofegar e soltar o pincel. — Estava com saudade.

Fechei os olhos e toquei em todas as partes de seu corpo, beijei a tatuagem, afundei um dedo dentro dela e suas costas se contraíram contra meu peito. Beijei o pescoço. Agarrei o cabelo dela. O cheiro do mar estava impregnado nela e eu só queria lambê-la. Deslizei a língua pela espinha e senti cada tremor de seu corpo. Não conseguia pensar em mais nada. Só nela. Em mim. Em nós. Em como ela era linda, tão cheia de cor...

Sem pensar, estiquei a mão até a paleta que estava ao lado e afundei os dedos nas tintas. Depois percorri o corpo dela com eles; as costas, a bunda, as pernas. Eu a pintei com minhas mãos em cima daquela tela. Ela ficou ofegante.

— Axel...

Havia tanto desejo em sua voz que eu quase gozei quando a ouvi dizendo meu nome daquele jeito. Prendi a respiração e arranquei com um puxão a parte de baixo do biquíni dela. Desabotoei minha calça e a tirei enquanto me deitava em cima dela e segurava seus braços cheios de tinta em cima da tela.

Entrei nela de uma vez só. Fechei os olhos.

Eu não estava vendo o rosto dela, mas ouvia sua respiração ofegante. Meti de novo, segurando com força seus quadris. Mais forte. Mais fundo. Leah gemeu, gritou. Cerrei os dentes, peguei mais tinta e minhas mãos a pintaram inteira enquanto eu empurrava dentro dela repetidas vezes, e nenhuma parecia suficiente, nenhuma acalmou o vazio que sentia no meu peito diante da incerteza de que aquilo não seria para sempre. Quando toda a pele dela estava coberta de cores e suor, me afastei e a virei, porque eu queria fodê-la também com o olhar, com as mãos, com cada gesto.

Leah respirava agitada e seus peitos nus subiam e desciam ao mesmo ritmo. Estava com os olhos brilhantes e cravados em mim; cheios de tudo. De amor. De desejo. De necessidade. Nossos olhos se cruzaram enquanto eu traçava uma linha azul desde sua bochecha até o umbigo, devagar, tão devagar que cada toque da pele dela contra a minha era prazer e tortura ao mesmo tempo. A boca macia e aberta enquanto eu me pressionava mais contra ela, manchando-me com a tinta que a cobria, sem conseguir parar de contemplá-la fascinado.

— Estou completamente louco por você...

— Me beija. — Afundou os dedos no meu cabelo e me puxou com força até que nossos lábios se chocaram.

Ela tinha gosto de morango. Ela voltou a ter gosto de morango.

Ela rebolava. Eu, ofegante, apertava os dentes.

— Eu passaria a vida inteira assim, te fodendo, te olhando, te beijando... — gemi e a segurei pelo traseiro para empurrar mais fundo.

Leah mordeu minha boca quando eu a segurei pelos pulsos em cima da tela e movia meus quadris contra os dela, tornando-a minha, perdendo-me nela, dando tudo a ela.

— Caralho, querida... Puta merda...

Ela gozou. Curvou as costas, gemeu na minha boca.

Vi seus olhos anuviados, quando ela os abriu novamente.

Continuei entrando nela. Mais e mais e mais...

— Fala que me ama — pediu.

Encostei minha testa na dela. Meu coração acelerou, batendo forte e rápido, e toquei em sua boca devagar, saboreando-a cheio de tensão, a ponto de explodir. Respirei fundo quando ela me deu um beijo no coração, no meio do peito, e depois perdi o controle e explodi com um gemido rouco que silenciei contra a sua pele quente.

Um abraço. Silêncio. Aproximei minha boca do ouvido dela.

— Todos vivemos em um submarino amarelo.

Eu não me mexi pelo que me pareceu uma eternidade. Porque eu não conseguia. Simplesmente não conseguia. Ainda estava dentro dela, em cima de seu corpo, e só conseguia pensar que aquilo era perfeito, que algumas coisas não temos como evitar, elas simplesmente têm que ser. Respirei em seu pescoço até que ela moveu os braços para me abraçar e o toque de sua pele me fez abrir os olhos. Franzi o cenho e me afastei dela. Fiquei em pé. E olhei para ela deitada ali, ainda sobre aquela superfície que antes era branca e que agora estava cheia de cores de nós dois fazendo amor, do rastro que nossos corpos tinham deixado.

Prendi a respiração. Algo se agitou no meu peito.

— O que foi? O que você está olhando?

— A melhor obra da minha vida.

Peguei-a pelos pulsos e a levantei.

Ali estava. Um quadro. Meu. Dela. Nosso.

Leah me abraçou. Não conseguia tirar os olhos daquele turbilhão de cores, dos traços sem sentido, da nossa história transformada em obra de arte. Naquele dia entendi que nem sempre era preciso pensar para pintar; que aquilo que para o resto do mundo seriam apenas rabiscos, para nós seria a tela mais bonita do mundo.

Abaixei, peguei a tela e fui até o quarto.

— Axel! O que você está fazendo? — Leah me seguiu.

Levei a caixa de ferramentas, peguei pregos e madeira e um martelo. Dez minutos depois, o quadro ocupava toda a parede acima da minha cama. E eu sabia que lá ele ficaria para sempre. Virei para Leah, ainda respirando agitado.

— Ainda não está seco — sussurrou.

— Vai secar. Vem cá, minha querida.

Ela subiu na cama. Ainda estava sem roupa. Pressionei-a contra meu corpo, pele com pele, coração com coração, e dei nela um beijo carinhoso, um beijo lento em que deixei transbordar tudo... tudo o que preenchia meu peito naquele momento.

102

Axel

A VIDA É ISTO, UM IMPREVISÍVEL.

Um dia você acha que se conhece bem e, no outro, se vê olhando no espelho e sendo surpreendido. Um dia você acha que nada vai te acontecer... e acontece. Um dia você está convencido de que nunca vai se apaixonar por aquela garota que viu crescer no jardim da sua casa e acaba perdendo a cabeça por ela, como se tivesse passado a vida inteira esperando por ela para descobrir o significado da palavra *amor* com toda a sua força. Um dia você percebe que deixou de lado aquele irmão que sempre esteve ali, na sombra, com medo de se aproximar e ser rejeitado. Um dia você tem certeza de que sabe como seu melhor amigo vai reagir a quase todas as situações e... você se engana.

103

Leah

EU ESTAVA HÁ VÁRIAS NOITES SEM CONSEGUIR DORMIR, DESDE QUE OLIVER VOLTOU no domingo e fui para casa sabendo que no fim daquela semana Axel falaria com ele e explicaria tudo. Parte de mim queria antecipar aquele momento, como quem arranca um band-aid com um puxão rápido. Por outro lado, estava morrendo de medo, e a incerteza me sufocava.

Olhei para o vestido que eu tinha deixado na cadeira da escrivaninha e que usaria naquela noite para jantar na casa de Justin e Emily. Era preto e discreto, mas me deixava sexy, embora talvez isso tivesse mais a ver com a forma como eu me sentia quando as mãos de Axel me tocavam do que com a roupa em si.

Levantei da cama quando Oliver entrou no meu quarto.

— Vou ao Cavvanbah tomar alguma coisa com uns amigos. — Colocou a camisa estampada por dentro da calça. — Passo para te buscar ou nos vemos direto na casa dos Nguyen?

— Eu vou direto para lá.

— Tá bom. Então me dá um beijo, baixinha.

Eu não teria deixado ele ir se soubesse o que aconteceria algumas horas depois...

104

Axel

Era uma noite quente de primavera, então fui caminhando até a casa que Justin e Emily tinham comprado havia alguns anos nos subúrbios. Estava entrando quando meus sobrinhos saíram correndo de trás de uns arbustos em que tinham se escondido. Dei risada quando eles me atacaram com umas pistolas de água e consegui pegar uma de Max e atirar na cara dele até ele sair correndo.

Cumprimentei Emily e depois saí para o jardim, onde a mesa já estava preparada no meio do gramado. Justin estava um pouco mais adiante, em frente à churrasqueira. Fui até ele e dei um tapinha nas costas enquanto ele cuidava da carne que estava assando.

— Você foi um irmão legal e se lembrou de mim?

— Tem lasanha vegetariana lá dentro.

— Porra, eu te amo. — Dei risada.

Justin balançou a cabeça antes de virar os hambúrgueres, enquanto as crianças corriam de um lado para o outro.

— Como vai tudo? — perguntou.

— Mais ou menos.

Olhei para o lado quando ouvi a porta da casa se abrindo e vi Leah saindo por ela. E, caralho, meu coração quase parou. Porque ela estava maravilhosa, com aquele sorriso... e aquele vestido que eu quis tirar imediatamente. Fui até ela e lhe dei um beijo na bochecha. Justin estava bastante tenso quando a cumprimentou e perguntou se ela preferia a carne bem ou malpassada.

Ficamos entretidos um tempo com Max e Connor bagunçando sem parar um segundo e depois trouxemos os pratos para a mesa. Meus pais apareceram quando eu estava colocando a travessa da minha lasanha e eu fui cumprimentá-los.

Alguns metros atrás deles, eu vi Oliver chegando.

Vi que ele estava com a cara fechada e a boca contraída em uma linha fina e tensa. Acho que, com aqueles sinais, eu já deveria ter adivinhado o que aconteceria. Quando ele passou por todos e chegou em mim, não consegui evitar o primeiro soco. Nem o segundo. Minha família inteira começou a gritar, mas eu só conseguia pensar na dor aguda e no que me causava senti-la, porque sabia que parte de mim a merecia, porque eu podia dar a Oliver ao menos essa satisfação.

Eu cambaleei com o terceiro golpe, mas consegui continuar em pé. Ouvi Leah chamando seu irmão, mas nem ele nem eu conseguíamos tirar os olhos um do outro, como se todos os fios que nos mantinham unidos desde que tínhamos oito anos estivessem se cortando um a um. Senti o gosto metálico do sangue na boca e cuspi no chão. Oliver deu outro passo em minha direção. Não parecia, de jeito nenhum, ter descarregado o que sentia, mas Justin o pegou por trás antes que ele pudesse me alcançar. Acho que foi porque ele percebeu que eu não pretendia me defender.

— Como caralho você...? Como você pode...?

Não respondi. Bem, o que eu ia responder? Eu quase disse um simples "Aconteceu, rolou", mas eu sabia que não seria suficiente. Porque estava escrito nos olhos dele. A raiva, o ódio, a incompreensão, a decepção.

— O que está acontecendo aqui? Meninos... — Minha mãe estava com a voz trêmula e os olhos arregalados.

Connor começou a chorar quando Emily o levou para dentro com o gêmeo e eu esfreguei o queixo dolorido tentando não olhar para os meus pais.

— Precisamos conversar...

— Eu vou te matar, Axel!

Justin o segurou com mais força.

— Mais tarde, na minha casa — continuei, e não sei por que porra eu parecia tão frio e tão calmo, porque por dentro eu estava morrendo. Mas eu sempre fui um pouco assim. Sempre achei difícil demonstrar minhas emoções em situações tensas. — Te espero daqui uma hora.

— Você é um filho da puta — ele cuspiu.

Para ser justo, ele tinha uma parte de razão.

— Merda, vai embora, Axel — implorou Justin.

Considerei que isso seria o melhor e saí, evitando olhar para Leah, porque se eu olhasse... se olhasse, não tinha certeza de como isso terminaria. Ainda ouvi Oliver gritando para a irmã pegar suas coisas, ignorando as perguntas dos meus pais e as tentativas de Justin de acalmá-lo. Então bati no volante, liguei o carro e dirigi para longe.

A primeira coisa que fiz quando cheguei em casa foi pegar a garrafa de rum. Dei uns goles direto do gargalo enquanto caminhava até o banheiro e me olhava no espelho. Cuspi o último gole na pia porque ainda estava com sangue na boca. Tomei mais dois. Não precisei pensar muito, pois sabia que Oliver tinha ido ao Cavvanbah naquela tarde. Talvez Madison tivesse visto demais, muito mais do que eu achava que tinha visto. Tentei me acalmar. Dei outro gole e alguns minutos depois ouvi as batidas na porta. Faltou pouco para ele derrubá-la. Abri.

— Filho da puta desgraçado... — Oliver entrou como um furacão.

Levei outro soco. Esse, porque não consegui me esquivar. Mas, antes que ele tentasse dar mais um, eu o segurei pelas costas e o coloquei contra a parede. Havia tanta tensão entre nós que era difícil respirar. Falei entre dentes.

— Até agora eu nem tentei me defender, mas juro que se você vier de novo eu vou te bater de volta, e acredite, eu não quero, Oliver, mas você está acabando comigo. Então, por favor, tenta me ouvir.

Eu o soltei e me afastei um pouco.

Ele sacudiu os ombros e bufou como um animal, andou pela sala de um lado para o outro e deu um soco na parede mais próxima de mim. Passou as mãos pelo cabelo antes de conseguir levantar a cabeça e me olhar de uma vez por todas. O que vi foi repúdio.

— Como você pôde, Axel? Que caralho você...?

— Não sei. Eu só...

— Você não sabe? Que merda de resposta é essa? Você percebe o que você fez?

— Simplesmente aconteceu. — Era como se eu tivesse uma pedra na garganta, que estava ficando cada vez maior, me sufocando. — Eu não queria, mas... eu preciso dela.

Saiu assim, sem pensar. As palavras menos adequadas...

— Você precisa dela? Claro. E ela precisa de quê?

Não respondi, não fui capaz de responder que ela precisava de mim, porque não tinha certeza se era verdade.

— Isso não importa, né?

Eu queria arrancar com um soco aquele sorriso sarcástico.

— Importa sim. É a única coisa que importa para mim.

Oliver deu outro soco na parede; eu vi a pele dos dedos dele se levantando. Quando ele me fuzilou com os olhos, um músculo se contraiu em seu queixo.

— Você não enxerga? Ela é uma menina! Ela tem dezenove anos!

— Não. Não é isso que sinto. E ela é maior de idade.

— Maior de idade? Ah, menos mal, caralho! E me diz uma coisa, Axel, em que momento você deixou de olhar para ela como uma irmã mais nova? Desde quando você está esperando por isso?

Ele me deixou tão possesso que então fui eu que não consegui me controlar: avancei na direção dele e o empurrei contra a porta de entrada com um empurrão. Segurei-o pelo pescoço.

— Não volte a insinuar isso nunca mais.

— Qual é o problema? A verdade te deixa puto? Você fez uma merda de lavagem cerebral nela? Sabe o que ela me disse quando eu a arrastei para o carro? Que ela não queria ir para a faculdade. Que queria ficar aqui com você. Bacana isso, né? Ela querendo passar a vida trancada aqui nesta merda de cabana isolada no meio do nada. Um futuro promissor e brilhante, oh, a razão pela qual passei um ano inteiro me matando de trabalhar.

— Não é verdade. Isso não é verdade.

Porra, não podia ser. Eu o soltei de uma vez.

— Você não teria deixado isso acontecer se a amasse. Diz uma coisa, Axel, você sabe o que é pensar nos outros antes de pensar em você mesmo pelo menos uma vez na vida? Não, né? Você não entende isso, não é capaz de reprimir algo que você quer, porque primeiro vem você e depois vem você de novo. Sempre você. — Colocou uma mão no peito. — Na minha frente. Na frente de qualquer um.

Se eu conseguisse pelo menos respirar... Mas eu não conseguia, não conseguia...

— Não era para ter sido assim. Eu queria te contar, mas não sabia como...

Oliver estava com os olhos anuviados. Merda. Dei meia-volta, fui até a cozinha e peguei a garrafa de rum. Quando voltei para a sala, ele estava sentado no chão com os olhos fechados e a cabeça apoiada na parede, respirando fundo, tentando se acalmar. Sentei no outro extremo da parede e bebi. Ficamos em silêncio. Foi o silêncio mais estranho de toda a minha vida, porque na verdade estava cheio de ruído. Estava com o coração quase saindo do peito. Tomei outro gole longo antes de falar, porque estava com a boca seca e as palavras não saíam. Estavam presas.

— Sinto muito, caralho, sinto muito — sussurrei. — Sei que não fiz as coisas do jeito certo, sei que fiz merda, mas é que... eu amo a sua irmã. Eu nem sabia que podia sentir algo assim por alguém. E não sei como ou quando aconteceu, não teve um momento exato, mas aconteceu e eu faria qualquer coisa por ela.

Oliver escondeu a cabeça entre os joelhos. Não que isso fosse um bom sinal. Tomei outro gole apesar de estar com o estômago revirado e esperei, esperei, esperei...

— Então não a prenda a você.

Prendi a respiração e olhei para ele.

— O que você quer dizer?

— Que isso não deveria ter acontecido, que ela tem dezenove anos e passou por uma situação muito foda. Que ela precisa ir para a faculdade e se divertir e sair e viver a vida, tudo o que você e eu fizemos quando foi a nossa vez. Não tire isso dela.

Me contraí, hesitante... porque eu já tinha pensado nisso várias vezes e ficava frustrado por saber que era verdade. Que ela não tinha tido a oportunidade de estar com outros homens antes de me escolher, que as experiências dela fossem tão limitadas. Eu a tinha escolhido depois de conhecer, de experimentar, de trepar, de entender muitas coisas. Ela tinha me escolhido porque eu era o único que ela conhecia: "Você é minha pessoa favorita no mundo", ela me disse. Eu me perguntava quantas pessoas Leah já tinha conhecido, se ela nunca tinha nem sequer saído de Byron Bay.

Odiei a ideia de que Oliver pudesse estar certo.

— Não sei se consigo fazer isso — admiti.

Ele se inclinou e tirou a garrafa de mim. Tomou um gole.

— Consegue, sim. E você me deve isso. — Esfregou o rosto, cansado. — Eu confiei em você, Axel. Eu te pedi para cuidar dela, eu te disse que ela era a única coisa que me restava, a coisa mais importante, e você...

— Perdão — saiu do fundo da alma.

Oliver negou, com os olhos brilhantes. E bebeu mais.

— Sabe? O problema não foi você ter começado a sentir algo por ela. O problema é que você não freou a situação e fez tudo assim desse jeito, e mentiu para mim, caralho, o problema é que você não falou comigo e jogou fora uma amizade de uma vida inteira por ser um covarde de merda.

Ele se levantou, se segurando na parede. Eu fiz o mesmo e nos olhamos em silêncio.

— Como eu posso consertar as coisas?

— Você já sabe, Axel. — Sua voz foi firme.

Meu estômago revirou, mas assenti lentamente. Fiquei parado no meio da sala enquanto Oliver caminhava até a porta. Antes de virar a maçaneta, ele me olhou por cima do ombro. Eu vi uma vida inteira juntos nesse último olhar.

— Espero que tudo dê certo para você.

Sustentei o olhar, mas não respondi.

E Oliver saiu da minha casa. Saiu da minha vida.

105

Axel

— NÃO CONSIGO MAIS, CARALHO.

Oliver apoiou as mãos nos joelhos e bufou, esgotado. Estávamos no Cabo Byron e ainda faltavam vários trechos de escadas para subir até o ponto mais isolado. Virei e puxei-o para ajudá-lo a subir. Fazia um calor úmido e Oliver continuava com os olhos vermelhos e inchados três dias após o funeral de seus pais.

Em teoria, Leah deveria estar lá com ele, mas, considerando os sedativos que ela estava tomando e o fato de ter se recusado terminantemente a fazer aquilo, minha família tinha se oferecido para ir com ele. Oliver disse que não, que não queria compartilhar aquele momento com ninguém, que era muito íntimo, e acho que por isso ele me pediu para acompanhá-lo. Porque entre nós não havia segredos. Porque éramos mais do que irmãos.

Continuamos subindo sob o sol daquela manhã de céu aberto. O dia estava bonito. Tranquilo. Eu lembro bem, porque pensei que os Jones iriam gostar daquilo, da serenidade que se respirava a cada passo que dávamos, subindo e subindo.

Sentimos a brisa do mar quando chegamos ao topo. Contemplei a vista: o oceano imenso, as ondas batendo nas rochas, o verde intenso cobrindo o chão que pisávamos e, ao longe, um grupo de golfinhos agitando a superfície calma da água.

Oliver passou as mãos no rosto.

— Não sei se consigo fazer isso.

— Consegue, sim. Deixa eu te ajudar.

Peguei a mochila que ele tinha acabado de colocar no chão e a abri devagar enquanto ele se afastava alguns metros para se acalmar.

Peguei as duas urnas e as deixei na grama úmida, tentando manter minhas mãos estáveis, sem tremer. Oliver voltou sem tirar os olhos do chão. Dei um passo à frente e o abracei, dando-lhe uma palmada nas costas.

— Preparado? — perguntei.

Ele me passou a urna de Douglas antes de pegar a de Rose. Eu achava que ele ia fazer isso sozinho, então fiquei meio paralisado, até que consegui reagir. Caminhei até a beira do penhasco ao lado dele. Olhamos um para o outro. Oliver respirou fundo. E então os deixamos ir sem falar mais nada. Ficamos ali, em frente ao mar, juntos. Despedindo-nos deles.

Novembro

[PRIMAVERA]

106

Leah

Afundei a cabeça no travesseiro enquanto ouvia Oliver, que falava comigo parado na porta do quarto. Duro. Bravo. Decepcionado. Porque eu não queria entender...

Falou da universidade, que ele tinha acelerado a mudança, que iria a Sidney por alguns dias para resolver os assuntos pendentes e depois voltaria de vez. E então planejaríamos tudo. Procuraríamos um lugar para morar em Brisbane, eu faria meus exames finais, ele me ajudaria com a mudança e passaríamos alguns dias juntos na cidade para eu conhecê-la melhor.

Eu só queria gritar. Mas, em vez disso, dei a ele meu silêncio. Um silêncio que o deixava desesperado e que, para mim, servia para eu me manter inteira.

Naquele dia, quando não aguentou mais, ele veio até a minha cama e me fez virar para olhar para ele. Ele se sentou na beira, furioso. Desviei o olhar.

— Você sabe tudo o que fiz por você, Leah? — A voz dele estava tremendo. Meu nariz começou coçar e eu fiquei com vontade de chorar. — Você vai ficar esses dias na casa de Justin e Emily sem causar nenhum problema, combinado? Ei, olha para mim — tirou o cabelo do meu rosto —, logo você vai perceber que isso é para o seu bem. Foi tudo culpa minha, eu não deveria ter deixado você aqui, do jeito que você estava.

— Você não me ouve! Eu já te disse. Eu sempre amei o Axel, isso é real...

— Você não conhece o Axel. Você não sabe como ele é nos relacionamentos, a forma como ele sente, e como ele pega e coloca no alto do armário as coisas pelas quais deixa de se interessar. Por acaso ele te contou como parou de pintar? Ele te explicou que, quando algo se complica, ele é incapaz de lutar por isso? Ele também tem seus buracos negros.

Deixei escapar uma lágrima, só uma.

— É você que não o conhece — sussurrei.

Ele me olhou com pena e eu quis apagar aquela expressão, porque me dava raiva vê-lo julgando Axel daquela forma, por ele não ter nem tentado entender ao menos uma palavra de tudo o que eu tinha dito nos últimos dias, por ele não me respeitar, por achar que podia impedir aquilo ou que era um grande erro.

✶✶

Mandei uma última mensagem a Blair antes de me levantar do sofá da casa de Justin e Emily e caminhar na ponta dos pés até a porta. Fazia uma semana que eu não tinha notícias de Axel. Uma semana de silêncio, de incerteza, de ir para a cama chorando todas as noites porque eu não entendia o que estava acontecendo. Eu precisava vê-lo e garantir que continuava tudo bem, que aquilo era apenas uma pedra no caminho que logo esqueceríamos e deixaríamos para trás. Com o tempo, Oliver acabaria entendendo.

Então eu tinha pedido um favor à minha melhor amiga e a única coisa que eu tinha que fazer era sair pela porta sem fazer barulho e entrar de volta um pouco depois, de madrugada. Mas eu estraguei tudo quando bati o joelho na mesa da sala e coloquei a mão na boca para não gritar de dor. As luzes se acenderam.

Justin olhou para mim. Estava usando um pijama azul.

— O que você está fazendo? Leah.

— Eu preciso vê-lo. Por favor.

Ele esfregou o rosto e olhou para o relógio da estante.

— É uma péssima ideia.

— Não vou demorar, prometo.

— Duas horas. Se daqui a duas horas você não estiver de volta, eu vou te buscar.

Agradeci com o olhar, porque ele era a única pessoa que parecia nos entender. Saí, deixei para trás a cerca da casa e vi o carro vermelho estacionado ali perto. Kevin estava ao volante, ao lado de Blair. Entrei pela porta de trás e a abracei do jeito que deu, enquanto ele ligava o carro para me levar até aquela casa onde eu tinha morado nos últimos oito meses e que, de repente, me parecia distante, como se fizesse séculos que eu não pisava lá.

— Obrigada por isso — sussurrei.

Blair esticou uma mão para pegar a minha. Apertei-a entre meus dedos como nos velhos tempos, como se estivéssemos fazendo alguma maluquice nova no meio da noite. Fiquei com vontade de rir, mais pelo nervoso que me revirava o estômago do que por qualquer outra coisa. Respirei fundo quando Kevin parou em frente da casa.

— Não precisa ter pressa. Estamos aqui te esperando.

Eu me despedi deles e dei a volta pela casa para entrar pela varanda de trás. Eu o vi antes de percorrer o caminho até a entrada. Quando pude ver os olhos dele nos meus, fiquei tensa, porque não era o olhar do qual eu me lembrava nos últimos dias que passamos juntos; era outro, mais frio, mais distante e mais turvo. Subi os degraus. Axel estava encostado na cerca com um cigarro nos dedos, que ele apagou antes de levantar o olhar e me medir devagar da cabeça aos pés. Estremeci.

Axel

Leah hesitou, mas um segundo depois correu para mim e me abraçou, agarrando-se ao meu corpo, matando-me um pouco por dentro. Fechei os olhos e respirei fundo, mas foi um erro, porque só serviu para eu ficar com o cheiro dela em mim. Fiz o maior esforço da vida quando a segurei pelos ombros e a afastei com cuidado.

— O que está acontecendo? Por que você não atende o telefone?

Esfreguei o queixo. Porra, eu não sabia o que dizer, não sabia como lidar com aquilo, e tudo o que podia fazer era evitar olhar para ela e me concentrar em qualquer outro ponto da varanda, porque a ideia de que aquela seria a nossa última lembrança juntos me parecia triste e feia, e estragaria tudo o que vivemos.

— Axel, por que você não olha para mim?

"Porque não consigo", eu quis gritar, mas sabia que não podia fugir; eu tinha tentado, isso sim, como com todas as coisas que eram demais para mim, como se parte de mim tentasse desprezar todos os conselhos que eu mesmo dava às outras pessoas. Por fim, levantei o olhar. Ela estava tão linda... Brava, mas cheia de emoções que pareciam transbordar por seus olhos; tremendo, mas parada na minha frente sem dar um passo para trás. Corajosa.

— Sinto muito — sussurrei.

— Não, não, não...

Olhei para baixo. Ela colocou a mão no meu queixo e o levantou. Se em algum momento da minha vida eu fiquei de coração partido, definitivamente foi esse, o instante em que Leah deslizou a ponta dos dedos pelos hematomas do lado direito do meu rosto e pela ferida da minha boca. Fechei os olhos. E fiz merda de novo. Deixei que ela ficasse na ponta dos pés e que sua boca cobrisse a minha com um beijo trêmulo e cheio de medo. Gemi quando ela se apertou contra mim. O quadril dela colado ao meu. Seus braços em volta do meu pescoço. Sua língua com sabor de morango e tudo o que ela simbolizou na minha vida: quebrar a rotina, me abrir para outra pessoa, as cores intensas e vibrantes, as noites sob as estrelas e os momentos que tínhamos vivido naquela casa e que seriam nossos para sempre...

— Leah, espera — eu a afastei devagar.

Caralho. Eu não queria machucá-la. Eu não queria...

— Para de me olhar assim. Para de me olhar como se isso fosse uma despedida. Você não me ama? Você me disse... disse que todos vivemos em um submarino amarelo... — Sua voz ficou entrecortada e eu mordi o lábio, tentando me conter.

— É claro que eu te amo, mas não pode ser.

— Você não está falando sério. — Colocou uma mão na boca e eu a vi apagar o beijo que tínhamos acabado de dar, levando-o entre os dedos.

Aproximei-me dela; cada centímetro que separava seu corpo do meu era uma maldita tortura, e quando pensei no quão distantes ficaríamos a partir de então, desejei abraçá-la até que ela me pedisse para soltá-la.

Eu teria feito isso em outra vida, em outro momento...

— Escuta, Leah. Eu não quero ser a pessoa que vai te separar do seu irmão, porque eu te conheço e sei que você vai acabar se arrependendo de algo assim.

— Isso não vai acontecer. Vou resolver isso com ele, eu só preciso de tempo, Axel.

Continuei, porque era o que eu tinha que fazer: continuar e continuar.

— E você é jovem... você vai para a faculdade e deveria curtir essa época sem compromissos, sem mim, sem toda essa situação do caralho. — Estava agoniado por ver seus olhos enchendo-se de lágrimas. — Cresce e vive, Leah, como eu fiz no meu momento. Conheça outros caras, divirta-se e seja feliz, querida. Eu não posso te dar tudo isso.

— Você está insinuando que quer que eu saia com outras pessoas? — Ela sustentou o olhar, tremendo e chorando, sem acreditar no que estava escutando.

E eu... bem, eu queria morrer, porque só de pensar em outras bocas acariciando a dela, outras mãos tocando nela...

— Axel, diz que você não está falando sério. Diz que foi um engano e vamos começar do zero. Vem, olha para mim, por favor.

Eu me afastei quando ela tentou me tocar.

— Eu quis dizer isso mesmo, Leah. É exatamente isso.

Ela levou uma mão ao peito. As bochechas estavam cheias de lágrimas, e dessa vez eu não podia enxugá-las. Nos últimos meses eu tinha me acostumado a ampará-la em sua dor, ajudando-a a canalizá-la, a lidar com ela, a acalmá-la... e agora era eu o causador do sofrimento.

— Por que você está fazendo tudo isso?

— Porque eu te amo, mesmo que você não entenda.

— Então não me ame desta maneira! — gritou com raiva. Nos olhamos em silêncio por alguns segundos.

— Eu vou continuar aqui — sussurrei.

Ela riu entre lágrimas e limpou as bochechas.

— Se você terminar com isso agora, sabe que eu nunca mais vou voltar.

— Perdão — repeti, e desviei o olhar.

As coisas eram assim. Era assim que deveria ser. Estava há dias pensando nisso, como se olhasse o mesmo desenho de mil ângulos diferentes para entender cada linha e cada borrão. E eu tinha chegado à conclusão de que tínhamos tudo contra nós, que tinha sido bonito, idílico, mas também irreal. Ela tinha se moldado a mim. À minha rotina, à minha vida, à minha casa, à minha forma de entender o mundo... e egoisticamente eu queria continuar assim porque isso me fazia feliz, mas havia algo que não encaixava, como aquela peça que você sabe que colocou ali porque forçou-a entre outras duas e, embora você fique em dúvida por um tempo, acaba percebendo que ela não era dali, que aquele não era o seu lugar.

Leah parou na minha frente e eu acendi outro cigarro. Olhar para ela... doía. Eu precisava que ela fosse embora imediatamente, antes que eu acabasse fazendo merda de novo ou voltasse a olhar só para o meu próprio umbigo.

— O que é que nós fomos durante todos esses meses, Axel?

— Muitas coisas. O problema não é esse, o problema é tudo o que nunca fomos. Nós não nos conhecemos um dia qualquer em um bar, eu não te vi e gostei de você e me aproximei para pedir seu telefone. Não tivemos um encontro. Não me despedi de você com um beijo na porta da sua casa. Nem sequer caminhamos despreocupados pela rua de mãos dadas. Não tivemos nada disso.

— Mas eu nunca me importei com isso.

Acendi o cigarro. Eu deveria ter previsto que, sabendo como era Leah, ela não desistiria sem se agarrar àquilo que sentia, porque ela vivia para e por qualquer emoção que a abalasse. Fechei os olhos quando senti seus braços me rodeando por trás novamente, me abraçando. Porra, por quê, por quê? Eu não aguentava mais. Virei e ela me soltou. Ainda estava chorando. Ainda tentava assimilar tudo. Pensei que precisaria terminar de vez com aquilo.

— Que merda você quer? Uma trepada de despedida?

Ela pestanejou. Estava com os cílios brilhantes por causa das lágrimas.

— Não faz assim, Axel. Juro que não vou te perdoar.

— Acredite, estou tentando ser gentil, mas você está complicando as coisas.

— Oliver tinha razão. — Ela soluçou e, por fim, caralho, finalmente, deu uns passos para trás e se afastou. — Você é incapaz de lutar pelas coisas que ama.

Olhei para ela e contraí o rosto.

— Então talvez eu não as ame tanto.

Pude ver o momento exato em que seu coração se despedaçou diante dos meus olhos, mas não fiz nada para evitar. Fiquei ali, inabalável, desejando que aquilo terminasse logo para eu me esquecer do momento em que os olhos de Leah se cruzaram com os meus pela última vez. E eu vi ódio. E dor. E decepção. Mas aguentei. Aguentei até ela virar as costas e descer, apressada, os degraus da entrada. Eu a vi sair por aquele caminho como tantas outras vezes, só que essa foi diferente, porque não haveria outras, ela não apareceria mais na manhã seguinte pedalando sua bicicleta laranja, não haveria mais amanheceres juntos, nem mais noites de palavras e beijos e música.

Alguns pontos finais podem ser sentidos na pele...

Fiquei ali parado por mais alguns minutos, ainda preso naquele instante que já havia virado fumaça e fazia parte do passado. Então entrei e tomei um gole da primeira garrafa que encontrei. Depois a arremessei contra a pia, peguei outra e segui o cheiro do mar até chegar à praia. Deitei na areia e bebi e relembrei tudo e repeti a mim mesmo que aquele seria provavelmente o maior erro da minha vida.

Não sei que horas eram quando voltei para casa. Mas sei que estava com o coração batendo descompassado contra as costelas e que tive que acender um cigarro atrás do outro para manter as mãos ocupadas e os dedos quietos. Porque o impulso estava ali... gritando, sussurrando para mim. Peguei a escada e fui até o meu quarto. Subi os degraus e olhei para tudo. Olhei meus fracassos empilhados em cima daquele armário, cheios de pó e de teias de aranha. E, quando percebi que era incapaz de enfrentá-los, desci e fiquei ali, sozinho e quieto no meio daquele quarto que tinha sido nosso.

Sentei no chão deslizando as costas pela parede e olhei para o quadro na parede em cima da cama. As notas de uma canção que falava sobre submarinos amarelos apareceram em minha cabeça e ficaram comigo a noite inteira, até que amanheceu, até que eu entendi que tinha perdido Leah para sempre e que aqueles traços de cores e peles e de tardes fazendo amor eram tudo o que me restava dela.

Levantei quando ouvi a campainha tocando. Já era de manhã e acho que ainda estava um pouco bêbado, porque fui cambaleando até a sala. Abri. Justin estava ali, com um café em uma mão e um pedaço de cheesecake na outra.

— Eu... só queria ver como você estava.

— Estou vendo.

— Isso significa que você está bem?

Acho que foi a primeira vez que respondi com sinceridade a uma pergunta simples como aquela. Estava acostumado a responder sempre com um rápido "sim" e foi difícil encontrar as palavras e deixá-las sair.

— Não, eu não estou bem.

— Caramba, Axel, vem aqui.

Ele me abraçou; eu me permiti ser abraçado. E então eu o senti, senti que tinha um apoio, um amigo, meu irmão mais velho. Eu precisei chegar no fundo do poço para enxergar algo que estava bem na minha frente todos os dias. Lembrei do que eu tinha contado a Leah quando subimos o Cabo Byron, sobre aquele grafite que só parei para observar depois de vários meses. Aquela sensação de estar perdendo um capítulo da minha própria vida me abalou novamente.

108

Leah

Estaria mentindo se dissesse que não doeu. Que a perda de um amor não é difícil. Que eu não passei noites chorando até dormir esgotada. Que, quando algo se quebra, não deixa para trás um monte de pedacinhos que não conseguiremos colar novamente. Que não foi como sentir a mão de Axel perfurando minha pele, apertando meu coração com força e soltando-o de uma vez só. Estaria mentindo. Mas, ironicamente, o pior foi perdê-lo. Sim. O mais insuportável era saber que aquele cara que esteve ao meu lado desde o dia em que nasci não faria mais parte da minha vida. Que eu não voltaria a sentir um frio na barriga ao ver seu sorriso malicioso. Que ele não me daria uma cotovelada nos almoços de família. Que ele não chegaria a ver tudo o que eu queria pintar. Que não haveria mais presentes de aniversário e que eu não ouviria mais sua risada rouca quando Oliver lhe dissesse alguma bobagem, daquelas que eram só deles e ninguém mais entendia. Que ele não seria o amor da minha vida, o inatingível, o que me fazia derreter com um simples olhar.

Que não mais.

Dezembro

[VERÃO]

109

Leah

Olhei pela janela a paisagem que deixávamos para trás enquanto Oliver dirigia em silêncio e engoli as lágrimas quando percebi que não tinha mais um lugar para onde voltar. Byron Bay não era mais a nossa casa, porque ali havia poucos motivos pelos quais voltar. Os Nguyen tinham me garantido que viriam me visitar na universidade, que eu só precisaria pegar o telefone se precisasse de alguma coisa, que aquilo se resolveria... mas parte de mim sabia que não. Que algumas coisas, quando mudam, não voltam a ser como eram antes. Diferentes, talvez. Isso sim. Mas não iguais. Quem dera se a vida fosse como uma massinha de modelar: maleável, flexível, algo sobre o qual a tristeza ou a decepção não deixassem marcas visíveis.

Meu irmão estacionou em frente a uma loja de móveis e decoração quando chegamos em Brisbane e me pegou pela mão. Estremeci diante da firmeza e da segurança de seu gesto.

— Vem, pequena, melhora essa cara.

Fazia quase dois meses desde a última vez que tinha visto Axel no início de novembro, mas parecia uma eternidade. Ainda estava magoada com meu irmão por ele não ter conseguido me entender, mas, pior ainda, porque no final ele tinha razão em muitas coisas. Em várias. Coisas que eram tão feias que você se recusa a vê-las até ser obrigado, porque para mim Axel sempre foi perfeito, inclusive com seus defeitos, idealizado diante dos meus olhos em seu alto pedestal, aquele que eu olhava para ele desde que eu era pequena, e nos últimos dias eu não conseguia parar de pensar naquilo, descobrindo que talvez ele não fosse todo linhas curvas, precisas e limpas; ele também tinha arestas pontiagudas e ângulos sombrios. Não conseguia tirar da cabeça a frase que ele sussurrou no meu ouvido naquela noite em que voltou para casa com a boca vermelha dos beijos de outra: "Sabe qual é o seu problema, Leah? É que você fica só na superfície. Você olha para um presente e enxerga só o papel brilhante que o embrulha, sem pensar que aquela embalagem bonita pode esconder algo podre".

— Você poderia me ajudar aqui, né? — disse Oliver, aparecendo na janela do passageiro.

— Estou indo. — Saí do carro.

Peguei a bagagem de mão e ele carregou as duas malas mais pesadas. O céu azul daquela tarde brilhava alto sobre as ruas cheias de desconhecidos. Não pude deixar de lembrar que naquela mesma cidade Axel tinha me beijado pela primeira vez de verdade, sem que eu tivesse que pedir, enquanto dançávamos "The night we met" antes de terminarmos dentro dos banheiros daquela balada, descobrindo-nos com as mãos. Respirei fundo, olhei para o bloco de edifícios da residência que a partir de então seria minha nova casa, vi uma loja de móveis à nossa frente e... senti que precisava daquilo. Foi amor à primeira vista.

— Você pode... pode esperar um minutinho?

— Agora, Leah? Estou subindo — respondeu Oliver.

— Tá bom. Eu já vou.

Entrei e fui direto para o balcão. Eu poderia ter dado uma volta pelos corredores, repletos de móveis lindíssimos, mas eu tinha acabado de vê-lo pela vitrine e não tinha olhos para mais nada. Perguntei o preço à mulher que me atendeu e hesitei quando ouvi o valor, mas segui meu impulso e um minuto depois estava entrando no prédio machucando as costelas ao bater na porta principal. Segurei um gemido de dor.

— Você ficou louca? — Meu irmão apareceu.

— Não, é que... eu gostei dele. Gostei muito.

— Caralho, Leah. Me dá isso.

Oliver pegou-o e colocou-o no elevador. Subimos até o primeiro andar. Um corredor longo e estreito repleto de portas azuis nos recebeu. A minha era a de número 23. Como eu já tinha visto nas fotos antes de decidirmos alugá-lo, o quarto era pequeno, com uma cama, uma escrivaninha, um guarda-roupa e um banheiro que mal cabiam duas pessoas, mas isso não era algo que me preocupasse. Abri a minúscula janela para arejar o ambiente e deixei minha bagagem em cima da mesa de madeira.

— Onde eu coloco isso? — perguntou Oliver.

— Ali, naquela parede. Encostado ali.

— E por que diabos você comprou um espelho, posso perguntar? — Balançou as mãos enquanto o colocava no lugar com cuidado para não deixá-lo cair.

— Não sei. Eu gostei dele. É bonito.

"E porque eu gostaria de me ver bem todas as manhãs."

Oliver sabia que eu estava escondendo o que pensava, mas não insistiu mais antes de me ajudar a abrir as malas e a guardar as roupas no armário. Passamos a tarde inteira juntos, e, quando meu irmão teve que ir embora, senti um buraco no estômago que ia ficando cada vez maior. Estava com medo de ficar sozinha. Medo de tropeçar e cair e não ter ninguém por perto para me ajudar a levantar. Medo do que aconteceria quando ficássemos apenas eu e meus pensamentos, medo de tudo o que encontraria quando eu os revirasse e decidisse enfrentar o que estava sentindo, porque as emoções estavam empurrando com força para sair.

Ainda faltava mais de um mês para o início das aulas na universidade, mas Oliver tinha que voltar ao trabalho e achou que seria bom eu me ambientar antes à cidade e às pessoas com quem eu iria morar.

Ele me olhou, abriu os braços e eu me lancei contra ele.

— Pode me ligar sempre que quiser, não importa a hora — disse, e eu concordei com a cabeça em seu peito. — Coma bem, Leah. Cuide-se, tá bom? E lembre-se de que, se em algum momento você precisar de qualquer coisa, apenas me avise e eu pego o primeiro avião, combinado? Você vai ficar bem, você vai ver. Vai ser bom para você. Como começar do zero. — Ele me afastou para me olhar e me deu um beijo na testa. — Eu te amo, pequena.

— Eu também te amo.

Oliver sempre odiou despedidas. Eu, por outro lado, me aproximei da janela e fiquei olhando para ele, vendo-o colocar os óculos de sol e entrar no carro. Ligou o motor, virou e desapareceu pelas ruas de Brisbane.

Dei meia-volta e olhei para a garota que me devolvia o olhar através do espelho comprido com moldura de madeira talhada. Éramos a mesma pessoa. Não existia mais capas de chuva esburacadas em nenhuma das duas. Pensei que seria uma boa ideia lembrar-me disso todas as manhãs e começar cada dia sorrindo para mim mesma. Ou tentando, pelo menos. "Você vai ficar bem", repeti para mim mesma, "você vai". Porque não chove eternamente em cima de um mesmo coração, não é? Peguei os fones de ouvido, deitei na cama e fechei os olhos depois de colocar na boca um pirulito de morango, enquanto um disco qualquer dos Beatles tocava e me envolvia com a familiaridade de vozes e notas. Segurei a vontade de chorar.

E pensei... pensei em todas as coisas que antes eram e que já não são mais...

"Tudo pode mudar em um instante." Tinha escutado essa frase muitas vezes ao longo da vida, mas nunca tinha parado para pensar realmente nela e saborear o significado que essas palavras podem deixar na boca quando as esmiuçamos e nos apropriamos delas. Esse sentimento amargo que acompanha todos os "e se" que surgem quando algo ruim acontece e nos perguntamos se poderíamos tê-lo evitado, porque a diferença entre ter tudo e não ter nada é, às vezes, de apenas um segundo. Apenas um. Como naquele dia, quando aquele carro invadiu a pista contrária. Ou como agora, quando ele decidiu que não tinha mais nada por que lutar e os traços negros e cinzentos acabaram por engolir as cores que alguns meses atrás faziam parte da minha vida...

Porque, naquele segundo, ele virou à direita.

Eu quis segui-lo, mas tropecei em um obstáculo.

E soube que eu só poderia avançar virando à esquerda.

Em breve pela Editora Planeta...

Tudo o que somos juntos

Assim começa a continuação de *Tudo o que nunca fomos*

"Me assustava ver que a linha entre o ódio e o amor era tão frágil e tênue, ao ponto de ir de um extremo a outro em um salto. Eu o amava... eu o amava do fundo da alma, com os olhos, com o coração; o meu corpo inteiro reagia quando ele estava por perto. Mas outra parte de mim também o odiava. Eu o odiava pelas lembranças, pelas palavras nunca ditas, pelo ressentimento e pelo perdão que eu não era capaz de dar a ele de peito aberto, por mais que eu quisesse. Ao olhar para ele, eu via o preto, o vermelho, o roxo-latente; as emoções transbordando. E sentir por ele algo tão caótico me machucava, porque Axel era uma parte de mim. E sempre seria. Apesar de tudo."

Leia também

Nós dois na Lua

Quando Rhys e Ginger se conhecem nas ruas de Paris, a Cidade Luz, não imaginam que suas vidas estarão unidas para sempre. Embora pareçam ser o oposto um do outro – além de tudo, moram em países diferentes –, a conexão entre eles é instantânea e inegável.

Ginger vive em Londres e se sente absolutamente perdida, como se tivesse se esquecido dos próprios sonhos.

Rhys não consegue ficar em um mesmo lugar por muito tempo. E ele não sabe quem realmente é... nem o que quer de verdade.

Depois daquela noite mágica em Paris, a amizade entre os dois cresce a cada e-mail trocado, a cada mensagem repleta de segredos, dúvidas e inquietações. Mas o que acontece quando o tempo coloca a relação dos dois à prova? É possível flutuaram juntos na superfície da lua, sem colocarem o coração em risco?

Editora Planeta *Brasil* | **20 ANOS**

Acreditamos nos livros

Este livro foi composto em Freight Text Pro e impresso pela Geográfica para a Editora Planeta do Brasil em junho de 2023.